国宝

上　青春篇

吉田修一

朝日文庫

本書は二〇一八年九月、小社より刊行されたものです。

国宝　上　青春篇●目次

下　花道篇　目次

国宝　上　青春篇

第一章　料亭花丸の場

その年の正月、長崎は珍しく大雪となり、濡《ぬ》れた石畳の坂道や晴れ着姿の初詣客の肩に積もるのは、まるで舞台に舞う紙吹雪のような、それは見事なボタ雪でございました。この大雪のなか、長崎は丸山町にある老舗《しにせ》料亭「花丸」に、次々と黒塗りの車が到着いたします。

黒瓦に白漆喰《しっくい》の正門へ延びる石畳の通路には、立花《たちばな》組の若衆がずらりと居並び、黒紋《もん》付《つき》の正装で次々に降りてくる親分衆を、

「ご苦労さまです」

と恭《うやうや》しく迎えますと、その声だけでなく、若衆たちの白い息も揃《そろ》います。

到着の車が途切れても、若衆たちは極寒のなか直立不動のままですが、冷え切った指をこっそりと揉《も》んだり、感覚のなくなった足の指を縮めたりと、小さな暖を貪《むさぼ》ります。

この年に限らず、ここ料亭花丸で行われる立花組の新年会は、それは盛大なものでした。

招待されるのは、戦前からの名門、宮地《みやじ》組の大親分を筆頭に、戦後、興行師として名を上げた熊井勝利《くまいかつとし》の流れを汲《く》む愛甲会、また同じく佐世保の平尾組に、島原の曽田組、さらに立花組組長、権五郎《ごんごろう》の兄弟分たちが福岡や佐賀からも集まりますので、親分衆だけでもざっと十五、六名、そこに幹部やその女房、子供たちまで加わりますから、大広間の「鶴の間」と「鷺《さぎ》の間」の襖《ふすま》を取っ払いましても、膳を囲む膝《ひざ》と膝とがぶつかり合うほどでございます。

ちなみにこの料亭花丸、江戸期の寛永十九年、一六四二年と申しますから、幕府がスペイン、ポルトガル船の来航や日本人の海外渡航を禁じたのちに、オランダ人を長崎の出島に移したのがちょうど前年の一六四一年ですので、日本がいわゆる鎖国状態になったばかりのころに創業しております。とはいえ、鎖国という寒々しい言葉とは裏腹に、ここ長崎丸山《まるやま》は江戸の吉原、京都の島原とともに栄えた三大遊郭とも呼ばれておりまして、かの井原西鶴《いはらさいかく》が、長崎に丸山という所なくば、上方の金銀、無事に帰宅すべし、と謳《うた》っております通り、さぞ華やかな時代だったのでございましょう。

この料亭花丸、幸いにも原爆の甚大な被害からは免れまして、昭和三十五年といいますから、大雪となったこの年の四年まえには県より史跡として指定され、史跡料亭という全国でも珍しい形態で営業をしております。

ちょうど料亭花丸の建つ坂の途中に検番がありまして、このころは丸山新五人組と呼ばれた名妓《めいぎ》たちが婀娜《あだ》な姿で人々の目を引いておりました。ちなみに初代の丸山五人組のなかには、「長崎ぶらぶら節」でその名の残る芸者、愛八《あいはち》がおります。

親分衆が到着するころには、鶴の間、鷺の間ともに、客たちもずらりと揃っておりまして、まだ年端もいかぬ子供たちが座敷の広さに興奮して走り回り、あちこちで大人の手に捕らえられそうになってはまた逃げ回ります。

普段は腹巻きにジャンパー姿の組員たちもこの日ばかりは背広姿。年末に近所の床屋で刈らせた頭も清々《すがすが》しく、その横ではフランスの女優のような化粧に、髪を高く結い上げた女房たちが、あちらこちらに顔を向け、年賀の挨拶《あいさつ》に忙しくしております。

そのうち、いよいよ黒紋付の立花権五郎が、芸者ばりの黒留袖《とめそで》の女房マツを伴って現れますと、この時ばかりは座敷も水を打ったように静まりますが、毎年恒例、権五郎がここで破顔一笑いたしまして、

「『新しき年の始《はじめ》の初春の今日降る雪のいや重《し》け吉事《よごと》』。皆さん、新年、あけましておめでとうございます。まさに、この初春に降りつもる今日の雪は予祝であろうと思います。さて、迎えました昭和三十九年、オリンピックもございます。立花組は皆様方のお力添えのもと、限りなき栄光を目指して躍進あるのみでございます」

と挨拶しますと、座敷のあちこちから、「おめでとうございます」の野太い声とともに新年会の幕が上がるのです。

早速グラスにビールが注《つ》がれ、名門宮地組の大親分の音頭のもと、乾杯と相成ります。

この宮地の大親分、戦前から続く名門俠客《きょうかく》一家の大親分とはいえ、戦後は時代の移り変わりのなかでその立場を変えておりまして、娘婿などの身内を県議会や市議会に送り込み、土建屋を営む本人は実業家然としております。

権五郎とは、戦後の混乱期に二分八の兄弟盃《さかずき》を交わした仲でありますが、今となっては誰が見ても任俠《にんきょう》世界での立場はその逆で、二分が宮地の大親分、八が権五郎の立花組。

とはいえ、曲がりなりにも宮地は権五郎の兄貴分、ここにいる誰もが自分を笑っていることは承知のうえで、「この権五郎は……」などと、他には誰もできぬ呼び捨てで、その体面を保とうといたします。

大親分が虚勢を張れば張るほどに、当の権五郎は恭しく拝聴し、その姿が逆に、権五郎の威勢を列席者たちに見せつけるという寸法であります。

乾杯が終われば、仲居たちが忙しく立ち回り、舞台には芸者衆の地方《じかた》が入りまして、三味線、太鼓の音が立ちます。

毎年、最初に披露されるのは、めでたい「廓三番叟《くるわさんばそう》」でして、この賑《にぎ》やかな長唄により、新年会が無礼講となってまいります。

「ちょっとアンタ、あそこにおる人、誰やったろか？」

ふと口を開いたのは権五郎の女房のマツで、その太り肉《じし》の指でぽっちゃりとした頬を押さえておりますのは、今朝方から虫歯が痛むせいでございます。

権五郎がマツの視線を追いますと、愛甲会を取り仕切っている若頭辻村《つじむら》の隣に、六十代と思《おぼ》しき年格好ですが、その首筋に所帯くささのない、垢《あか》抜けした男が座っております。

「うち、どっかで見たことあるとけど……」

マツの言うとおり、権五郎にもたしかに見覚えがあります。

弟分である愛甲会の辻村が連れてきているのですから、まえに紹介されているかもしれずと、記憶を辿《たど》ってみますが出てきません。

そのうち、「あ」と、マツが手を叩《たた》きます。

「なんや？」

「うち、分かった」

「誰や？」

「アンタ、驚いたらいかんよ。恥かくけん」

「俺《おい》が？　驚くもんか」

舞台では立方《たちかた》の芸者たちも揃い、賑やかな踊りを披露しておりまして、当の男もその太鼓に合わせて、機嫌よく「廓三番叟《くるわさんばそう》」の手振《てぶ》りを披露しております。そして、その手振りのなんとも軽やかなこと。

「あ」

その瞬間、声を漏らしたのは権五郎でございます。

「分かった？」

とマツに顔を覗《のぞ》き込まれ、

「……丹波屋《たんばや》？」

と、口をぽかんと開けます。

「やっぱり、そうよね？ 半二郎《はんじろう》さん……、二代目花井《はない》半二郎さんやね？」

「おう。間違いなか」

「なんで、半二郎さんがここにおると？」

「知るか」

「辻村さんの連れやろか？」

権五郎たちの話に、そばで聞き耳を立てていた平尾組組長の女房が、

「半二郎さんて、あの、大阪の歌舞伎役者の？」

と目を丸めます。

役者という言葉は伝わりがいいのか、さっと座敷に広がってまいります。実はマツだけでなく、誰もがなんとなく気づきながら、それを口にしていなかったようで、役者という言葉が広がったとたん、あちらこちらで、

「やっぱり、そうげな」

「え？　本物？　そりゃ、すごか」

と、驚きの声が上がっております。

二代目花井半二郎と思しき男は、その気配に気づいているのかどうか、相変わらず機嫌よく芸者の踊りを真似《まね》しております。

このころの二代目花井半二郎と申しますと、関西歌舞伎に元気がなかった時代のことはいえ、映画俳優として世間に広く知られておりました。

映画ではどちらかといえば敵役《かたき》が多く、金に汚い悪党や、銀座のホステスを騙《だま》す工場主、また時代劇でも悪漢などを頻繁に演じてはおりましたが、やはりそこは『河庄《かわしょう》』の治兵衛《じへえ》や、『廓文章《くるわぶんしょう》』の伊左衛門《いざえもん》のような、つっころばしと呼ばれる商家の若旦那を当たり役としている役者らしく、どんなに悪い男をやっても匂い立つような品がありまして、それがまた人気の秘密でもあったようです。

この年末にも『十四郎暗殺剣』という人気時代劇シリーズの新作がかかっておりまして、権五郎も最近思案橋にバーを持たせてやった光子にせがまれ、組の若い衆を引き連

れて見に行ったばかりでしたが、この映画でも半二郎は元長崎奉行の悪役を演じておりました。

この場に二代目花井半二郎がいるらしいという噂《うわさ》は、鶴の間から鷺の間の隅にまで届いたようで、なかには中腰になり、露骨に指をさす無遠慮な者も出てまいります。

それまで知らぬ存ぜぬを決め込んでいた愛甲会の若頭辻村が、この辺りで権五郎へちらりと目を向け、悪戯《いたずら》が見つかったように笑いますので、

「おい」

と、権五郎が手招きしますと、辻村が笑いを噛《か》み殺すような仏頂面で近づいてきて、

「兄貴、びっくりしたやろ? 本物ばい。二代目の花井半二郎さん」

と、してやったりでございます。

「……来週から長崎で映画の撮影があるらしくてね。前乗りするって話ば聞いたけん、やったら世話になっとる兄貴の新年会に出てくれんですかって頼んだら、来てくれなった」

「来てくれなったて、おまえ……」

「義理堅いお人で、うちの親分との付き合いを忘れんで、わざわざ挨拶に来てくれなったとばい」

改めて本物だと分かりますと、権五郎は、さてどうしたものかと迷いました。

お歴々のなか、彼にだけ挨拶に立つわけにもいかず、かといって知らぬ顔をしているわけにもいきません。

と、そんな権五郎の思案を察したのか、当の半二郎のほうが目立たぬように座布団をおり、すすっと近くまで来てくれまして、

「本日はお招きいただきまして、おおきにありがとうございます」

関西風の挨拶に権五郎も微笑《ほほえ》み、

「いやいや、この辻村がなんも言うてくれんけん……。知っとれば、ホテルまでお迎えば出したとばってん」

「いえいえ」

「へえ」

「泊まっとるのは長崎観光ホテルですか？」

「映画の撮影なら、しばらく泊まっとらすとでしょ？　観光ホテルなら支配人ば知っとりますけん。遠慮なくなんでも言いつけてよかですけん」

「……いやほんまに、賑やかな新年会でんなあ」

半二郎が目を向けた舞台では「廓三番叟《くるわさんばそう》」が終わり、丸山新五人組の立方、園吉《そのきち》と小《こ》桃《もも》による「長崎ぶらぶら節」が始まっております。

「まあ、一杯受けてくれんですか」

権五郎は半二郎に盃を渡すと、一献さします。

くいっと呷《あお》った半二郎も、ぶらぶら節を知っているようで、

「ん？　これは……」

と、また舞台を眺めます。

『長崎ぶらぶら節』ですたい。長崎の宴会は、これぱっかり」

〽　長崎名物　ハタ揚げェ　盆まつり
秋はお諏訪《すわ》のシャギリで
氏子《うじこ》がぶうらぶら
権五郎は改めて目の前にいる半二郎の横顔を見つめます。その辺にいる男とは、やはり何かが違うのですが、さてその何かが分かりません。

「あ、そういや、親分さんのお名前は、『暫《しばらく》』の鎌倉権五郎《かまくらごんごろう》からお取りになったそうでんなあ？」

ふいに半二郎に問われ、

「ああ、そうですばってん、完全に名前負けしとります」

と、権五郎は笑い飛ばします。

考えてみれば、奇妙な縁でございます。この半二郎を連れてきた辻村が若頭をつとめる愛甲会というのは、元は佐世保で興行師をやっていた熊井勝利が興した組でありまし

て、この熊井とともに、戦後の長崎で勝ち抜いてきたのが権五郎でございます。

この熊井というのは、戦後すぐのころ、美空ひばりと人気を二分していた流行歌手の興行を打ち、その名を全国に上げた男でありました。

戦後の長崎は原爆のあとの焼け野原にまず掘っ立て小屋が建ち始め、闇市が生まれます。どこの町でも同じでしょうが、マーケットが生まれれば愚連隊が誕生し、戦前から続く侠客一家との小競り合いが起こります。権五郎はまさにこの愚連隊上がりでございました。

長崎には宮地組という名門があったのですが、権五郎は、戦後すぐのころ、佐世保で名を上げていた興行師の熊井と手を組み、この宮地組を追いつめていくのであります。

昭和二十七年、思案橋のキャバレーで宮地組の組員が愛甲会の組員から袋叩きに遭《あ》うという事件が起き、宮地組は愛甲会に決闘状を突きつけます。その決闘の場へ向かう愛甲会の五人の組員たちを、宮地組の二十人が待ち伏せして襲撃、大乱闘の末、愛甲会の全員が重傷を負うのですが、のちに卑怯《ひきょう》にも待ち伏せした宮地組のほうが笑い物となり、結果的に新興の愛甲会が名を上げることになったのであります。これを潮目に宮地組の勢力は衰え、愛甲会、そして権五郎が束ねる立花組が長崎の地に勢力を伸ばしていくわけですが、これがのちに「長崎抗争」と呼ばれるようになる十五年戦争の始まりとなるのでございます。

ただ、この大乱闘から四年のちの昭和三十一年、熊井は愛甲会創立七周年記念と銘打ちまして、水の江瀧子と森繁久彌一座の興行を打つのですが、この当日、劇場へ挨拶に向かった熊井が宮地組の組員たちから日本刀で切りつけられるという事件が起こります。電車通りにまで走り出て、通行人を巻き込みながらも素手で敵の日本刀に立ち向かった熊井の勇姿は、その後語り草となりますが、十八カ所の深手を負い、最期は血まみれとなって、享年二十八という若さで絶命。そして、この弔い合戦の先頭に立ったのが権五郎でございました。

さきほど、愛甲会の辻村が歌舞伎役者を新年会に連れてきてくれたのは奇妙な縁だと申しましたが、実は、権五郎に、

「お前《わい》の名前は、どうも弱々しか。改名したら、どうや？」

と勧めたのが、この熊井でありまして、そのさい熊井からの提案で、歌舞伎の荒事《あらごと》を代表する勇壮な狂言『暫《しばらく》』の主人公、権五郎はどうかと言われたのでございます。闇市のカストリ焼酎屋で、その名を耳にした瞬間、権五郎はまさにこれこそが自分の名前だと思えたということであります。

闇市での熊井との会話を懐かしく思い出しておりました権五郎は、賑やかな新年会のなか、ふと我に返りました。

さっきまでそばにいた半二郎はすでに自席へ戻っており、有名人とひとこと言葉を交

わそうとやってくる組員やその女房たちからの酌を受けております。

「半二郎さん、あんまり無理せんで下さいよ」

　権五郎がそう声をかけますと、

「おおきに。わて、こっちのほうはなんぼでもいけまんねん」

　と、盃をあける真似をして笑顔を見せます。

「もう八年か、まだ八年か……」

　そんな言葉が、ふと権五郎の口から溢《こぼ》れ、八年まえ、こと切れた熊井の血に汚れた晒《さら》木綿《し》を握りしめ、病院を飛び出した日のことが、まざまざと浮かんでまいります。

　まだ熊井の亡きがらが病院の霊安室にあるころ、権五郎は籠町《かごまち》にあった旅館ローヤルに陣取りますと、立花組や愛甲会の子分たちはもちろん、佐世保の平尾組、島原の曽田組にも集結の声をかけました。

　一方、権五郎たちの報復を恐れた宮地組でも、すでに大阪、神戸から大型トラックに乗った系列の組員たちが応援に向かったという報も入り、ここは一気に愛甲会および立花組を潰してしまえ、と全面戦争の構えを見せたのでございます。

　数日のうちに長崎市内の旅館はヤクザだらけになりまして、小倉や熊本から駆けつけた中立の立場を取る親分衆が調停のために奔走したのですが、両者とも納得せず、いよいよ開戦となる直前、やっと動いた長崎県警が市内の旅館十六カ所を包囲し、その場はもの別れとなります。ただ、この中途半端なもの別れこそが抗争を燻《くすぶ》らせ、その後十年以上も続くことになるのでございます。

今でも立花組の応接間には、このとき旅館ローヤルで撮られた白黒写真が引き伸ばされて飾られております。写っているのは、抜き身の日本刀を持ち、褌《ふんどし》一つで全身の刺青《いれずみ》をさらしている権五郎であります。

昇り龍の刺青は、両太腿《ふともも》から這《は》い上がり、腹、胸、背中、両腕から手首まで広がっており、何よりその表情には死ぬことなどまったく恐れていないような、反《かえ》って楽しみにしているような、そんなふてぶてしさが浮かんでおります。

権五郎と、宮地組の睨《にら》み合いはそれから数年のあいだ続くのでありますが、その隙に、世知に長《た》けた宮地組の大親分は付き合いの長い関西の兄弟たちの力も借りまして、本格的に土建業界へ進出し、娘婿などの身内を次々と県議会議員、市議会議員に当選させながら、県の土木予算をがっちりと握ってまいります。

表へ出ようとする宮地組に追い込まれる形で、このころの権五郎は裏社会との繫《つな》がりを更に強め、台湾のヤクザと盃を交わしますと、拳銃、薬物の密輸に手を染めていき、ふたたび潮目が変わりますのは、五年まえの昭和三十四年のこと、長期化する冷たい睨み合いのなか、血の気の多い若い組員たちの鬱憤《うっぷん》が暴発したのでございます。

発端は、市内の旅館に陣取っていた両者が県警に包囲された際、小競り合いから公務執行妨害となり服役していた立花組の組員が晴れて出所となった日のことで、出所した組員が迎えの若い衆たちとともに宮崎刑務所から長崎へ帰る途中、長崎線の肥前山口駅に停車中だった汽車を、宮地組の少年グループが襲撃し、拳銃やドスを使った大乱闘の果て、多くの者がその場で逮捕されたのであります。

幸い、死人こそ出ませんでしたが、ふだん静かな肥前山口駅のホームは怒号のなか血の海となり、乱闘を止めに入った当時新婚の車掌が脇腹を刺されて腎臓に損傷を負ったほか、不運にも流れ弾を受けた主婦が右耳を失うという惨事となりました。

当時、自らの政界進出も噂されていた宮地組の大親分は、これ以上の抗争は自分の立場を弱くするとの算段を働かせ、権五郎との手打ちを申し入れます。

権五郎は宮地の大親分の実質的な引退を条件にこの提案を受けるのですが、その結果、こっそりと己だけの保身に流れた大親分は組員たちからの信頼を失い、一気に宮地組は傾いてまいります。

組を離れた子分たちは、宮地組の建て直しを目指して小さなグループを作るのですが、当の大親分がすっかり興味を失っており、なかなかうまくいきません。

この機に乗じた権五郎は、大親分が手にしている市内の土建利権には目をつぶりつつ、長崎の裏稼業は全て取り仕切りまして、兄貴分である大親分を立花組の新年会に呼びつけて、末席に座らせるような仕打ちを始めたのでございます。

一昨年、この姿を目の当たりにした古参の宮地組の組員が、あまりの情けなさから情婦のアパートで首を縊《くく》るという事件も起こったほどであります。

酒を運ぶ仲居たちが、鶴の間と鷺の間の廊下を忙しく行き来しますごとに、立花組の新年会は騒がしくなってまいります。

仲居たちが奥のテーブルへ運ぼうとする酒も、廊下の途中で誰かに奪われ、

「ねえさん、酒！　こっちには酒が来とらんぞ！」

と、あちこちで増えるのは、催促の声ばかりでございます。

人が酔っていくというよりも、運ばれてくる徳利《とっくり》の酒がすでに酔っているようでして、その酔った酒を酔った人間が飲むのですから回りは早《はよ》うございます。

舞台では座敷の乱痴気を煽《あお》るように、芸妓たちが酔った男たちを舞台へ上げまして、腰をふっての「かっぽれ」を披露しております。

なかには半裸になった若い組員が、背中の刺青を火照らせながら、

〽かっぽれ　かっぽれ
　甘茶で　かっぽれ

の囃子《はやし》に乗せられて、見よう見まねで踊りますものですから、その腰の引けた姿にあちこちから笑い声や、引っ込めの掛け声がかかっております。

すでに座は崩れ、食事に飽きて座敷を走り回る子供たちもあれば、窓際に陣取って煙草《たばこ》をくゆらせている幹部たちの姿もございます。

権五郎自身も堅苦しいのを好まぬたちで、次々と新年の挨拶にくる子分たち相手に機嫌よく盃を交わしておりますが、すでに黒紋付は片肌脱ぎでございます。

そのうち、かっぽれのバカ騒ぎも終わった舞台に、これまでは一度も引かれなかった幕がとつぜん引かれます。引かれたのは歌舞伎で使われる黒、柿、萌葱《もえぎ》色の定式幕《じょうしきまく》でして、

「ん？　次はなんや？」

と、期待の声が上がっております。

幕の裏からドタバタと大道具を運びこむ音がしてまいります。勝手気ままに過ごしていた客たちも、何事かと視線を舞台へ向け始めます。

権五郎もまた、引かれた幕へ目を向けますが、こちらは次に何が始まるのか知っているようで、口の端でニヤリと笑っております。

ドロドロドロと、大太鼓のおどろおどろしい音が鳴りだしたのはそのときで、すでに客たちは舞台に釘付け。なかには事情通もいて、さぁ、今年も始まるぞと、身を乗り出す者もおりまして、その期待を受けてかどうか、さらに大太鼓がドロドロドロと高鳴ります。

幕が一気に開いたのはそのときで、不気味な大太鼓の音とは裏腹に、舞台のうえでは、大雪のなかになぜか桜が満開でございます。中央に立つ桜の巨木、天井からは満開の桜の枝がたっぷりと垂れております。

その豪華な舞台に座敷からため息が漏れ、さらに大太鼓が高鳴ったまさにそのとき、巨木の幹にかけられていた黒い布がスルスルッと巻き上げられまして、木のなかから遊女墨染《すみぞめ》が現れたのでございます。

強い照明に浮き上がるのは、薄鼠地《うすねず》に枝垂桜《しだれざくら》をあしらった着付の遊女墨染。つぶし島田の髪を、たくさんの女郎かんざしで飾ります。

予期せぬ趣向に、座敷では拍手が波を打ち、

「ほう。関《せき》の扉《と》でっか？」

と二代目花井半二郎も声を漏らします。

まさにこれ、歌舞伎舞踊の名作『積恋雪関扉《つもるこいゆきのせきのと》』の名場面でありまして、舞台下手には浄瑠璃《じょうるり》役の芸者衆や三味線がずらりと並び、桜の巨木の横には関守《せきもり》の関兵衛《せきべえ》がじっと控えております。

そしていよいよ大太鼓も、ドロドロドロと最高潮。

〽幻か深雪《みゆき》に積もる桜かげ　実《げ》に朝《あした》には

雲となり　夕《ゆうべ》には又雨となる

〽　仇《あだ》し仇なる名にこそ立つれ……

　禿立《かむろだ》ちから廓の里へ
常磐津《ときわづ》の語りを伴って、遊女墨染が巨木のなかから立ち出《い》でますと、精霊とも、ただの遊女とも思われる幻想的な舞で、関兵衛を誘惑しようといたします。

　その着物の裾さばき、憂えた目つき、そして何より、大きな髷《まげ》を揺らして踊る、その小さな肩に、座敷の誰もが釘付けなのはいうに及ばず、畳に転がっている徳利までが、まるでその体を起こして舞台を見つめているようでございます。

「こりゃ、見事な墨染でんなあ。こんな達者な芸妓さんが、長崎にはおりますねんなあ」

　思わず呟《つぶや》いた半二郎に、

「いや、あれ、芸妓じゃのうて、立花親分とこの、中学生の一人息子ですたい」

　と教えたのは愛甲会の辻村で、二人揃って振り返れば、権五郎が始まった問答をさも満足げに自ら口ずさんでおります。

関兵衛　ヤア、いずくともなく見馴れぬ女、この山蔭の関の扉へは、いつの間に、どこから来た。

墨染　アイ、わたしゃアノ、撞木町《しゅもくまち》から来やんした。

関兵衛　何しに来た。

墨染《すみぞめ》　逢いたさに。
関兵衛　そりゃ、誰に。
墨染　こなさんに。
関兵衛　ナニ、俺に。そりゃあなぜ。
墨染　色になって下さんせ。
二人の響き合う問答は、酒を運ぶ仲居たちの足をも止めます。歌舞伎など初めて見る子供たちはもちろん、組員やその女房たちもまた、手にした盃や箸を置くのも忘れ、ぽかんと舞台に目を向けております。そんななか、問答はさらに熱を帯びてまいりまして、誘う遊女に、疑う関守。
関兵衛　時に太夫さん、お前のお名はエ。
墨染　墨染と、いいやんす。
関兵衛　ナニ、墨染。あの桜の名も、元は墨染。ハテ、ええお名でござりますのぉ。時に太夫さん、おれはこれまで廓通いをしたことがない。廓の駆け引き。
墨染　馴染みのしこなし、間夫《まぶ》狂い。実と。
関兵衛　嘘との。
墨染　手管《てくだ》の所訳《しよわけ》。
関兵衛　裏茶屋入りの魂胆まで。

墨染　そんならここで、話そうかエ。

問答が終わりますと、地方の三味線が廓の清掻《すがが》きを一斉に弾きはじめ、舞台からおりた墨染が、関兵衛を誘惑するように、花道に見立てた鶴の間と鷺の間の廊下を、しなを作って駆け出します。

その姿に客たちの拍手は高まりまして、応えるように盛り上がる三味線のなか、傘を持ち、墨染を花道に追う関兵衛でございます。

ふたたび舞台へ戻る二人の姿は、まるで花魁《おいらん》道中。

座敷の拍手は鳴り止《や》みません。足を止めていた仲居たちまでその場に座り、盆を置いての舞台見物。

この墨染と関兵衛、実は仮の姿でございます。といいますのも、墨染、これ実は桜の精。そして関兵衛はといえば、天下を狙う大悪党、大伴黒主《おおとものくろぬし》でございます。

舞台では、関兵衛がその本性を現そうとしております。ぶっかえりで関守の扮装から一転、黒の束帯《そくたい》姿になりまして、凄《すご》みを増した相好で大まさかりを掲げます。

一方、これに立ち向かう墨染も、遊女の扮装から、目にも鮮やかな鴇《とき》色地に桜の着物にぶっかえり、黒髪の鬢《びん》をすっと長く引き抜きますと、満開の桜の枝を片手に、大悪党、黒主を前に立ちはだかります。

二人の対決を盛り上げる浄瑠璃に、芸者衆の太鼓が応え、桜の精が桜の枝をひと振りふた振り、黒主《くろぬし》の大まさかり相手に切りこみます。睨み合う両人。舞台の緊迫感は座敷まで支配しまして、もう誰もが息をするのも忘れております。

そのとき、二人の黒衣《くろご》が台を持って舞台に現れ、いよいよ引っ張りの見得《みえ》での幕切れへと向かいます。

台に立つ墨染《すみぞめ》と、大まさかりを構えた黒主。両人の着物の裾を、黒衣たちがぱっと広げて見せれば、両人はここぞとばかりに大見得の睨み合い。さながら動く浮世絵に、座敷にはどっと拍手が起こります。

響き合う鳴物に、鳴り止まぬ拍手。そんな舞台と客席を裂くように定式幕が引かれます。

幕が引かれましても一向に止まぬ拍手を、花道に見立てた廊下の奥、柱の陰からこっそりと聞いておりますのは権五郎の女房マツでございます。

その表情は、まさに得たり賢《さか》し。袂《たもと》から煙草を一本取り出しますと、そのぷっくりとした唇にくわえ、大仕事でもやり終えたかのように一服つけております。

実を申せば、毎年この余興を念入りに準備している張本人がマツでして、元々根っからの芝居好きの病膏肓《やまいこうこう》で、年に一度の女房の道楽だからと権五郎を言い包《くる》め、高価な衣裳《しょう》にかつらや大道具はいうに及ばず、芸者衆への花代、日舞のお師匠さんへの稽古代など、新年会の余興には見合わぬ大枚をはたいているのでございます。

くわえ煙草で腕を組み、渡り廊下から舞台の裏側へと回り込みますと、マツは舞台へ出る襖を開けました。

薄い幕一枚。まだはっきりと、座敷からの拍手は聞こえております。

その拍手がまるで見えるかのように、墨染を演じた息子の喜久雄《きくお》と、関兵衛役をやりました部屋住み組員の徳次《とくじ》が、ぽかんと口をあけて立っております。

「姐《ねえ》さん」

マツの元へすぐに寄ってきたのは三味線を弾いていた芸妓の小桃で、

「……うちゃ、びっくりした。坊ちゃんも徳次も、本番に強かねえ。稽古のときは、文句ばっかりで、踊りもぜんぜん覚えんやったとに。うちゃ、墨染が花道においていったときなんか、あんまり色っぽくて、見とれて弾き間違えたとよ」

驚いているのは小桃だけではないらしく、居ならぶ丸山芸者の姐さんたちまでが、

「大したもんよ」

「これだけやれたら、お金取れるよ」

などと囃《はや》します。

「あんたら、上出来上出来」

マツが二人に声をかけますと、ぽかんとしたまま墨染と関兵衛が振り返ります。

重い衣裳で踊った喜久雄も徳次も、まさに湯気が立つほどの汗だくで、顔の白粉《おしろい》もすでに流れかけております。

やっと我に返ったような桜の精こと、息子の喜久雄が、

「幕の開いたとたん、勝手に体が動き出して、気づいたら、もう終わっとった」

と、きょとんとしますと、

「あねさん、俺《おい》も同じ。始まったと思うたら、すぐ終わってしもうた」

と、大伴黒主《おおとものくろぬし》こと、部屋住みの徳次も深く頷《うなず》きます。

この二人、喜久雄が今年で十四、徳次が十六を迎える二つ違いなのですが、妙に気が合うようで、「徳ちゃん」「坊ちゃん」と呼び合いまして、家内の強面《こわもて》の男たちの目を盗み、コソコソと悪さをしております。

十代での二歳違いといいますと、大げさにいえば親と子ほどの違いがありますので、だいたいに於《お》いて、悪さを教えるのは年上の徳次なのですが、教わる喜久雄も、そこは極道を親に持っただけのことはありまして、打てば響くと申しますか、幼いながら腕には覚えがあると申せばいいのか、とにかくのみ込みだけは早いのでございます。

「花丸の女将《おかみ》さんが、お風呂焚《た》いてくれとるけん、一緒にもろうて化粧落としてきたら」

今回二人にみっちりと踊りを仕込んだ芸者の園吉に声をかけられ、

「おう、行こう行こう。汗びっしょり」

と、二人が連れ立ってまいります。

さっきまで遊女だった喜久雄も着物の裾をからげますと、うっすらと生えた脛《すね》毛をさらして、がに股で廊下を歩いていきます。

「あ、座敷に半二郎さんがおるとよ」

不意に呼び止めたマツの声に、二人は振り返りますが、

「半二郎さんて、誰？」

と知らぬ様子でございます。

「呆《あき》れた。あんたたち、半二郎さん知らんと？　ほら、歌舞伎役者で、映画の『十四郎暗殺剣』にも出とんなる」

十代の子供が好んで見る映画でもないらしく、マツの説明を聞いても二人は首を傾《かし》げたままで、それよりも早く厚化粧を流そうと風呂場へ向かいます。

「着物、乱暴に脱いだらいかんよ！」

注意するマツの言葉も、すでに二人の背中には届きません。

楽屋代わりの萩の間に駆け込みますと、部屋には着付けを手伝ってくれた仲居たちが待ち構えておりまして、かつらを取った二人の体にあちらこちらから手が伸びますと、帯締め、帯揚げ、帯にだて締め、さらには長襦袢《じゅばん》まで、次々と引かれ回され剝《む》かれてい

きます。

結果、褌一丁になりますと、まるで調子を合わせたように二人同時にくしゃみをしまして仲居たちを笑わせます。

「風呂場、どっち?」

先に廊下へ飛び出した徳次の背中には、竹林に虎のスジ彫りがありまして、その傷はまだ生々しく腫れ上がっております。

この徳次、元は長崎で貿易商を営んでいた華僑《かきよう》が芸者に生ませた子で、生後しばらくは、焼け残っていた東山手の洋館を借りてもらい、母子二人で不自由のない生活をしていたのですが、この華僑の父親というのが山っ気の強い男でして、終戦の混乱も落ち着いてきますと、一つ大勝負に出たいと、本妻とその子供たちはもとより、徳次やその母も捨て置いて、生まれ故郷の中国福建省へ向かったのでございます。

本妻のほうは、その子供たちがすでに独立していたこともあり、なんとか暮らしを立てたのですが、徳次の母のほうは、背に腹は代えられぬと芸者に戻ったまではよかったのですが、不幸にも原爆症がでてしまい、徳次が五つを迎えるまえに亡くなったのでございます。

その後、徳次は遠縁の家で育てられるのですが、七つのころにはホテルの調理場からパンを盗んで捕まったといいますから、そう大事にしてもらったとも思えません。

その徳次が立花組の部屋住みになったのは、この年の三年ほどまえ、立花の若頭で真《さな》田《だ》という男が組のシマであるスマートボール屋で遊んでおりますと、

「おじさん、球買うなら、この球、二掛けで買うてくれん？」

と、会社帰りの客に徳次が声をかけていたそうでございます。

顔はまだ幼く、頭は丸刈りなのですが、どこで手に入れたのか、一端《いっぱし》にブカブカの背広を着込んでおりまして、口には煙草をくわえております。

「ありゃ、なんや？」

と、真田がおかしくなって店主に尋ねてみれば、

「最近、よう来るとですよ。二、三日まえ追い出したら、昨日なんか、つけ髭《ひげ》して来ましたけん」

と面白がっております。

話によれば、未成年者とはいえ、遊ぶだけならと店主も目をつぶっているのですが、妙に手先が器用でスマートボールも上手《うま》く、いつもそこそこ勝つものですから、本人としては大人と同じように球を換金したいらしく、ただ、さすがに景品所も子供は相手いたしません。そこで店に来る気の良さそうな客を見つけては声をかけ、球を現金に替えているということでありました。

「おい、坊主」

真田が声をかけますと、

「あ？」

と、威勢良く睨みつけてきたのはいいですが、すぐに相手が本物だと分かったようで、

「なんですか？　兄さん」

と、急に態度を変えるところも一端でございます。

「どこのもんや？」

真田がからかえば、

「手前、故あって親兄弟ありません」

と、仁義まで切ってみせます。

いよいよおかしくなり、真田は徳次の細い首根っこを摑《つか》みまして、

「ちょっと来い。肉食わしてやるけん」

と外へ連れ出したそうで、その後はもうスマートボール屋で顔を合わせるたびに、

「兄貴、兄貴」と懐き、気がつけば、使いっ走りのような格好で、組にも出入りするようになっていたということでございます。

料亭花丸の風呂は、日の当たらぬ北側にありましたけれども、磨《す》りガラスの入った合わせの格子戸を開け放ちますと、雪の日本庭園が見渡せました。

その格子戸を徳次がガラッと開ければ、風呂場にこもっていた湯気が檜《ひのき》の香りとともに逃げ、代わりに冷気が流れ込んできますので、

「おー、さぶさぶ」

と、二人して狭い檜の湯船に飛び込みます。溢《あふ》れた湯でさらに湯気が立ち、また外へと流れます。

「しかし、我ながら上出来やったばい。ねえ、坊ちゃん」

じゃぶじゃぶと大伴黒主《おおとものくろぬし》の化粧を落としながら徳次が言えば、

「アイ、あたしゃ、撞木町から来やんした」

と、ワセリンを顔に塗り込みながら喜久雄もふざけ、「何しに来た」「逢いたさに」と笑い合っております。

湯船から出るのは寒いので、喜久雄が横着してワセリンを塗りたくった顔を突き出しますと、徳次が湯桶《ゆおけ》でじゃぶじゃぶと湯をかけてくれ、白粉に濁った湯がタイルを流れて排水口に吸い込まれます。

「そういえば、徳ちゃん、彫師《ほりし》の辰《たつ》さんに話つけてくれた？」

今度は逆に、徳次の頭に湯をかけてやりながら喜久雄が尋ねれば、

「ああ、そのことやけど、辰さん、どうも気乗りがせんて」

「気乗りがせん？　なんで？」

「なんでて、そりゃそうやろ。立花組の総領息子の体に彫りもん……、それも、親分やあねさんには内緒。もしあとで問題になったら、辰さん、指つめるくらいじゃ済まんもん」

「辰さんがそう言うたと？　見かけによらず、肝っ玉の小さかね」

「いやいや、辰さんの気持ちも分かるさ。坊ちゃんの立場って、坊ちゃんが自分で思うとる以上に厄介やけん」

「でも、ヤクザの息子なんて、彫師にしたら、お得意中のお得意やろ」

「いや、そりゃそうやけど」

徳次の背中のスジ彫りの虎が、湯に溺れております。もちろんこの竹林と虎も、辰が彫ったものであります。

「背中、まだ痛か？」

喜久雄が尋ねますと、

「いや、もう風呂には慣れた。まだ痛かとは、女に抱きつかれたときだけ」

と、徳次が一端の口をきき、

「……坊ちゃんも、春江《はるえ》とするときは背中に爪立てられて痛かろう？」と笑います。

このときすでに、喜久雄は自分の背中にどんな絵柄を彫ってもらうか決めておりまして、一緒に入れる約束をしている春江と相談のうえで選んだのは、両翼を大きく広げたミミズクでありました。

ちなみに喜久雄のミミズクはその鋭い爪でニシキヘビを摑んでおります。数ある絵柄のなかからミミズクを選びましたのは、野生の鳥類、しかも猛禽類《もうきんるい》となりますと、人に心を開いてくれるどころか、凶暴なものと思われがちなのですが、実はこのミミズクという鳥、一度、恩を受けた人間は決して忘れないと言われているのでございます。

あるとき、怪我《けが》をしたミミズクを助けた男がありました。家へ連れ帰り、傷を癒《いや》してやりますと、命を助けてもらったミミズクは無事に飛び立っていった翌日から、毎日毎日、助けてくれたお礼にと、ネズミやヘビを男に持ってきてくれるようになったそうであります。

この話を春江に聞いたとき、喜久雄は胸が熱くなりました。単純といえば単純ですが、このミミズクのように生きたいと思いましたし、このミミズクの気持ちこそがこの世で最も尊ぶべきものだと思えたのでございます。

「……坊ちゃん、まだ、春江ば、公園に立たせとるとね？」

喜久雄が火照った体を窓から外へ突き出しておりますと、その尻を徳次がパチンと叩きます。

「立たせとるけど、毎晩、俺《おい》が見張っとるけん。ヘンな客が寄ってきても、俺が追い払うし」

外に突き出した喜久雄の背中で雪がとけます。火照っていた体がまた冷えて、

「あー、さぶっ」

と、喜久雄がまた湯船に体を沈めたときでございます。

開け放った格子が揺れて音を立て、と同時に、二人が浸《つ》かっている湯が小さく波立ったかと思いますと、ドドドドと聞こえてきました足音は一人や二人のものではなく、まるで料亭花丸ごと誰かが踏みつけているようでありました。

「な、なんや？　地震？」

慌てて立ち上がった二人の耳に、男たちの怒鳴り声が聞こえたのはそのとき、

「なんや？　なんや？」

湯船を飛び出た徳次が、風呂場の戸を開けますと、開けたとたんに仲居が二人、悲鳴を上げて逃げ込んでまいります。

「なんや？　なんや？」

「助けて！　助けて！」

仲居たちは運んでいた膳を持ったまま、真っ裸の徳次の背後に隠れます。

「なんや？　なんやて？」

慌てる徳次の声に重なって、新年会の座敷のほうから男たちの怒声がさらに高まり、逃げ惑う女たちの悲鳴も聞こえてまいります。

喜久雄は湯船を跨《また》ぎますと、

「殴り込み！　宮地の殴り込みかもしれん！」

と叫んで風呂場を飛び出します。

「坊ちゃん！」

すぐに徳次があとを追おうとしますが、そこに結い髪をふり乱したマツが両手を広げて駆け込んで来たのでございます。

「行ったらいかん！」

日ごろ見せることのない形相で、出て行こうとする喜久雄を遮り、

「徳次！　あんたも押さえて！」

とのマツの言葉に、とっさに徳次も喜久雄を羽交い締めにいたします。

「離せ！　徳ちゃん、離せ！」

暴れる喜久雄の声に混じって座敷から聞こえてくるのは怒声や悲鳴だけでなく、紛れもなく深手を負った男たちの断末魔の喘《あえ》ぎ声。その数すでに一人二人ではありません。

羽交い締めにされた喜久雄の視線の先は渡り廊下で、座敷から逃げてきた仲居たちが着物の裾を乱し、庭へと飛び降りておりまして、その顔はどれも蒼白《そうはく》、なかには子供のように泣きながら逃げていく者もあります。

中庭に積もる雪のうえ、逃げ惑う仲居たちの足跡が乱れます。

庭に面して張られた雪見障子が破られて、取っ組み合う男たちがもんどり打って庭へ落ちてきたのはそのときで、追われているのはさっきまで半裸でかっぽれを踊っていた立花の若衆、追ってくるのは日本刀を摑んだ宮地の組員でございます。

「待て、おら！」

転がり落ちた若衆はすでに脇腹に傷を負い、その血が、晒木綿《さらし》も雪も、真っ赤に染めてまいります。

「待て、おら！」

飛びかかろうとした瞬間、男が苔石《こけいし》で足をすべらせ、体を支えようと突き出した日本刀が、這って逃げる若衆の太腿の裏にぐさりと刺さります。

一瞬、その場の音を雪が呑《の》みこみ、若衆はじっと雪を見つめます。

太腿を貫通した日本刀の先が、泥で汚れた雪に刺さり、その雪を真っ赤な血が染めております。

音もなく裂けていく太腿。若衆の額には脂汗《あぶらあせ》が浮かび、次第に体が震えてまいります。刺した男の額にも脂汗。動きを失った二人の男たちのまえで、雪を染めた熱い血から湯気が立っております。

一方、座敷では取っ組み合う男たちの足元を、腰を抜かした仲居たちが逃げ惑い、組員の女房のなかには勝ち気な者もおりまして、組み伏せられた自分の旦那を助けようと、宮地の組員の背中に飛びつき、その耳に嚙みついております。

泣き叫ぶ子供たちを両脇に抱えた宮地の男が庭へ飛び降り、そのまま子供たちを雪の上に放り投げますと、

「おりゃー！」

と吠《ほ》え、また座敷へ舞い戻ります。

座敷は、人間だけでなく、まさに徳利や小皿までが乱闘に加わっているような有様《ありさま》で、畳のうえではおせち料理の伊達巻《だてまき》や黒豆が踏みつぶされ、盆にこぼれた酒に、飛び散った血が滲《にじ》んでおります。

吹き込んでくる雪混じりの寒風に、取っ組み合う男たちの息は白く、その顔はさらに蒼白、春爛漫《らんまん》だった新年会の座敷から徐々に色が抜けていきます。

何本もの脚、何本もの腕、そしていくつもの頭が座敷で乱れ、取っ組み合う男たちはどれが自分の脚で、どれが相手の腕なのかも分からぬ様相で、そんななか、襖の裏で体を震わせているのは宮地の若い組員、その手には血まみれのドスが握られ、足元では立花の若衆が今にも飛び出しそうな自分の腸《はらわた》を必死に押さえております。

膝を震わす宮地の組員が漏らした小便の臭いに、血と酒と白粉の匂いが混じります。

寒風が吹き抜ける廊下の先に、二階への階段が延びておりまして、先ほどから宮地の組員たちが権五郎を追って上ろうとしているのですが、立花の男たちが必死に食い止め

ております。ただ、武器を持つ宮地相手に、立花の男たちは素手。下から突き出される日本刀やドスに、血まみれの手や脚で応戦しております。

切られ、突かれる立花の男たちに為《な》す術《すべ》はなく、ただ声を上げて相手を威嚇《いかく》し、ただ声を上げて痛みに耐えます。

そんな子分たちの声が、いったん二階の座敷に逃れてきた権五郎に聞こえぬわけもありません。すでに諸肌《もろはだ》脱いだその倶利迦羅紋紋《くりからもんもん》を上気させ、すぐにでも階下へ戻ろうとするのですが、勝ち目のない戦場《いくさば》に親分を行かせてはならぬと、子分たちがその手足を必死で押さえております。

ガラッと部屋の襖が開いたのはそのときで、駆け込んできたのは、愛甲会若頭の辻村と、すっかり血の気の引いている半二郎でございます。その顔には誰かの血飛沫《しぶき》が飛び、まるで火焔《かえん》を象《かたど》った歌舞伎の隈《くま》どりのようであります。

「半二郎さん、こっちに！」

すっかり怯《おび》え切っている半二郎を権五郎が部屋へ引き入れた次の瞬間、階段で咄嗟《とつさ》に組まれた陣形もいよいよ破られたのか、宮地の組員たちが鬨《とき》の声を上げて二階へ上がってまいります。

権五郎は自分を引き留めていた子分たちを、「ええ！」と大きく払いますと、部屋の襖を一枚はずして両手で掲げ、

「おんどりゃ、のぼすんな！」

と怒鳴って廊下へ飛び出ます。

宮地の組員たちも、さすがに敵方の大将をまえに怖気《おじけ》づき、そこをすかさず権五郎が襖を振り回して襲いかかります。

戦後の闇市から体一つでここまでのし上がってきた大男、いったん暴れ出しますと、その六尺を超える体が一回りも、ふた回りも大きく見えます。

「半二郎さん、こっちに！」

その背後で、愛甲会の辻村が半二郎をさらに奥の座敷へ逃します。

まるでぶっかえりでもしたような権五郎の姿に、思わず目を見開いていた半二郎も背中を押され、腕を引かれ、バタバタと奥の間へ逃げ込めば、閉めた襖の隙間から、日本刀やドスを相手に、襖一枚で応戦する権五郎の背中が見えます。しかし、さすがに襖は襖。松が描かれた上貼りも徐々に切られ、まさに破れ襖となってまいりますが、それでも権五郎の勢いだけは止まりません。ドスを突き出す若い組員の喉《のど》を襖の角で押し戻して壁に押さえつけたかと思えば、もう片方の手で突き出された日本刀をむんずと摑むと、唸《うな》り声を上げて相手ににじり寄ります。

そこへ権五郎の子分たちが襲いかかり、その手から日本刀を奪いとったが早いか、相手の背中にブスリと一刺し。

もんどり打って階段を転げ落ちる宮地の組員。日本刀を掲げ、形勢逆転、階下へ駆け下りていく立花の男たち。

そのとき襖の隙間から覗いている半二郎の肩をふいに引く者がありました。見れば、形相を変えた辻村が立っております。

「辻村はん……」

このとき、辻村から乱暴に払われて、思わずよろけた半二郎の目に映りましたのは、拳銃のワルサーでありまして、おもちゃの銀玉鉄砲では知っておりますが、さすがに本物を見るのは初めてでございます。

「辻村はん、アンタ……」

気をつけて下さいよという意味合いで、半二郎がそう呟いた次の瞬間、辻村が目のまえの襖を蹴破ります。

「兄貴……」

そう声をかけた辻村に、破れ襖を投げ捨てた権五郎が振り返ります。

その一瞬、権五郎の目元がピクリと引き攣《つ》ったのが半二郎にもはっきりと見てとれました。てっきり二人して、階下で奮闘する子分たちを援護に行くのだろうと思っていたところでしたが、

「……将生《まさき》」

辻村を下の名で呼ぶ権五郎の目に戸惑いが浮かんでおります。

気がつけば、銀玉鉄砲ではないワルサーの銃口が、まっすぐに権五郎の腹に向けられていたのでございます。

「なんの真似や？」

権五郎がゆっくりと一歩まえへ出ようとします。しかしその顔はすでに死んだようであります。

「パン」

ひどく乾いた音でした。賑やかな新年会から大立ち回りの乱闘のあとだったせいか、それはあまりにも呆気《あっけ》なく、何の盛り上がりもない乾いた音で、一人の人間が死ぬ音ではありません。日本刀やドスで斬り殺されれば、必ず太鼓の音がドロドロと鳴り響きます。しかし……。

「パン」

そのとき仁王立ちの権五郎の腹に二発目が撃たれました。権五郎はまだ戸惑ったように、長年可愛がってきた弟分の辻村を見つめております。そして自分が死ぬことにやっと気づいたように、

「ん？」

と、小さく唸ったそうでございます。

第二章　喜久雄の錆刀《さびがたな》

「喜久ちゃん、寒かけん、窓閉めてよ」

　春江の声に、

「うん」

と頷《うなず》きながらも、喜久雄は二階の窓からドブ川を見下ろしておりまして、この銅座川の両岸にはへばりつくように小さなスナックやサロンやバーが並んでいるのですが、大晦日《おおみそか》の今夜はさすがにどの店も休業で、先週まではクリスマスの飾りも賑《にぎ》やかなネオンがドブ川の水面に映り、それはそれで情緒がありはしたのですが、今は太った鼠《ねずみ》が這《は》いまわる本来のドブ川に戻っております。

　今年からカラー放送になった紅白歌合戦を、春江は白黒テレビで見ております。寒いはずで、炬燵《こたつ》布団を首まで引っ張り上げているくせに、その背中はセーターがまくれ、白い腰が赤外線ランプで赤く染まっております。

六畳二間の部屋は、炬燵、石油ストーブ、火鉢で、熱気がムンムン。ここにやかんの湯気だの、炬燵のなかのこもった熱だのが混じりますので、窓でも開けていないと頭がぼーっとしてまいります。

喜久雄は鼻先をかすめる部屋の臭いに顔をゆがめながら、それでも煙草《たばこ》を一本吸いますと、今度は、「あー、サブサブ」と身震いしながら炬燵へ戻り、甘えるように春江の体に抱きつきます。

「喜久ちゃんの手、冷たか！」

春江が喜久雄を押し返しますと、

「ねえ、お母ちゃん、うちもカラーテレビ買おうよ」

と、台所で洗い物をしている母親に声をかけますが、カラーテレビに興味のない母親は、

「今年は紅組のトリが、ひばりの『柔《やわら》』で、白組は誰ね？」

と話を逸《そ》らし、春江もさほどカラーテレビが欲しいわけでもないらしく、「坂本九か、三波春夫やろ」と応えております。

喜久雄はそんな母娘の会話を無視してごろんと横になりますと、天井の蜘蛛《くも》の巣を見つめながら、そういえば、東京の空もちゃんと青かったなあなどと二カ月まえのオリン

ピックでのカラー映像を思い出します。

東京の空というものは、工場地帯の煙で真っ黒に汚れていると思い込んでおりましたカラーテレビに映った真っ青な空を見て、映画で見る空は撮影所の作りもんやろうけど、テレビは本物のはずやもんなあ、と妙に感心したのであります。

煙草に手を伸ばしますと空箱です。

「おばさん、店に煙草ある?」

尋ねた喜久雄に、春江の母親が台拭きを持って炬燵に戻りながら、

「もう吸うてしもうたと?」

と驚きます。

「そりゃ、三人でスパスパ吸えば、すぐなくなるさ」

喜久雄が炬燵を出て靴下を履《は》こうとしますと、今度は春江が、

「どこ行くと?」

と引き留めますので、

「下に煙草とりに」

「下に行くだけで、わざわざ靴下履くと?」

「だって、寒かやろ」

どうでもいい会話を交わしながら梯子《はしご》のような階段を降りる喜久雄に、

「しんせいじゃなくて、ピース持ってきて」

とは春江の母親。

喜久雄は途中からぴょんと飛び降りました。降りたとたん、乾燥した冬の夜にもかかわらず、なぜか雨の臭いがします。客のいない飲み屋というものは、いつもこの臭いであります。

一階は春江の母親がやっている「紫」というスナックで、真っ暗ななか、カウンターのうえに五つ六つの椅子が逆さまに載せられております。

喜久雄はカウンターの内に入りますと、棚からピース缶を取り出して、その場で一本火をつけ、カウンターから椅子を下ろして腰かけました。

「アンタたち、紅白終わったら、お諏訪《すわ》さんに初詣に行くとやろ?」

「お母ちゃんも一緒に来る?」

「いやー、寒かもん。お母さん、先に寝とるよ。……それより、喜久ちゃん、中学卒業したらどうするつもりやろね?」

安普請の建物、二階の抑えた声も筒抜けであります。

「火のー、よーじん!」

寒空に夜回りの拍子木が聞こえてきましたのはそのときで、

「あら、大晦日に珍しか」

「どっちの町内会やろか？」

などと二階から、また春江たちの声が落ちてきます。

本来、夜回りの拍子木は遠くからゆっくりと近づいて、またゆっくりと遠ざかるものですが、なんとも急な登場で、その上、なかなか家のまえから動きません。

喜久雄はふと嫌な予感がして、カウンターの裏に隠し置いている野球のバットを摑《つか》みました。

「火のー、よーじん！」

また店の外で声がします。ただ、その声にどこか聞き覚えがあり、喜久雄は半信半疑ながらバット片手に入り口へ向かうと、店のドアを開けてみました。

しかしそこには誰もおりません。いつもは酔客だらけの路地はガランとしており、餌をもらい損ねた野良猫が一匹、横切っていきます。なんとなく目で追いますと、野良猫が駆け寄った先に、男がしゃがみこんでおりまして、ハムを与えようとしております。

真上からの街灯で、男の顔には影が差しておりますが、

「徳ちゃん？　……徳ちゃんやろ？」

と喜久雄は声をかけました。

「火のー、用心！」

男が猫を撫《な》でながら叫びます。

「徳ちゃん！　なんでここに？」

徳次の突然の訪問に驚く喜久雄に、

「さっき鑑別所から逃げてきた。大晦日が一番脱走しやすいって聞いとったけど、本当に簡単やったばい」

と、当の徳次はケロリと応えます。

見れば、着ているのは名札付きの鑑別所の服で、その上にどこで盗んだのか、女物のコートを羽織っております。

「逃げてきたって……、なんで？」

「なんでって、親分の一回忌やろ」

とつぜん立ち上がった徳次に慌て、野良猫がハムをくわえて逃げていきます。

「とにかく入らんね」

喜久雄が店のなかへ招き入れようとしますと、立ち上がった徳次は裸足《はだし》に、こちらも女物の草履《ぞうり》で、その体をガタガタと震わせております。

「どこで盗んだと？」

喜久雄が白いコートを引っ張れば、

「最近来た女の法務教官がおって、その部屋でかっぱらってきた。女のくせにここに髭《ひげ》生えとる先生で……」

と徳次が喜久雄の鼻の下をつまみ上げ、

「……あれ、坊ちゃんにも髭が生えてきた？　ん？　いや、これ、髭や？」

とドジョウ髭を引っ張ります。

喜久雄が思わず払った徳次の手はすっかり冷え切っておりまして、

「今、ストーブつけてやるけん」

マッチを擦り、石油ストーブに火をつけますと、ボッとついた青い炎と共に灯油の臭いが立ちます。

宮地組の残党が殴り込みをかけてきた立花組の新年会から、早いもので一年が経とうとしておりました。組長の権五郎を含む立花側の死者四名、宮地組の死者が一名で、負傷者に至りましては、双方で五十名に及び、うち十一名が未《いま》だに何かしらの後遺症、例えば片腕損傷、下半身の麻痺《まひ》などで現在も苦しんでおります。

新年早々に起こった凄惨《せいさん》な抗争事件は瞬く間に全国ニュースとなりまして、オリンピックを控え、新しい世界の到来を感じていた国民は、大空無雲《たいくうむうん》、山下雷鳴《さんからいめい》ではありませんが、結局どんなに青空を見上げたところで、相変わらず足元は雷かと、思い知らされたのでございます。

仕掛けてきたのは宮地でありますが、立花の反撃も正当防衛と呼べる代物ではなく、双方の逮捕者は五十二名にも及んでおります。

事件の直後、迅速に記者会見を開いた宮地の大親分が、「自分にはまったく身に覚えのない計略」と、自身の潔白を訴えましたことで、暴挙に及んだ子分たちを切り捨てたことになり、また、多くの逮捕者も出ていたことで、結果的に、戦前からの名門宮地組はここに解散という憂き目に遭《あ》ったのでございます。

一方、権五郎を失った立花組にも混乱が生じました。

順当にあとを継ぐべき若頭の真田は逮捕され、残った幹部たちにはあいにく抜きん出た者がおらず、となると、組内に派閥が出来ての醜い争いとなり、中にはまだ中学生の喜久雄を組長に、という非現実的な声まで上がる始末。

権五郎の四十九日が過ぎるころには一触即発で、自宅から喜久雄を拉致《らち》して跡目を宣言させようとする騒ぎまで起こります。

見るに見かねて、この騒ぎをまとめたのが愛甲会の若頭、辻村将生でありました。本拠地の佐世保から飛んできますと、早速に収監されている真田と連絡を取り、彼の代理となって、絡み合っておりました立花組の組員たちをまとめていきます。

その手腕は大したもので、跡目争いの決闘辞さずの機運も、権五郎の死から半年を迎えるころには、すっかり下火になっておりました。

このときの辻村が偉かったのは、まず第一に、権五郎の一粒種である喜久雄の将来を慮《おもんぱか》ったことであります。

「現在の宮地の大親分個人の活躍と、宮地組の凋落《ちょうらく》とを見れば分かる通り、これからのヤクザは表に出ていかんとならん。シマだのシノギだの小さな世界じゃのうて、日本の表経済に食い込んでいかんとならん。その希望の星が喜久雄ですたい。ちゃんと学問させて学歴もつけさせて、そして成長した喜久雄に新しか世界ば見せてもらおうじゃなかですか」

臨時の代理だったはずが、気がつけば、権五郎の墓の建立や納骨を取り仕切ったのはこの辻村でありました。もちろん部外者といえば部外者、組内から異論も出るには出たのですが、ならば誰が仕切るかとなると、また跡目争いの決闘騒ぎに逆戻りしますので、結果、辻村の采配に甘える格好になったのですが、このときの体たらくが、のちに立花組が愛甲会の下部組織に成り下がっていく禍根となるのでございます。

「喜久ちゃん、誰か来《き》とると?」

梯子のような階段を降りてくるのは春江であります。寒い寒いと言っているわりに靴下も履いておらず、その白い足がストーブに赤く染まります。

「春江ちゃん、俺俺《おいおい》」

そう応えたのは徳次で、声に驚いた春江が、

「あれ、鑑別所にもお正月休みあると?」

ととぼけたことを申しますので、

「あるもんか」

と逆に呆《あき》れられ、

「酔っ払って、警官殴って鑑別所に入れられた者《もん》に正月休みなんかくれるもんか」

と、喜久雄にまで笑われる始末でございます。

徳次が鑑別所送りとなりましたのは、権五郎の納骨が愛甲会の辻村の仕切りで無事に終わってすぐのころでありました。

喜久雄と徳次がいつものように取り巻きを引き連れて新世界劇場へ『喜劇　駅前女将《おかみ》』を見に行きますと、二階最前列に学ランの集団がおります。

普段、この座席は喜久雄たちの専用で、事情を知らない大人たちが座っていることはありますが、その際は徳次がすぐさま追い払いますし、近辺の中学高校ではこの席が立花組の息子たちの特等席であることが知れ渡っておりますので、まず学生が座っていることはありません。

「そこで、なんしよっとや?」

すでに上映の始まっている薄暗い館内で徳次が声をかけますと、振り向いたのは梅岡《うめおか》中の悪童たちで、すぐに逃げるかと思いきや、

「なんしよるって、映画見よるったい」

と、突破者《とっぱもん》らしいニキビ面の少年がにやりとします。このにやりとした少年、柄は悪いですが、長崎では一番大きな建材屋の息子で、「ニッキの譲治《じょうじ》」と言えば、そこそこ名は知れておりました。

ニッキの譲治がにやりとしたとたん、徳次がそのシートを蹴り上げます。

「ヒャッ」と声を上げたのは、近くにいた女性客たちで、睨《にら》み合う徳次たちから逃れるようにバッグを抱えて一階席へ降りていきます。

「おら、見物人もおらんようになった。今、ここで土下座すれば許してやる」

徳次がニッキの譲治の膝《ひざ》に足をのせ、そのポマード頭をパチンと叩《はた》きます。

すぐにニッキの譲治が立ち上がりますので、てっきり引くのだと思ったのですが、なんといきなり、徳次の顔面を殴りつけてきたのです。

あまりにもとつぜんのことで徳次はその拳をもろに鼻っ柱に受け、どっと噴き出した鼻血を押さえて蹲《うずくま》ります。

「『立花』の名前が、いつまでも通用すると思うなよ。落ちぶれヤクザの部屋住みが、一端《いっぱし》に意気がんな」

蹲る徳次の背中をニッキの譲治が雪駄《せった》で踏みつけます。吸い殻やパン屑《くず》や甘ったるいジュースの染みでベタベタの床に、徳次の鼻血が広がります。

「お前《わい》も、いつまでも立花の息子でございって調子こくなよ」

徳次の背中を踏みつけたまま、ニッキの譲治の手が喜久雄の胸ぐらに伸びてきます。

「……自分の親父《おやじ》、撃ち殺されて、敵討《かたきう》ちもできん腑《ふ》抜《ぬ》け息子は、呑気《のんき》に映画鑑賞や？　世間で自分がどれだけ笑われとるか知らんとや？　今じゃ、立花の組員たちはキャバレーのボーイで、宮地の大親分やうちの親父にビール運びよるんぞ」

ニッキの譲治が笑いだし、

「……そげん見たかなら、いくらでも見ろさ。『喜劇　駅前ヤクザ』の始まり始まり」

と、喜久雄の胸ぐらを引っ張りまして無理やり座席に座らせようといたします。

「離せ」

言うが早いか、喜久雄がニッキの譲治の手首を捻《ひね》り上げようとしますが、相手も立花組の息子と知りながら因縁を吹っかけてくる輩《やから》ですから、腕には覚えがあるようで、逆に喜久雄の腕を捻り上げてきます。

思わず膝をついた喜久雄の顔面に、今度はニッキの譲治がこれでもかと拳を落とします。

その辺りで、蹲っていた徳次が必死に二人に割って入ろうとするのですが、まだめまいがするようで、おぼつかない足取りでございます。

そのうちニッキの譲治の取り巻きたちが、これは勝ち戦、それも相手が立花の息子たちとなれば後世の自慢になると勢いづいて、じっと情勢を見守っておりました喜久雄の取り巻きたちに襲いかかってまいります。

双方、七、八人が一斉に取っ組み合いになりますと、館内はもう映画どころではございません。

二階の客はもちろん、一階の客たちまでが立ち上がってこちらを見上げております。

顔面血だらけの徳次が、形勢不利な喜久雄を助けようとニッキの譲治の腰にしがみつくのですが、うまく力が入りません。

その前で、ニッキの譲治は雪駄を脱ぎますと、身動き取れなくなっている喜久雄の頭を、それで屈辱的に叩き続けます。

喜久雄もなんとか逃げようとするのですが、運悪く膝がシートの間に挟まって抜けません。

血で滲《にじ》んだ徳次の目にも、雪駄で頭を叩かれる喜久雄の姿が見えます。

乱闘のなか、誰が運んできたのか、消火器が噴射され、客たちの悲鳴と共に白い煙が館内に充満いたします。

近くの交番から巡査たちが駆けつけてきたのはそのときで、照明のついた館内に警笛が鳴り響きますと、ニッキの譲治を先頭に、少年たちは我先にと逃げ出します。

「坊ちゃん、逃げろ」

血まみれの徳次に背中を押され、床に蹲っていた喜久雄は立ち上がりますと、徳次も

一緒にと腕を引きますが、

「いいから、早う」

と、その腕を払われます。

次の瞬間、消火器の煙のなか現れた巡査に、

「こら、待て！」

と、二人同時に腕を摑まれ、これで一巻の終わりかと思ったところ、徳次が最後の力を振り絞り、この巡査に向かって頭突きをしたのでございます。

よろけた巡査を押し倒し、

「坊ちゃん、逃げろ！」

と、徳次がまた背中を押します。

喜久雄は咄嗟《とっさ》に手すりを跨《また》ぎますと、「エイッ」と、一階席へ飛び降りました。

「こら、待て！」

あとを追ってこようとする別の巡査の腰に、徳次がしがみつき、

「離せ」

「離さん」

の取っ組み合いの隙に、喜久雄はなんとか逃げ果《おお》せたのでありますが、最後は三人の巡査たちに囲まれた徳次だけが、公務執行妨害の現行犯で逮捕され、それまでの数々の

悪事も込みで、とうとう鑑別所送りとなったのでございます。

「こげん寒かところにおらんで、部屋に上がっておいでよ」

呆れ声で声をかけてくるのは春江であります。相変わらず、喜久雄と徳次は薄暗いスナックの床に置かれた石油ストーブに顔を寄せ合っておりまして、春江はいったん二人を置いて二階へ上がると紅白の続きを眺めていたのですが、気がつけば、その紅白もそろそろ終わり、改めて二人の元へ降りてきたのであります。

「徳ちゃんって、上においでよ。年越しそば、温めてやるけん」

熱いそばの匂いでも空想したのか、徳次の腹が鳴ります。

「ありがと。でも、お尋ね者の俺《おい》なんかに関わったら、お前さんにまで迷惑がかかってしまう」

外連味《けれん》たっぷりに徳次が肩でコートを羽織り直しますと、「よっ、後家殺し！」と喜久雄が囃《はや》します。

いつもの二人のおふざけに付き合うには寒すぎるのか、

「どうでもよかけど、徳ちゃん、今夜泊まっていくとやろ？　明日、うちの自慢の雑煮、ご馳走《ちそう》するけん」

と、結局、春江は二階へ戻ります。

二階からは美空ひばりが歌う「柔」に混じって、音程の外れた春江の母親の声まで聞こえてきます。

春江が姿を消しますと、徳次がまた声をひそめます。

「で、さっきの話やけど、親分の敵討ちはいつね？　もう、さすがに待ち切れんばい」

そう急《せ》く徳次を、「だけん、敵討ちなんかせんって」と、喜久雄が笑い飛ばします。

「せんって、坊ちゃん……、まさかそれ、本気で言いよるんじゃないやろね」

ストーブのまえに乗り出した徳次の膝が、喜久雄の膝を強く打ちます。

「本気も何も、敵討ちなんて考えたこともなかもん」

「そんな、坊ちゃん……」

「それに、徳ちゃんが、今、敵討ちなんかに参加したら、それこそ今度は間違いなく特少行きばい」

「俺《おい》は、それで構わん。特少でも網走《あばしり》でも行く覚悟はある。それに、行ったところで小便刑《しょんべん》たい」

「網走って……、徳ちゃん、誰よりも寒がりのくせに」

喜久雄は笑い話にしようとしますが、徳次が引き下がりません。

「坊ちゃん、俺が今日逃げてきたのは、親分の一回忌のことはもちろんやけど、それより坊ちゃんのことが情けなくて仕方なかったこともあるとぞ。俺には、親分の敵討ちをしようとせん坊ちゃんが、あんまり無様で情けなか」

うっすらと涙まで浮かべた徳次の諫言《かんげん》ですが、喜久雄はもうこの話は終わったとばかりに、煙草の空き箱で作られた傘を指先でくるりと回し、トンと肩に載せる真似《まね》をします。

「坊ちゃん、ふざけるなって」

「ごめん」

この蛇の目傘は、手先の器用な春江の母が退屈しのぎに作っているものですが、喜久雄もたまに炬燵に寝転んで手伝うことがありました。

「坊ちゃん……、やっぱりこのままじゃ、あまりにも情けなか。親分も泣きなさる。一人息子が親の敵討ちも忘れて、女の家でこうやって遊び惚《ほう》けとるなんて……」

まず煙草の空き箱をくしゃっと握りつぶさずに伸ばしますと、三角形を作っていきます。これを百個ばかり作るのは骨が折れるのですが、溜まってきましたら、針金を通して傘の形に仕立て、骨の部分には爪楊枝《つまようじ》を一本一本差し込んでいきます。最後に糸で骨の先っちょを縛っていくと煙草の傘の完成でして、銘柄によって箱の色や模様も違いますので、どれもこれもがこの世に一つしかない万華鏡のような仕上がりになるのでございます。

「……坊ちゃん、俺は今回、覚悟して鑑別所から逃げてきたとやけん。坊ちゃんが本当に立たんなら、代わりに俺が立つ。仲間集めて、俺が宮地のクソ爺《じじい》の首、とってやる」

しばらく黙り込んでいた徳次が、やはり納得いかぬとばかりに声を震わせます。

それは今にも宮地邸へ殴り込むような勢いで、

「道具なら、俺が用意するけん」

とまで呟《つぶや》くのでございます。

「道具って、徳ちゃん……」

せっかく作った煙草の傘を手元で解体していた喜久雄がなだめますが、

「鑑別所で知り合《お》うた奴《やつ》が、改造なら売人を紹介してやるって言うてくれとる。時津《とぎつ》の百姓やけど信用できる。ドスや日本刀は自分たちでも……」

「改造って、徳ちゃん……」

喜久雄は解体した煙草の傘を両手のひらで掬《すく》い上げました。

「……俺《おい》らみたいなガキだけで、片がつけられるような相手じゃなかよ」

「ばってん、坊ちゃん、このままじゃ、あんまり……」

すがる徳次を振り切るように喜久雄がすっと立ちましたところで、ちょうど二階から春江が降りてまいります。

「喜久ちゃん？」

緊迫した様子だけは伝わっているのか、様子を窺《うかが》うように降りてきて、

「徳ちゃんも一緒に初詣行こうよ」

と微笑《ほほえ》みます。

ふと耳を澄ませば、除夜の鐘と教会の鐘が寒空に響いております。

「徳ちゃん、せっかく鑑別所から逃げてきたんやけん、一緒にお諏訪さん行って、捕まりませんようにって祈ってから、そば食おうで」

喜久雄の冗談に徳次は顔も上げません。

喜久雄は二階へ上がると、炬燵に寝転んで「ゆく年くる年」を見ている春江の母を跨ぎ、徳次の分の靴下やマフラーも用意します。

白黒テレビには開門を待つ初詣客たちがかじかむ手に白い息を吐いている姿が映っております。

「おばさん、これ、どこの神社？」

「ここ？　京都の伏見稲荷《ふしみいなり》げな。カラーテレビなら、この赤い鳥居がずらっと並んで綺麗《きれい》かやろうねえ」

「おばさん、行ったことあると？」

「京都？　ないない。おばさん、一番遠くまで行ったのは、熊本やもん」

「いつか、春江と一緒に連れてってやるけん、京都」

喜久雄がそう呟きますと、ひどく驚いたように春江の母が顔を上げ、

「へえ、喜久ちゃんが？　そりゃ、楽しみばい」

と喜びます。

炬燵に体半分が隠れているからか、それとも夜の化粧をしていないせいか、春江の母がとても小さく見えます。

「おばさんの体、小さかとね」

思わず喜久雄が呟きますと、驚いたように顔を上げた春江の母が、

「喜久ちゃんは、これからもっと大きうなるとやろね」

と、なぜか低い天井を見上げます。

喜久雄の父、権五郎は二発の銃弾を腹に受けたにも拘《かか》わらず、三日の間、長崎大学病院のベッドで生き続けておりました。

結局、一度も意識が戻ることはございませんでしたが、それでも病院の小さなパイプベッドからはみ出すような太い腕や足は、必ずや再び起き上がるだろうと思わせる生命力に満ちておりました。

その大きな体が急に萎《しぼ》んだように見えたのが、三日目の晩であります。

ほとんど眠らずに看病していた女房のマツが、疲れ果てて意識を失うように眠り込みますと、病室は喜久雄だけになっておりました。帰ろうと立ち上がり、なんとなく権五郎を見下ろしますと、思わず、「ん？」と声が漏れるほど、その体が小さくなっていた

のでございます。

意識を失ってからも、権五郎は重篤とは思えぬ呑気な大鼾《おおいびき》をずっとかいておりました。その大鼾は病院の小さなベッドからはみ出る巨漢にこそ似合うもので、縮んでしまった体からでは威厳もなく、逆に虚勢を張っているような惨めさしかありません。

喜久雄は慌てて権五郎の鼻を摘《つま》みました。するとガクッと口を開け、また「があう」と、もっと滑稽な大鼾をかき始めます。

喜久雄はまじまじと権五郎の顔を見つめました。自分の父親が死ぬことが全く悲しくありませんでした。ただ、自分の父親が何かに負けて人生を終えることが悔しくて、涙があふれてまいります。

容態《ようだい》を急変させた権五郎が亡くなるのはこの六時間後のことで、その四十一年の賑やかだった生涯の終わりを、結局、誰もいない病室で迎えたそうでございます。

権五郎が亡くなったことで、喜久雄は天涯孤独ということになりました。といいますのも、喜久雄を育て上げましたマツは、権五郎の後妻でありまして、実母というのは喜久雄が二つのころに亡くなっております。

昭和二十七年の暮れと申しますから、原爆で被災した長崎大学病院も、まだ近くの小学校に仮設された診療所のままで外来患者を診ていたころ、喜久雄の実母の千代子《ちよこ》は結核で亡くなったということですので、おそらく病床に臥《ふ》せってからは十分な手当ても受けられずにその最期を迎えたのだと思われます。

当時、権五郎一家が暮らしておりましたのは繁華街のある地区からは長崎港を挟んで反対側、今では夜景の名所となっております稲佐《いなさ》山の中腹でありました。

時代はちょうど、復興著しい長崎の町で権五郎が愛甲会の熊井と共に暴れ回っていたころ、すでに一家を構えてはおりましたが、宮地組が仕切る長崎ではまだまだ新興組織の一つに過ぎず、門も塀もない平屋の貸家に、倶利迦羅紋紋《くりからもんもん》の若い衆たちを出入りさせ、天気が良ければ、家のまえで相撲をとり、雨が降れば屋内で花札と、呑気な日々でもありました。

この平屋の裏に、トタン葺《ぶ》きの長屋がございまして、そのどん詰まり、雨が降れば戸板を置かないと歩けないような水捌《みずは》けの悪い場所にある部屋に実母の千代子は寝かされており、いつも濁った咳《せき》を繰り返しながら汚れた掛け布団に、黒髪を絡みつかせるように臥せっていたそうでございます。

病気が病気ですから誰もが気軽に見舞いに行けるわけでもありませんので、まだ幼かった喜久雄などは、ただの一度もこの部屋には連れて行ってもらっておりません。

「あそこに近づいたら目が見えんようになる。あそこに近づいたら血を吐くようになる」と、周りの大人たちに脅されて、幼子ながらも、そこで寝ている実の母を魔物か何かのように恐れていた記憶もございます。

このころすでに権五郎はのちに後妻となるマツを家へ引っ張り込んでもおりました。たまにやってくる医者以外には誰も近寄らぬ千代子の部屋へ、三度三度の食事を運んでいたのが、このマツでございます。

元々、マツは、権五郎が若いころから身の回りの世話をさせていた近所の婆《ばあ》さんの孫娘で、この稲佐町の貸家で一家を構えたのを機に、婆さんの紹介で家政婦として雇い入れたのでありますが、根が素直といいますか、雑巾がけを命じれば、額から汗を垂らしながら恥じらいもなく白い太腿《ふともも》を晒《さら》して働くその姿に、権五郎が欲情するのにそう時間はかかりませんでした。

当時すでに千代子は体調を崩しておりましたので、幼い喜久雄のおしめを替え、夜泣きすればおぶって散歩に出かけるのもマツであります。

いよいよ千代子が裏の長屋で臥せってしまいますと、権五郎はマツを女房のように扱いまして、女房連れの方が格好のつく冠婚葬祭にも、「千代子さんに申し訳ありませんから」と拒むマツに黒留袖《とめそで》を着せ、無理やり連れて行くようになっておりました。

気まぐれな権五郎から昼夜問わずに激しく抱かれたすぐあとに、千代子への食事を運ばなければならない日もございます。権五郎のことを誰よりも知っている本妻の千代子が、マツの体の微熱に気がつかぬわけもなく、当時二人がどのような気持ちでいたものか、今となってはもう誰にも分かりませんが、その千代子が打ち捨てられるように亡くなったとき、誰よりも気丈に葬儀を取り仕切ったのがこのマツであったそうです。

二歳の幼子の記憶など頼りないものですが、喜久雄はこの二人が裏の長屋で話している姿をなぜか覚えております。

こっそりとマツのあとについて行ったものか、もう会えなくなるからとマツに抱かれて行ったものか、その記憶のなか、苦しそうな千代子の背中を摩《さす》りながら、マツはこう話しかけているのであります。

「千代子さん、頑張らんば。せっかく原爆にも負けずに生き残ったとよ。病気なんかに負けてどうするね」と。


彫師の辰が握る手鑿《のみ》がカチカチカチカチカチと、まるで時計が慌てているような音を立てております。

せんべい布団にうつ伏《ぶ》せの喜久雄は、その額に浮かんだ脂汗《あぶらあせ》を汚れた枕に押しつけながら、白い背中に滲む血がガーゼで乱暴に拭《ぬぐ》われるたび、苦痛に顔を歪《ゆが》めております。

辰の手鑿は容赦なく、喜久雄の背中に翼を広げたミミズクを彫り込んでいきますが、少年の背中が華奢《きゃしゃ》なせいか、それとも猛禽《もうきん》の翼が大きいせいか、ミミズクは今にもその背中を離れ、どこかへ飛んでいきそうな勢いでございます。

「辰さん、今日、そろそろ終わりにしてもよか？」

「なんで？」

「なんか、朝から熱あって」

「熱？」

喜久雄の毎度の泣き言を、辰は聞く気もないようで、手鑿の動きは止まりません。

「春江ちゃんは、今日も三時間我慢して、次でもう完成やのに、坊ちゃんは弱かなあ」

「だって、あれは鈍感な女やもん」

さっき喜久雄が服を脱いで腹ばいになったとき、この布団にはまだ春江の体温と汗が残っておりました。

部屋には石油ストーブが焚《た》かれておりますが、眼鏡橋のかかる中島川《なかしま》を見下ろす窓は開け放たれておりまして、背中の傷口を、刺すような寒風とストーブの熱が交互に襲ってまいります。

「よし。じゃあ、今日はここまで」

辰がふいに手鑿を置きますと、震えるほど力んでいた喜久雄の体からも力が抜けます。

「辰さん、あと何回くらいで完成？」

「三時間我慢するなら、あと一回。我慢できんなら、あと二回」

辰は奇妙な格好で畳を這いますと、ひょいと窓枠に腰かけます。そこにあるはずの右脚だけがありません。

「辰さん、爆弾で飛ばされたその右脚にも刺青《いれずみ》入れとった？」

「ああ、太腿までびっちり入れとったぞ」

この彫師の辰、三重県の出身で、戦前は鳶《とび》をやっていたらしいのですが、徴兵で陸軍に入りますと、サイパン島の主力守備隊に配属され、組織的戦闘が終わってもなお、軽機だけでゲリラ戦を行わされている最中に被弾。右脚を失ってアメリカ軍の捕虜になったという男でございます。

捕虜収容所では、全身を覆うその絢爛《けんらん》な和彫が話題となり、従軍カメラマンに撮られた褌《ふんどし》姿の写真が、アメリカの雑誌に載ったとか載らなかったとか。

戦後、復員いたしますと、失った右脚のせいで鳶職には戻れず、幼いころから絵心があったことも幸いして彫師となり、名古屋、神戸と流れついた末に、ある夜、酔っ払ってふと飛び乗った汽船が長崎港に着いてからは、土地の水が合ったのか、賭場で知り合った権五郎の庇護《ひご》もあり、そのままこの地に居着いてしまったようでございます。

「辰さん、無くなった足の先が痒《かゆ》うなるって聞くけど、あれ、ほんとね？」

冷たいワセリンを背中に塗ってもらいながら喜久雄が尋ねますと、

「ああ、痒うなる。それより、爆弾で吹っ飛ばされる直前に、サイパンのジャングルで蟻《あり》にたかられとって。そのときの感覚が未だに、ないはずのこの足先に残っとる」

「ジャングルの蟻は太かとやろね？」

「ああ、よう肥えた赤蟻やったなあ」

たっぷりと塗られたワセリンのうえに、辰が何やら透明なフィルムのようなものを貼ろうといたします。

「何ね、それ」

喜久雄が尋ねますと、

「最近、売り出された食品用のラップっていうものらしか」

まだジュクジュクと痛むワセリンまみれの背中に透明なフィルムが巻かれます。

「魚でも肉でも、これで包めば、しばらく腐らんらしい。ガーゼよりよかろう」

サイパン島で吹っ飛ばされたという辰の右脚が、このラップで包まれて日本に運ばれてくる様子を、なぜか喜久雄は思い描いておりました。

花街だった丸山にほど近い思案橋界隈《かいわい》というのは、長崎随一の歓楽街でございまして、この当時は、席数千席を誇るキャバレーの「十二番館」や「銀馬車」を中心に、高級クラブ、スナックが狭い路地の先の先までびっしりと建ち並び、長崎の巨大企業である三菱造船所の好業績の勢いにも乗りまして、まさに毎夜が祭りのような賑わいを見せておりました。

そして町が賑わえば、そこに独特な文化も生まれます。

たとえばこの「十二番館」というキャバレーで専属バンドを務めていた高橋勝とコロラティーノは、数年後「思案橋ブルース」という曲で華々しくデビューいたしまして、日本の歌謡界にその後の長崎ブームを作ります。青江三奈の「長崎ブルース」、瀬川瑛子の「長崎の夜はむらさき」と名曲が続くなか、ライバル店だったキャバレー「銀馬車」の専属バンド、内山田洋とクール・ファイブが満を持してデビューしまして、日本中がご承知の「長崎は今日も雨だった」の大ヒットも誕生するのでございます。

実はこの思案橋、橋と名はついておりますが、このころすでに埋め立てられて、その姿は残っておりません。ただ、川のほとりだった路地に柳の木だけが残されて、毎夜、夜風に揺れながら酔客と時代の流れを眺めております。

この界隈は昔の花街ですから、時代は流れてもいわゆる連れ込み宿が並んでおりまして、となれば、まだ街灯も少ない当時、近所にある丸山公園やその路地は、夜の女たちの格好の飾り窓というわけでございます。

「ほら、豚まん買《こ》うてきた」

柳の下で寒風に身を縮めております春江の鼻先へ、湯気の立つ豚まんを差し出すのは喜久雄で、早速、竹皮を開きますと、香ばしい大蒜《にんにく》の匂いが冬の夜に立ちまして、近くにいる年増の女たちまでやってきて、次から次に手が伸びてまいります。

「よかねえ、春ちゃんは。こげん可愛か兄さんに大切にしてもろうて」

寒空に豚まんをもらった礼のつもりか、いつもは喜久雄のことを、「兄ちゃんの男ん子は、もう役に立つとね？」などバカにしてくる女たちが珍しく世辞を言ってきます。一端の男として扱われれば、喜久雄も悪い気はしませんので、

「姐《ねえ》さんたちも何か困ったことあったら、いつでも立花まで相談に来ればよか」

などと安請け合いいたしますが、権五郎亡きあと、立花の名前は夜の女たちのあいだでもすっかり賞味期限が切れてしまっておりまして、

「そういや、親分さんの一回忌法要。寺も三流なら、坊さんも三流で、寂しかったらしかねえ」

などと恐れるどころか、逆に憐《あわ》れまれる始末でございます。

喜久雄としても、何か言い返したい思いはあるのですが、実際、法要を取り仕切った愛甲会の辻村が選んだのは、女たちが言う通りの三流の寺と三流の坊主でありまして、立花の組員たちはもとより、過去の恩義を忘れずにやってきた参列者たちまでが、そのあまりのみすぼらしさに言葉を失ったほどでありました。

この惨めさは、もちろん葬列の先頭に立つ喜久雄やマツが誰よりも感じていたものではありますが、気がつけば、愛甲会の下部組織のようになっている今の立花組で、辻村に意見できる者はすでに誰もおりません。

両手に広げた竹皮の豚まんも残り三つとなったころ、とつぜんドンと肩を押され、ふ

らついた喜久雄の手から豚まんがコロコロと転がり落ちます。

「おい、気ぃつけろ」

凄《すご》んで振り返りますと、目のまえに立った大男がいきなり、

「中学生のガキが、一端にポン引きの真似か？」

と、首が縮むほど喜久雄の頭を殴りつけます。

あまりの痛みに星がちらつき、ふらつく喜久雄の襟首をすかさず摑んだこの大男、実は喜久雄が通う中学校の尾崎《おざき》という体育教師でありまして、戦後民主主義のなかで生まれた教師の典型で、日ごろからヤクザというものを毛嫌いしておりまして、柔道の授業など、わざと喜久雄を模範演技の相手に選びますと、足腰立たなくなるほど背負い投げをしたかと思えば、次の回には絞め技を失神寸前までやめません。

権五郎の息子ということで腫れものに触るような他の教師たちとはまったく逆で、他の生徒たちはいつか尾崎が立花組の組員たちに半殺しにされると噂《うわさ》しているのですが、それでも本人は一向にかまわぬようで、喜久雄が学校で何か悪さをすれば、容赦なく顔の形が変わるほど殴りつけるのでございます。

実は喜久雄がほとんど中学に通わなくなったのはこの尾崎のせいでもありまして、一度だけ、さすがにこの理不尽な狼藉《ろうぜき》を権五郎に訴えたことがあるのですが、

「ほう、まぁだ、そげん気骨のある先公がおるとか？」

と逆に感心されてしまい、

「自分の敵なら、自分で片つけろ」

と、まだ腫れている顔を叩《たた》かれただけでありました。

「アンタは、どこの中学ね？」

あまりの痛みに地面にしゃがみ込んだ喜久雄の頭上では、尾崎が今度は無抵抗な春江の髪を鷲摑《わしづか》みしております。

「……まだ中学のくせに、このバカに騙《だま》されて、こげん場所に立って。アンタは自分の大切な体で何《なん》しよるか分かっとるとね？」

尾崎が春江の髪を引っ摑み、乱暴に揺らします。その足元で、「やめろ」と喜久雄も助けようとしますが、あっさりとその顔を踏みつけられて終わりであります。

よほど惨《むご》たらしく見えたのか、普段ならこの手の騒ぎには一切関わらない夜の女たちまでが、

「兄さん、もうその辺でよかたい」

などと口を挟んでまいります。

それでも尾崎の怒りは収まらぬようで、すでに地面でへたばっている喜久雄を無理やり立たせ、

「お前《わい》は、この先、一生、こげん暮らしば続けてくつもりか！」

喜久雄も足はふらふらながら負けん気だけは強いものですから、

「俺《おい》が将来、立花組ば継いだら、真っ先にお前の玉とってやる」

などといきがりますと、その言葉待ってましたとばかりに、尾崎の平手が飛んできて、

「お前《わい》の目は開いとるんか？　どこにその立花組が残っとる？」

と再び地面に叩きつけられます。

残念なことに、尾崎の言葉はまんざら嘘《うそ》とも言えません。権五郎の死から一年の月日が経ち、さすがに一回忌の法要には元の組員たち全員が揃《そろ》いましたが、そのほとんどはすでに愛甲会の長崎支部に出入りしておりまして、気がつけば、マツと喜久雄だけが残された立花の本家に以前通りに通ってくる者は、権五郎と直接盃《さかずき》を交わした幹部だけでございます。若い男たちというのは居れば居たでむさ苦しいのですが、居なくなればなったで、そこにあった熱まで冷めるようで、これまでは気にもならなかった家の隙間風や板の間の冷たさが、やけに身にしみるようになるのでございます。

そのうえ、世間というのは現金なもので、つい数日まえにも、マツが鰻重《うなじゅう》を注文したのですが、運んできた出前持ちに、ご苦労さま、といつものように駄賃を渡して帰そうといたしますと、

「あの……」

と、なんだかモジモジしております。何かと思えば、できれば代金は現金でもらって

来いと、店主から言われてきたらしく、マツは驚くやら恥ずかしいやらで、慌てて財布を取りに戻ったということでありました。

鰻屋《うなぎや》の出前持ちがそうなのですから、権五郎と付き合いのあった鼻の利く実業家たちが、我先にと立花組との取引から手を引いたのは無理もございません。


組事務所のボンボン時計が、朝の家内に響き渡っております。まだ七時ではありますが、権五郎が生きていたころであれば、すでに起き出した部屋住みの若い衆たちが掃除をしたり、欠伸《あくび》ばかりで叱られたりと、何かと騒がしく、事務所のボンボン時計の音が二階の喜久雄の部屋まで聞こえてくることなど、まずありませんでした。

この朝、喜久雄が久しぶりに学ランに袖《そで》を通して台所へ下りていきますと、小鉄《こてつ》という板前上がりの部屋住みと二人で、朝メシを作っていたマツが、

「あら、珍《めずら》しか。学校行くと？」

とそのまん丸な目を更に丸めます。

そこにすかさず小鉄が口を挟んで、

「昨日の晩、学校の尾崎に散々っぱら殴られて帰ってきたけん、怖《こわ》なったとやろ？」

と茶化します。

喜久雄は二人を無視して食卓につきますと、かぼちゃの煮物を一つ口に放り込み、

「めし」

と、ぞんざいな口調であります。

幸い、尾崎に殴られた頭のコブは痛みますが、目が腫れているのは寝不足のせいでございます。

これまで大所帯だった朝メシも、今では喜久雄とマツを含めても三、四人で、誰もが無言で炊きたてのめしと熱い味噌汁《みそしる》を平らげますと、誰からとなく台所をあとにします。

喜久雄も玄関へ向かいますと、運動靴を履こうとしてふと思い立ち、事務所に駆け戻って、権五郎の位牌《いはい》に手を合わせます。

「ほう、坊ちゃんが仏壇に手合わせるなんて珍しか。大雪でも降るっちゃないか」

楊枝で歯の間を掻《か》きながら、古参の組員が声をかけてきますが、喜久雄は返事もせずに玄関へ戻り、

「行ってきます」

と外へ飛び出しますと、とたんに、ぬっと電柱の陰から出てきた徳次にぶつかり、

「イタッ、なんや?」

「シッ!」

逆に口を押さえられ、電柱の裏に引っ張り込まれます。

「徳ちゃん?　ずっとどこおると?　うちにも鑑別所の職員が何度も捜しに来たばい」

「ごめん。でも、居場所は教えられん」

「なんで？」

「なんでて、坊ちゃんや兄貴たちに迷惑はかけられんもん」

大晦日に鑑別所を脱走してからのこの三週間、権五郎の一回忌法要では寺の天井裏で手を合わせたということですが、それ以来、どこに身を隠しているものやら、喜久雄にさえ連絡してきません。

「何？　こげん朝っぱらから」

ふと不思議に思って喜久雄が尋ねますと、

「今日、坊ちゃんが久しぶりに学校に行くって、春江に聞いたもんやけん」

「ああ」

徳次の言葉を喜久雄は聞き流します。

「坊ちゃん、俺《おい》、長崎ば離れて、大阪にでも行こうと思うとる」

「大阪？」

とつぜんの徳次の宣言に思わず声を上げた喜久雄ですが、よくよくその顔を見れば、早くも止めてほしいのがありありで、さらに大阪に知り合いがいるなどという話も、これまで徳次の口から聞いたこともございませんから、よほど逃亡生活がつらいのでありましょう。

「坊ちゃんに挨拶《あいさつ》して、このまま長崎駅に行くつもり」

「行くつもりって、とにかく昼まで待っとってよ」

「待てんよ」

「俺も昼まで学校行ったら、徳ちゃんと一緒に大阪に行くけん」

「え？　坊ちゃんも？」

思いもよらぬ話の流れに、徳次は期待してよいものか迷っております。

「とにかく、十二時に長崎駅で」

喜久雄はそう告げるが早いか、徳次の肩をポンと叩きまして、学校へと駆けて行きます。

「行ってらっしゃい……」

見送る徳次は、まだポカンとしております。

駆け出した喜久雄は駄菓子屋の角を曲がりますと、そのまま石畳の坂道を駆け上がり、長い坂段の途中にある煙草屋の赤電話のまえに立ち、その指が回したダイヤルが１１０番でございます。

「もしもし。大晦日に長崎鑑別所から逃げ出した早川《はやかわ》徳次という男が、今日の十二時に長崎駅で待っとります。本人、深《ふこ》う反省しておりまして、出頭する覚悟でありますが、どうしても自分で鑑別所に戻る勇気がありません。どうか、よろしゅうお願いいたします」

一方的にそれだけ言いますと、

「もしもし？　イタズラね？」

という声を無視して、喜久雄は受話器を置き、また急な坂段を全校朝礼に遅れまいと駆け上がるのでございます。

肩にかけたカバンが揺れるたびに、事務所から盗んできた刃渡り二十センチのドスの重みが伝わってまいります。

中学校へ続くこの長く急な坂段は、広い墓地のなかを延びておりまして、立ち並ぶ御影の墓石が朝日を受けて、濡《ぬ》れたように輝いております。

振り返れば、長崎の町が一望できます。一度は負けた町ですが、喜久雄を育てた大好きな町でもございます。

学校の正門に駆け込めば、すでに校庭へ向かう同級生たちが喜久雄の久々の登校に驚いておりますが、喜久雄はそのまま一階の便所へ飛び込み、カバンからドスを出して腹のうちに差し込みますと、何食わぬ顔をして朝礼へ向かう生徒たちの列に加わります。

今朝の朝礼では、近年、児童図書館の建設に多大な寄付をしている慈善家と、この事業を推進する市議会議員が「夢を持つこと」というテーマで演説を行う予定になっております。そしてこの慈善家こそが、宮地組の大親分改め「センチュリー建設」の会長、宮地恒三《こうぞう》その人なのでございます。

喜久雄はだらだらと校庭へ向かう列のなかで、腹に当たるドスを握りしめます。

ずらりと並んだ全校生徒のまえで校長からの紹介が終わりますと、パラパラと気持ちのこもっていない拍手のなかを、その宮地の大親分が娘婿の市議会議員とともに壇上に立ちます。

雲一つない青空では鳶が二羽、先ほどから獲物を捜して旋回しております。

最前列から五人目に立つ喜久雄は終始うつむき、機会を窺っております。

この一年、喜久雄は誰にもこの思いを口にせず、じっとこの瞬間だけを待っておりました。

人生には勝つときもあれば、負けるときもございます。それは十五の喜久雄にとて分かっております。ただ、自分の父親がその人生の最後を負けで終わるなど、到底、息子には我慢ならないことなのでございます。

壇上では娘婿の市議会議員による退屈極まりない宮地の紹介が続いております。喜久雄がチラと顔を上げますと、昨夜、しこたま殴られた体育教師の尾崎がなぜかじっとこちらを睨んでおります。

喜久雄は慌てて視線を落とし、またつま先で小石を踏んで土に埋めます。

ここから壇上まで五メートルほど、駆け出しながらドスを抜いて、壇上に飛び乗るまでに一、二秒。喜久雄は宮地の大親分の腹にドスを突き刺す自分の姿を、繰り返し頭のなかで思い描きます。

いよいよ宮地の大親分がマイクのまえに立とうとします。喜久雄は強くドスを握りしめ、朝日に目を細める大親分を見上げたかと思いますと、そのまま一気に駆け出しました。

焦って、まえに立つ同級生の肩にドンと当たって一秒の遅れ。それでも「アー！」と叫んで突進し、壇上に飛び乗るまでそう間はありません。気がつけば、目と鼻の先に深い皺《しわ》を刻んだ大親分の顔であります。横目に体育教師の尾崎が、何か叫びながらこちらに突進してくるのが見えますが、喜久雄は無心でドスを突き刺します。

手応えはありました。しかし次の瞬間、肩に強い衝撃を受け、自分の体がふわりと宙に浮いたのでございます。

第三章　大阪初段

長崎駅名物と言われました教会風の三角屋根を冷たい雨が叩《たた》いております。駅舎の白壁を飾る贅沢《ぜいたく》なステンドグラスも、今日は日の光を失って悲しげでございます。

どしゃ降りのなか、急停車したタクシーから慌てた様子で降り立ったのは喜久雄とマツで、トランクから大きな旅行鞄《かばん》を引っ張り出しますと、そのまま改札へ向かって駆けていきます。

「喜久雄、切符は？」

「持っとる！」

「大阪の半二郎さんのお宅に着いたら、ちゃんと挨拶《あいさつ》するとよ！」

「分かっとる！」

二人を乗せてきたタクシーのあとに着いた別の車からは、立花組の組員たちが四人、こちらも慌てた様子で旅立つ喜久雄を見送ろうと追いかけてまいります。

切符を見せて喜久雄が改札を抜けますと、続けて抜けようとしたマツが駅員に止められまして、

「お客さん、切符は？」

「息子ば見送るだけやけん」

「それでも、入場券ば買《こ》うてもらわんと」

ホームでは寝台特急「さくら」の発車を知らせるベルが鳴っておりまして、そこへ厳《いか》つい組員たちが追いつきます。

「駅長さん。あとで払うけん。通してくれんね」

「いえ、僕、駅長じゃ……」

「細かことは、よかけん」

なだれ込むようにマツも組員たちも改札を抜け、ホームを走る喜久雄を追いかけますと、途中、組員の一人が立ち売り弁当屋に、

「金はあとで払う。立花の者《もん》やけん！」

と、弁当と冷凍みかんを引っ摑《つか》みます。

ベルが鳴り止《や》む寸前、列車に飛び乗った喜久雄のあとに、マツや組員たちがバタバタと駆け寄りますが、

「喜久雄……、とにかく、気ぃ、つけて」

と、息が切れて言葉にもなりません。

そのうち組員たちからの、とつぜんの万歳三唱でございます。

「バンザーイ、バンザーイ、バンザーイ」

肩で息をしながらも、とりあえず一緒にマツも三唱に付き合いますと、まるで車掌が間合いを合わせてくれたように列車のドアが閉まります。

「喜久雄！　寝るときは腹巻きしなさいよ」

他にも何かありそうなものですが、とっさにマツの口から出た言葉に、喜久雄は喜久雄で律儀《りちぎ》に感極まっております。

そろりそろりと寝台特急「さくら」が動き出し、列車の別れというのは人を必要以上に感傷的にしてしまうのか、なかには袖口《そでぐち》で涙を拭《ぬぐ》う若い衆までおります。

「坊ちゃん！　気ぃつけて！」

大きく振ったその手には、渡すはずの弁当と冷凍みかん。

「喜久雄！　着いたら、手紙書くとよ！」

「坊ちゃん！　頑張れ！」

列車のなかでは、ガラス窓に顔をつけました喜久雄が、遠ざかっていくマツや組員たちに最後の最後まで手を振っております。ついさっきまで、生まれ育った長崎の町を離れることに何の感慨もなかったくせに、背後に遠ざかる駅舎が物悲しく映るのか、なぜか目頭が熱くなってくる喜久雄でございます。

出がけに権五郎の仏壇に線香を上げ、

「ほんじゃ、行ってくるけん。チンチン、チーン」

と、ふざけて鈴《りん》を鳴らしてきた自分がまるで別人のようであります。

車窓を長崎の町が流れてゆきます。喜久雄は自分がこのまま泣くのだろうと、額を冷たいガラス窓に押しつけますが、気分というのは天邪鬼《あまのじゃく》なものでして、泣く準備をしたとたんに白けてまいります。

喜久雄は妙な空振り感で冷たいガラス窓から額を離しますと、

「今生の別れじゃあるまいし……」

と苦笑しまして、とりあえず自分の寝台へ向かいます。

座席は3号車A8上段。感傷的な気分が去ってしまえば、理由はさておき、楽しみにしていた大阪への旅路なのでございます。

喜久雄が乗り込みましたこの寝台特急「さくら」、長崎―東京を約二十時間で走り抜ける人気の列車でありまして、この年の翌々年には、渥美清主演で大ヒットを記録する『喜劇　急行列車』の舞台にもなっております。

余談ではありますが、この列車シリーズの翌年、渥美清はかの『男はつらいよ』で車寅次郎という当たり役を得まして、のちに国民栄誉賞を授かるのですが、この列車シリーズを手がけました映画監督も、実はその後の日本の芸能史に少なからず影響を与えておりまして、たとえば七〇年代、山口百恵主演で人気を博したテレビドラマ「赤いシリーズ」や、八〇年代には堀ちえみ主演で社会現象となった『スチュワーデス物語』などの演出も手がけております。

長崎駅を出た寝台特急「さくら」の車内を、喜久雄が席を探して移動しておりますと、外はあいにくの雨ですが、人気列車を楽しみにしていた乗客たちの興奮が伝わってまいりまして、まだ午後の三時過ぎにもかかわらず、待ち切れぬのか、ベッドにカーテンを引いて鼾《いびき》をかく真似《まね》をしている者もございます。

一方、喜久雄はといいますと、これまでに何度かマツに連れられて大阪へ芝居見物に行ったことがあり、列車自体にはもうそう興味もありませんが、それでも旅立ちというのは特別なもので、肩に提げた旅行鞄や土産物の詰まった風呂敷のずっしりとした重みさえも、何やら気持ちをうきうきとさせるのでございます。

座席を見つけますと、幸いまだ相席の乗客はいないようで、喜久雄は荷物だけを上のベッドへ放り投げ、下段に腰を下ろしました。

ちょうどワゴン販売がやってきますので、フリルのついた白いエプロン姿の若い販売員を呼び止めて、もらい損ねた駅弁と冷凍みかんを買おうとしますと、

「お兄ちゃん、一人で旅行？」

と、そう年も変わらない販売員が声をかけてまいります。

「お姉さんは、どこまで勤務？　もし大阪なら、向こうで俺《おい》と遊ばん？」

ここで舐《な》められては幸先が悪いと、喜久雄は精一杯《せいいっぱい》大人ぶって見せますが、澄ました感じが女優の若尾文子にちょっと似ている販売員に、頭をグリグリッと撫《な》で回されて終わりでございます。

ワゴン車が行ってしまいますと、列車がちょうどトンネルに入りまして、ガラス窓に映った自分の顔を眺めた喜久雄は、ああいう都会の女からすれば、自分などまだまだ子供に見えるのかもしれないと焦ります。

考えるまでもないのですが、今回の大阪行きは、これまでの芝居見物とは話が違っておりまして、遊びにいくのではなく、簡単に言えば長崎から逃げていくのでございます。

こうやって呑気《のんき》にワゴン販売員を口説いたりしているのも、実は不安の裏返しでもありまして、といいますのも、このように喜久雄が中学の卒業さえ待たずに旅立ちますのは、もちろん例の朝礼での一件に関係しております。

あの朝、喜久雄が突き出したドスは間違いなく宮地の大親分の腹に突き刺さりました。ただ、あいにくといいましょうか、幸いといいますか、たまたま大親分の腹に革財布が差し込まれておりまして、ドスが革財布を貫通したにはしたのですが、その傷はさほど深いものとはならなかったのでございます。

逆に、咄嗟《とっさ》に体当たりしてきた体育教師の尾崎のせいで、壇上から吹っ飛んだ喜久雄のほうが、肩を脱臼する大怪我《けが》であります。

衆目を集める朝礼での刃傷沙汰《にんじょうざた》。その上、相手が元宮地組の大親分と娘婿の市議会議員となれば、いくら大事には至らなかったとはいえ、当然、警察が呼ばれ、喜久雄はその場で保護という流れになるのですが、ここで機敏に動いたのが体育教師の尾崎でありまして、騒然とする生徒や教師たちのまえから、顔面蒼白《そうはく》となっている宮地の大親分を、まずは保健室へと案内しますと、簡単な手当てを受けさせながら、その耳元で囁《ささや》きましたのは、次のようなことでございます。

「親分さん、ここは美談にしませんか？」

どういうことかと申しますと、ドスを抜いて刺してきたのは親分もご存知《ぞんじ》、権五郎の遺児、立花喜久雄であります。

この刃傷沙汰、世間では息子が親の敵《かたき》を取ろうとした健気《けなげ》な行為として広がることでありましょう。とすれば、親分さんはどうしたって悪役の吉良上野介《きらこうずけのすけ》、そして喜久雄が若き大石内蔵助《おおいしくらのすけ》と映ります。

となれば、篤志家としての親分さんの名声はもちろん、その影響力を長崎から全国区へ広げようとなさっている御一族の将来にも悪い影響を及ぼすに違いありません。

そこでものは相談なのですが、幸い、親分さんの傷も浅いようですし、ここは一つ、今回の喜久雄の行為を世間知らずな子供の愚かさと、その怒りをぐっと呑《の》み込んではいただけないでしょうか、と。

「……いえ、もちろん、何もなかったことにはいたしません。私《わたくし》、尾崎が生涯をかけまして、宮地の大親分が哀れな中学生にどれほどのお慈悲をかけて下さったか、生徒や保護者たちにはもちろん、広く世間に伝えてまいります」

横であたふたと、「いやいや、すぐに警察を呼ぶ、被害届を出す」と騒ぐ娘婿の市議会議員は、尾崎の都合の良い提案など冗談じゃないと息巻くのでございますが、さすがに世知に長《た》けた大親分は話の呑み込みも早い上に、吉良上野介という悪名がよほど利いたと見えまして、

「なるほど、先生がおっしゃるのも一理ある。それじゃ、あの子が持っていたのはドスじゃなく、竹を削った刀だったことにいたしましょう」

と早々に話が纏《まと》まったのでございます。

ただ、纏まらないのは、校庭で他の教師たちに取り押さえられ、

「さあ、警察でも、宮地組でも、どこにでも突き出せ！」

と大暴れしている喜久雄であります。

喜久雄としましては、このまま全校生徒のまえから警官に連行されるという筋書きだ

ったのですが、

「早《はよ》う、警察ば呼べ！」

と、教師たちの腕のなかで暴れているうちに、当の大親分が尾崎と一緒に戻ってまいります。傷が深くないことは分かっておりましたが、それにしても早すぎる復帰であります。

そのうち大親分が喜久雄のまえに立ちますと、その頭に優しく手を置きまして、

「君は親思いのよか子やなあ。自分の親父《おやじ》さんが暴力に屈して、さぞ悔しかったことやろねえ。でもな、喜久雄くん、君の敵はこの宮地じゃない。君の敵は、未《いま》だこの日本に蔓延《はびこ》っとる暴力そのものたい。そして君にはそれと戦うだけの度胸がある。君の人生はまだまだこれからぞ。こげんところでつまずいてどうする」

傷口をその手で押さえ、慈愛あふれる演説をぶつ宮地に、教師たちのあいだからパラパラと拍手まで起こったのであります。それもそのはず、朝礼での刃傷沙汰など、学校の職員会議はもとより、市の教育委員会でさえ手に負えるものではございません。

そのうち大親分が再び壇上に戻りまして、退屈な演説の続きを始めます。朝っぱらから起こった何やら楽しげな出来事に、このまま休校騒ぎかと期待しておりました生徒たちも、このあまりの呆気《あつけ》なさにあちこちで落胆のため息でございます。

ただ一人、「離せ、離せ！」とまだ暴れている喜久雄だけが、まるで出番を間違えて

出てきた役者のようでございました。
結局、朝礼はいつも通りに終わり、生徒たちは重い足取りで授業の待つ教室へ戻りま
す。喜久雄だけが尾崎に両手を縛られまして強制帰宅でございます。
実は保健室での談合の際、たった一つだけ大親分が尾崎につけた条件がございました。
それがこれ。
「立花の息子は、すぐに長崎から追い払うこと」
であれば、被害届は出さないと。

長崎駅を出た寝台特急「さくら」は、時刻通りに諫早《いさはや》、佐賀を通過しまして、夕闇の
なか、そろそろ博多に到着しようとしております。
「さくら」に興奮していた乗客たちも今ではすっかり落ち着きまして、車内には佐賀平
野を走り抜ける列車の音がゴトンゴトンと規則正しく響いております。
喜久雄はごろんと寝台に寝転びますと、持参したラジオをつけました。流れてきたの
は、ブン、ブン、ブンブ、ブブブンと軽快なリズムで始まる坂本九のヒット曲「明日が
あるさ」でございます。
♪　いつもの駅でいつも逢う
　セーラー服のお下げ髪

もうくる頃　もうくる頃
今日も待ちぼうけ
「失礼します。切符を拝見します」

喜久雄が鼻歌を歌っておりますと、なぜかさっきも来た車内改札の声であります。

「もう、さっき……」

と、体を起こした喜久雄のまえに、なんと徳次が立っております。

「え？　徳ちゃん！」

驚く喜久雄をよそに、徳次は抱えている大きなバッグをドンと投げ置きますと、喜久雄の下のベッドにごろりと寝転びます。

「え？　なんで？　どこから乗ったと？」

「坊ちゃん、そう慌てるなって。それより寝台特急さくら、格好よかなあ。俺《おい》、乗るの初めてやけん、食堂車行ったり、個室覗《のぞ》いたりしとるうちに、坊ちゃんば驚かせにくるのがすっかり遅うなった」

実際、徳次は初めての寝台車を満喫しているようで、首にぶら下げた安カメラで、上段ベッドから覗き込んでいる喜久雄や寝台の様子を撮影し続けております。

「徳ちゃん、偶然じゃないやろ？」

「まさか！　偶然なもんね。俺も、坊ちゃんのお供で大阪に行くとたい！」

「俺のお供？　なんで？」

「なんでって、俺がおらんと、坊ちゃん、何《なん》もできんやろ」

徳次の笑い声が静かな車内に響きます。

と、ここで話は刃傷沙汰のあった朝礼の日に戻ります。

喜久雄と徳次の二人、よほどの縁があるとみえ、鑑別所から逃走中だった徳次が、「俺《おい》、長崎ば離れて、大阪にでも行こうと思う」と伝えにきた日が、喜久雄、一世一代の敵討ちの朝でございました。

鑑別所から逃げ切れるわけもなく、将来のことを考えて戻ってほしいと考えておりました喜久雄は、手っ取り早く警察に徳次を売ったのですが、幼いころからこの辺りの勘だけはよい徳次でして、喜久雄と待ち合わせた長崎駅に着きますと、すぐに周囲の異変に気づき、鑑別所の職員や警官に見つかることもなく、さっさと逃げ出していたのでございます。

そして、この翌日に伝わってきましたのが、朝礼での刃傷沙汰であります。

さすがうちの坊ちゃんは男や！　とばかりに、早速徳次が立花へ向かいますと、当の喜久雄は自室に軟禁中、事務所では佐世保から駆けつけた愛甲会の辻村とマツ、そして体育教師の尾崎が膝《ひざ》を交えての話し合いの真っ最中でございました。

話はすでに、このまま長崎に置いておいても碌《ろく》な大人にならないからと、喜久雄をどこかへ預けることが決まっておりまして、もちろん、まず預け先として挙がったのは九州や関西のヤクザ一家だったのですが、そこはマツが断固反対いたします。

「うちは、喜久雄の実のおっかさん、千代子さんに頼まれとるんよ。喜久雄は絶対にヤクザにはせんでくれって。必ず堅気に育ててくれって」

　そこで、辻村の口から出てきましたのが、昨年、立花組の新年会にも来てくれた大阪の人気歌舞伎役者、二代目花井半二郎の名前だったのでございます。


　喜久雄たちを乗せた寝台特急は関門トンネルを抜け、下関、宇部、徳山と時刻通りに通過しまして、先ほど広島駅に到着したところでございます。

　この広島を二十三時五分に出ますと、糸崎、岡山、神戸、そして深夜三時五十四分には、いよいよ大阪駅到着であります。

「坊ちゃん、もう寝た？」

　下段のベッドから、上段のベッドをコツコツと蹴るのは徳次でございます。ついさっきまで、初めての寝台特急と、これから始まる大阪での新生活への興奮を隠し切れず、持参したカップ酒を飲みながら喜久雄とはしゃいでいたのですが、さすがに見咎《みとが》めた車掌から、

「少しは寝ておきなさい」

と注意され、とりあえずベッドに入ったところであります。

この車掌、風貌《ふうぼう》はいかにもお堅い国鉄マンなのですが、話の分かるところもありまして、喜久雄と徳次を就職で都会へ出ていく若者たちと勘違いしたらしく、手にしていたカップ酒には目をつぶってくれたのでございます。

「坊ちゃん、もう寝た？」

徳次がまたベッドの底を蹴りますと、

「起きとるよ」

と声がします。

「坊ちゃんが敵討ちしたって聞いて、俺《おい》、本当に嬉《うれ》しかったとばい」

「ばってん、失敗した」

「失敗してもよか。その度胸があるかないかが問題やけん。それに、この先いつでもやり直しはできる」

「そのやり直しをさせんために、徳ちゃんは見張り役として大阪について来るとやろ？」

「いや、そりゃ、そうばってん」

少し眠そうな二人の笑い声が静かな車内に響きます。

「ところで、大阪の歌舞伎役者の家で、俺たち、何するんやろか？　まあ、坊ちゃんはそこから高校に通うんやろうけど」

ふと不安になったらしい徳次は、独り言のようにそう呟《つぶや》きますと、固い枕を抱き直します。

上段のベッドでは同じように固い枕を抱いた喜久雄が、やはり少し不安げな様子で、列車の心地よい揺れのなか、次第にまぶたが重くなりまして、気がつけば、通天閣や大阪城に行きたいと話す徳次の声が遠くなってまいります。

ふいに肩を揺すられて、次に喜久雄が目を覚ましましたのは、大阪到着を知らせるアナウンスのさなかでございました。

起こしてくれましたのは、カップ酒を見逃してくれた車掌でして、

「ほら、友達も起こして、そろそろ準備しないと」

と、いつの間にか乗り込んでいた向かいの乗客を気遣っての囁き声であります。

見れば、寝相の悪い徳次の体が半分ベッドから落ちそうになっております。

「徳ちゃん」

自分の荷物をまとめながら、徳次を揺り起こしますと、

「もう玄関先は掃きました……」

と寝ぼけたことを言っております。

列車の速度が徐々に落ち、窓の外は大阪の街でございます。

「徳ちゃん、大阪に着いたばい」

大阪という言葉に、徳次がハッと目を覚まし、「坊ちゃん、行こう」と、いきなり起き上がります。

眩《まぶ》しいほどのホームにゆっくりと列車が滑り込むなか、喜久雄と徳次は互いの旅行鞄を肩に担ぎます。

停車した列車のドアが開きますと、先を争うようにホームへ飛び降りる二人。真冬の早朝四時のホームは底冷えする寒さでございますが、二人の吐き出すその白い息はすでに楽しげでございます。

「おー」

思わず徳次が声を漏らしましたのは、駅舎を囲む高いビルに対してで、こんな大きなビルは長崎にはございません。

「坊ちゃん、あのビル、なんやろか？」

「たしか、あっちが阪神で、こっちが阪急百貨店」

二人の到着を祝うように、底冷えのホームに汽笛が響きます。

ネオンは消えておりますが、周囲には大きな看板が立ち並んでおります。「東芝ラジオ」「アトラス毛糸」「清酒ハクツル」。一つ一つの文字が巨大ですので、まるでその漢字やカタカナ自体が、街を襲うゴジラ映画の怪獣のようでもあります。

寝台特急「さくら」を降りた乗客たちが眠そうな目をこすりながら改札へ向かうなか、

あまりの物珍しさに徳次はホームから動こうといたしません。

「坊ちゃん、新幹線はどこやろか？」

「新幹線はこの駅には止まらんよ。あれは新大阪駅」

「へえ、もう一つ駅があると？」

「一つどころか、大阪には十も二十も他の駅があるさ」

「へえ、十も二十も」

「とにかく徳ちゃん、行こう」

喜久雄に背中を押され、やっと歩き出す徳次であります。早朝四時だというのに、駅前はタクシーのライトで煌々《こうこう》と照らし出されておりまして、二人が他の乗客たちを追って改札を抜けますと、ガランとしたホールの寒風に凍えながら、中年の男がひとり揉《も》み手をして立っております。

この男が、喜久雄と目が合いますと、外套《がいとう》の内より何やら抜き出しまして、くるくるっと広げられたその紙に、「立花喜久雄君」と書かれてあります。

「あ」

先に声を上げたのは徳次で、

「……坊ちゃん、ほら、迎えの人」

「うん。……でも、誰やろ？」

戸惑う喜久雄を置いて、徳次が男に駆け寄れば、

「喜久雄君でっか？」

と男が尋ねますので、

「いや、坊ちゃんはあっち」

男は別にどっちが喜久雄でもよかったようで、

「ほな、行こか。こんなとこに立っとっても寒いだけやよってな」

と、スタスタと歩き出します。

喜久雄は徳次と顔を見合わせまして、とりあえず男のあとを追います。

構内から一歩外へ出ますと、道に散らばったゴミを寒風が巻き上げております。

走ってきたタクシーを停《と》めた迎えの男が、さっさと助手席に乗り込みまして、

「あ、そや。この子らの荷物があんねん。後ろ、開けたってや」

開いたトランクに旅行鞄を詰め込みまして、急《せ》かされるように喜久雄たちも後部座席に乗り込みます。

すぐにタクシーは走り出しますが、特に男からの話はありません。

名前の書かれた紙を持っていたのですから、迎えの人には違いないのでしょうが、さすがにどこの誰とも知らぬままついて行くのも憚《はばか》られますので、

「あの……、おじさんはどちらの……」

喜久雄が声をかけますと、早速居眠りしようとした男が薄目を開け、

「私《わて》は半二郎んとこの番頭やわい。でも、まあ、詳しいことは明日でよろしわな」

と、また目を閉じてしまいます。

横を見ますと、徳次は窓に顔を貼りつけて早速、大阪見物であります。

「今日からお世話になります」

喜久雄が、とりあえず、マツから口酸っぱく言われたように挨拶いたしますと、眠そうな男が振り返りますので、

「……お初にお目にかかります。立花喜久雄と申します。そして、こっちが兄弟分の早川徳次です」

喜久雄の丁寧な紹介に、慌てて徳次も顎《あご》を突き出すような挨拶でございます。

「ほう、立派な挨拶でんなあ。おっちゃんは多野源吉《たのげんきち》。まあ、『手代《てだい》』言うても分からんやろうから、『源さん』て呼んでくれたらええわ。なんか困ったことあったら、いつでもおっちゃんに言うてや。……そや、うちに帰っても何《なん》もないで。坊《ぼん》ら、腹減ってへんか？」

男の言葉に、喜久雄たちは思わず顔を見合わせます。

「運ちゃん、心斎橋にまだやってる中華そば屋があんねん、そこで停めてんか」

湯気の立つ中華そばを想像しただけで、喜久雄たちは涎《よだれ》が出そうでございます。

廊下を歩いてくる女中の足音に、喜久雄はいつものように目を覚ましたのでございますが、普段なら、

「坊ちゃん、朝ごはん」

と、襖《ふすま》を開けるはずの女中の声はせず、なぜかそのまま足音が遠ざかってまいります。だったらまだ寝ていようと、枕を抱き直した喜久雄でしたが、この枕がいつもと違って固うございます。

「ん？」

と、寝ぼけ眼をこすった先に、無防備な徳次の寝顔。

ここ、花井半二郎の家か……。

なんともとぼけたことではありますが、やっと自分の居場所を思い出したとたん、とつぜん喜久雄の耳に家内の音があれもこれもと聞こえてまいります。

まず聞こえてきますのが、すぐそこに勝手口でもあるのでしょうか、やけに威勢の良い御用聞きの声でして、それに応えている女中以外にも、家内を動き回っている足音は一人二人ではないらしく、あちらこちらから戸の開け閉《あ た》ての音もしますし、誰かを大声で呼んでいる男衆の声、台所からは派手に食器を重ねる音まで届いてきまして、意識してみますと、よくもまあこの騒々しいなかで寝ていられたものだと我ながら呆《あき》

れてしまいます。

ただ、いったんすべての雑音を判別したところで、喜久雄が妙に懐かしい気持ちになりましたのは、この騒々しい朝の気配が、まだ権五郎が存命だったころの自宅を思い出させたせいなのですが、ふとそこに、長崎の実家では聞き覚えのない三味線の音色が遠くから微《かす》かに聞こえてまいります。

昨夜、手代の源吉に中華そばをご馳走《ちそう》になったあと、どこかの御屋敷町に着いたのが朝の五時まえ、半二郎邸のやけに立派な勝手口へ背中を押されながら、

「長旅でしんどかったやろ、もうちょい部屋で寝とったらええわ」

と勧められ、台所の水滴の音さえ響くような寝静まった屋敷の廊下を抜き足差し足で歩いたのがついさっきのようにも、もう何日もまえのようにも思えます。

喜久雄が寝たまま隣の布団を蹴ろうとしますと、いつの間にか徳次も目を覚ましておりまして、

「三味線の音やね？」

と耳を澄まします。

「坊《ぼん》ら、おはようさん！」

とつぜん枕元の襖が開いたのはそのときで、薄暗かった部屋に日が差し込んだかと思いますと、日ざしのなかで舞う埃《ほこり》を払うように、

「もう昼近いで。ええ天気や。ぼちぼち起きたらどや？」

手代の源吉が騒々しく布団を踏んで入ってまいります。

「……洗面台は廊下の先。手拭いやら、そこにあるもん使《つこ》うたらええわ。便所はその横。旦那はもう劇場に向かいはったけど、『まあ、慣れるまでしばらくはのんびり大阪見物でもしとったらええわ』て言うてはったわ。あと、女将《おかみ》さんの稽古がそろそろ終わるさかい、顔洗《あろ》うたら挨拶に行こか。うちの女将さんが相良《さがら》流の家元なんは知ってるやろ？」

この源吉という男、口も動きますが、手もまたよく動きまして、なんだかんだと言っているうちに、喜久雄と徳次の布団を剝ぎ取ったかと思えば、その手でたたんで押入れに入れ、所在なげに突っ立っている二人を追い立てるように、障子や窓をパタパタと開け放ってしまいますと、最後はその窓から顔をつき出し、

「お勢《せい》ちゃん！　九州の坊ら、起きたから、牛乳でも飲ましたって」

「はーい。……あら、なんや、源さん、旦那と一緒に劇場行ったんちゃうの？」

「今月、劇場に出禁やねん」

「なんでぇ？」

「初日の朝にな、切る、割る、落ちるて、禁句連発してしもうて、旦那がおかんむりやねん」

「そら、源さんが悪いわ」

「あ、女将さんの稽古終わったな。ほな、坊ら、早《はよ》う顔洗うてき」

いつの間にか、どこからともなく聞こえていた三味線の音が途絶えております。

洗面台で身繕いしますと、どこかで一仕事してきたらしい源吉に連れられまして、長い廊下を右に左にと奥へ参ります。長崎の実家も決して狭くはありませんでしたが、やはり役者の家というのは、どこかその風情が違います。どちらもよく磨かれた廊下でありながら、極道の家のは、長年、男たちが裸足《はだし》で踏みつけてきたもので、逆にこちらはそこから女たちの素足が連想されるのでございます。

長い廊下の先に、トントン、と二段ほど下がる段差がありまして、その先が広い稽古場になっております。

毎年、新年会で披露する歌舞伎の稽古で、喜久雄たちも丸山検番の稽古場には通っておりましたが、こちらの稽古場はまだ新しく、白木のよい匂いがいたします。

「女将さん」

ちょうど稽古場から出てきた女性に、源吉が声をかけますと、

「あら、源さん、ちょうど良かった。アンタ、ちょっと御堂筋《みどうすじ》の天馬屋さんに……」

そこで言葉を切った女将が、

「あら」

と、喜久雄たちに気づきまして、

「今まで寝とったん？　ほんなら、おなか減ってるやろ？」

と、目を丸めます。

この女将の幸子《さちこ》、半二郎の後妻でありまして、このときまだ四十《しじゅう》まえ、黒髪を結い上げたうなじの色気は、長崎丸山で一番人気の芸者、小桃にも負けておりません。

「今日からお世話になります。立花喜久雄と、こっちが早川徳次です。ともに不束者《ふつつかもの》ですが、どうぞよろしくお願いいたします」

マツ仕込みの挨拶でございます。

「こちらこそ。でも、あれやわ、うちもまだなんも聞いてへんねん。まさか、こんな大きい子らの親代わりなんてでけへんし。ずっとうちで暮らしてもらういうのもなあ……。まあ、とにかくお昼にしよか。藤田屋の千枚漬けあんねん」

歓迎されているような、早くも厄介払いされているような、なんとも半端なお目見得《めみえ》の言葉でございます。

大阪という土地柄もあるのか、とにかくこの家の者たち、女将の幸子や手代の源吉を筆頭に、女中頭のお勢、若い女中たちや男衆までが、とにかくまあよく喋《しゃべ》ります。

「そないいうたら、新しい草履《ぞうり》の入った風呂敷やけど、今朝、ちゃんと持たせてくれたんやろか？」

台所へ向かいながら女将の幸子が、たとえばそんな風に尋ねますと、

「新平《しんぺい》が持っていったはずでっせ。あの、赤い風呂敷でっしゃろ？」

と応える源吉に、

「ちゃうて、新しい草履入れたん緑色の風呂敷やな？　なあ、お勢ちゃん！」

「うち、知りませんけど。でも、新平ちゃん、いつものバッグだけやったけど、あれに入ってたんちゃいますやろか？」

「いやー、困るわ、そんなん。持っていってなかったら、うちの人、楽屋で履く草履ないやん」

「新しい草履でっしゃろ？　今朝、新平が持って出ようとしてたら、旦《だん》さんが、『それ、履き心地悪いからいらんわ』言うてはりましたけど」

と、大声を張り上げますのは、屋根で雨樋《あまどい》の掃除をしている男衆であります。

そのあとはもうそれぞれが、持たせた持たせてへん、見た見てへん、旦さんがいらん言うた言うてへん、しまいには、裸足で舞台裏を歩く半二郎を、みんなで気の毒がりながらも笑いを堪《こら》える始末でございます。

「いやー、ほら、やっぱりここに置いたあるやん」

結局、幸子が草履の入った風呂敷を玄関の下駄箱《げたばこ》で見つけまして、

「ほんまにうちの人、今ごろ裸足やわ」

とため息をついたところで、家中から笑い声でございます。

そうこうしているうちに、喜久雄たちが連れてこられたのが家族用の台所でして、純和風の邸内には不似合いな原色のペンキを塗りたくったキッチンに、喜久雄たちと同じ年格好の少年が、ひとり不機嫌そうに座って肉うどんをすすっております。

「俊《しゅん》ぼん、アンタ、まだおったん？　そんなもたもた食べてたら、うどんのほうが苛々《いらいら》しはるわ」

幸子に呆れられたこの少年、花井半二郎の一人息子で本名を大垣俊介《おおがきしゅんすけ》、すでに花井半《はん》弥《や》の名で初舞台も踏んでいる喜久雄と同じ十五歳でございます。

母親に子供扱いされたのが癪《しゃく》に障ったのか、新参者の喜久雄たちのまえで威勢の良いところを見せようとしまして、

「なんや、今度の下働き、えらい若いな」

と憎まれ口です。

喜久雄も徳次も普段なら売られた喧嘩《けんか》は喜んで買うのですが、目の前にいる色白な少年の、その透き通るような肌に呆気にとられておりまして、自分たちが喧嘩を売られたことにも気づいておりません。

長崎の花街育ちとはいえ、大都会の大阪から見れば、所詮《しょせん》は九州の田舎町。夏は鼠島《ねずみじま》での海水浴、冬は唐八景《とうはっけい》山でのハタ揚げと、男の子というのは日に灼《や》けているのが当たり前でしたので、この俊介の肌色が一種異様に映ったのでございます。

反応のない喜久雄たちに焦《じ》れて、俊介は不機嫌そうに席を立ちますと、

「この丼、片づけといてな」

と、喜久雄の肩をポンと叩いて出て行こうといたします。そこでやっと我に返った徳次が、

「おうおう、片づけとけ？　お前《わい》、誰にもの言いようか分かっとるんか！」

と、その胸ぐらを摑みます。

たいがいの少年は、場馴《ばな》れした徳次の啖呵《たんか》に震え上がるのですが、こちらの俊介、見かけによらず肝が据わっておりまして、

「誰にて、お前《わい》らにじゃ！　ボケ！」

と食卓は一触即発、少しでも誰かが動けば、乱闘騒ぎの緊迫であります。

ただ、そこで動いたのが幸子でして、

「あー、邪魔くさい。どうせ、アンタら、すぐに仲良うなるんやさかい。いらんわ、そんな段取り。でもまあ、しゃーない。喧嘩するんやったら、今日明日でさっさと終わらしといて」

と、丼を流しに運んでいきます。

胸ぐらを摑む徳次の手を払いますと、俊介はさも偉そうに、

「源さん！　源さん！」

と、源吉を呼びつけまして、

「はいはい、大声で何ですのん？」

と、飛んできた源吉に、

「何ですのんて、出かけるで」

「どこに？」

「どこにて、稽古やがな」

「ハァ」

「ハァやないわ。早《はよ》う送ってえや」

「送るて、どうやって？」

「どうやってって、車や」

そこまで聞いた幸子が笑い出し、

「アホくさ。アンタ、車で稽古の送り迎えなんてしてもろたことあらへんやん。子供のころにやってもろた源さんの肩車のことか？」

という流れになりますと、喜久雄たちのまえで、俊介はすっかり面子《メンツ》を潰されたも同然、顔を赤らめ、子供っぽくプイと頰を膨らませますと、乱暴な足音を立てて玄関へ向かいます。

「女将さん、ちょっと笑いすぎやわ」

幸子をいさめた源吉が、俊介を追いかけまして、

「坊ちゃん、坊ちゃん！　稽古場までこの源吉がお供しますがな」

あとで分かることですが、この源吉、元は半二郎付きの弟子だったのですが、芸よりもその忠義心を買われまして、俊介の養育係と言いましょうか、男ながらの乳母とでも申しましょうか、とにかくおむつのころから、人気歌舞伎役者と舞踊の家元である父母に代わり、俊介を手塩にかけて育ててきたのでございます。

「さ、ごはんにしよか。……お勢ちゃん！　ちょっと、今、手ぇあいてへん？」

俊介と源吉が出ていきますと、幸子が女中頭のお勢を呼びます。

「あの……」

その背中に声をかけましたのは喜久雄でして、

「稽古って何の稽古ですか？」

と先ほどの会話を蒸し返します。

「たしか、今日は……」

壁にかけられたこよみに幸子が目を向ければ、

「坊ちゃんなら、今日は義太夫《ぎだゆう》のお稽古ですわ」

と、女中頭のお勢が入ってまいります。

「そや、今日は、岩見《いわみ》のお師匠《つしょ》さんやわ」

「義太夫？」

興味を示しますのは喜久雄だけで、徳次のほうは、お勢がふたを取る鍋のなかを早速覗き込んでおります。

「義太夫、知ってんの？」

棚からちゃっちゃと茶碗《ちゃわん》やらを取り出しながらの幸子に訊《き》かれ、

「母が文楽好きでしたけん。子供のころから大阪に来たら、一緒に見に行っとって」

と、喜久雄が応えれば、

「へえ、喜久雄さんのお母はんは人形浄瑠璃《じょうるり》好きなんやな。何見たん？」

「世話物やったら、『酒屋』とか『壺坂《つぼさか》』とか。時代物は『妹背山《いもせやま》』の道行とか。あと、『五条橋《ごじょうばし》』とかの景事《けいごと》も」

「へえ、景事なんて言葉知ってんの？　喜久雄さんも好きなんやねぇ」

改めて訊かれますと返事に窮しますが、もちろん嫌いではありません。

そんな喜久雄をよそに、徳次のほうはよほど腹が減っているのか、味噌汁《みそしる》を温め直すお勢の背中にぴったりと張りついております。

「興味あるんやったら、お昼済ませて行ってみたらええわ」

お櫃《ひつ》から少し冷《さ》めたごはんをよそい始めた幸子が、ふと思いついたような口ぶりでございます。

「行くって、どこに？」

「そやから、岩見のお師匠さんとこ。行って、俊介の稽古、ちょっと覗かせてもらったらええわ。そやけど、あれやで、厳しい先生《せんせ》やから、大人《おとな》しゅう見とかなあかんで」

「よかとですか？」

思わずそんな言葉が口をついて出てくるあたり、やはり好きか嫌いかといえば、喜久雄も義太夫節が好きなのでありましょう。

話は少し前後いたしますが、喜久雄がこの花井半二郎に預けられることになったとき、まずマツが仲介役でありますす愛甲会の辻村にお願いしましたのが、「とにかく大阪で高校に通わせてほしい」ということでありました。

その旨を辻村が半二郎に伝えますと、

「そんなら、ちょうどよろしわ。うちの倅《せがれ》が権五郎親分の息子さんとは同い年ですよって、倅が春から通う私立の天馬高校に、喜久雄くんも一緒に通わせますわ」

という段取りになったのでございます。

この天馬高等学校、いわゆる名門の進学校ではありますが、一方で関西における文化芸術の発展にも力を入れております。

実は、明治三十七年生まれの花井半二郎自身は、「役者に学問なんか必要おまっかいな。そんなヒマあったら、一つでも二つでも先輩の狂言、見といたほうが身のためや」

という先代の教育方針から尋常小学校さえまともに出ておりませんから、その反動と申しますか、そのために世間から受けた悔しさや惨めさを、四十なかばにしてやっとできました息子の俊介には負わせたくないと、教育に対しましては同年輩の他の役者の誰よりも熱心なのでございます。

「お勢さん、これ何《なん》て料理？　うまか」

元々、人懐っこい徳次でありますが、なぜかいつも腹を空《す》かせておりますせいで、自分に食事を与えてくれる人に対しては、その懐き方が尋常ではございません。

「美味《おい》しいやろ、ミンチボール知らんの？　丹波屋特製のトマトソースやからな」

喜久雄の茶碗に二膳目のごはんをよそいながら、お勢も自慢げでございます。

「生まれて初めて食うた。なぁ、坊ちゃん。立花の家でも、こげんうまかもん出たことなかったな」

徳次の言葉にふと顔を上げたのが千枚漬けでお茶漬けを啜《すす》っていた幸子でして、

「そか、喜久雄さんも『坊ちゃん』なんやな。うちの俊介も『坊ちゃん』やから、坊ちゃん1号と2号やわ」

と笑います。

爪楊枝《つまようじ》をくわえまして、ちょいと腹ごなしとでもいう風情で半二郎邸の勝手口を出てくるのは、たらふくメシを食わせてもらった喜久雄と徳次でございます。

ただ、出てきたとたん、徳次が足を止めまして、さも感慨深げに真っ青な空を見渡します。

この辺り、大阪屈指の御屋敷町でありまして、人気役者の半二郎宅はもちろんですが、あちらに目を向ければ映画俳優、こちらに目を向ければ、かのウィスキー会社の社長宅と、美しい黒塀と松の木がしゅっとした通りに並んでおります。

「坊ちゃん、どっち向いても山が見えんよ」

驚く徳次の横で、喜久雄もぐるりと空を見渡します。たしかに、どこに立っても見下ろせば、海、見上げれば、山、だった長崎とはまったく景色が違っております。

「昨日、ここに着いたときは暗かったけん、気づかんやった」

徳次はまだつま先立ちで、屋敷の屋根の向こうに見えぬ山を探しております。

「……坊ちゃん、この道、どこまで行っても平らなままやろか？」

「そやろ。でも、海の代わりに大阪には大きか川がある。長崎では見たこともない広か川で、水が止まっとるように見えるんばい」

空の先にまだ山を探しながら、二人はのんびりと歩き出します。

「あ、坊ちゃん、坂がないけん、自転車にどこまででも乗れるたい」

ふと気づいた徳次が嬉しそうに声を上げますと、坂ばかりの町で自転車屋もなかった長崎から遠く離れてきたのだと、妙なところで感慨を抱く喜久雄であります。

「でも、坊ちゃんは自転車。俺《おい》はバイク」

「なんで、徳ちゃんだけバイクや？」

静かな通りに笑い声を響かせながらしばらく歩いてまいりますと、お勢が教えてくれた通り、速達専用の青い郵便ポストが立っておりまして、その右手に「岩見」と書かれた立派な表札がかかる、料亭かと見まごうような家が建っております。

大きな数奇屋《すきや》門の切戸をくぐりますと、ピンと空気が張りつめたような敷地内に、「パン、パン、パンパパ、パン」と、小気味よく机を叩く張扇《はりおうぎ》の音と共に、義太夫節の稽古をつけてもらっている俊介の声が響いております。

玄関を開けようとする徳次の肩を引きまして、喜久雄が声のする中庭のほうへ向かいますと、縁側の雪見障子の向こうで、大汗をかいた俊介が稽古をつけられております。

「あんたのお父さんは、あんたみたいに、『ゔぇ』なんて気張ってまへんで。気張ったらいかん。ハイッ、続けて」

〽　かーかりーけるーところー
「ちゃう。『つかー』や。『つぐぁー』やない」

〽　かーかりー
「ちゃう！　もうちょっと含み声や」

〽かー
「ちゃうて。ほら、私のおなか見てごらん。動いてるの見えるやろ。あんたの見えへん。おなかに力入ってへんいうことや。ハイッ」
〽かーかりーけるーところー
大汗をかく俊介と対峙《たいじ》し、机をパンパン打ち鳴らしているのが岩見鶴太夫《つるたゆう》でありまして、このときすでに古希を迎えておりますが、その声の張り、血色の良いその肌艶《はだつや》。俊介の輝ける若さでさえ、その生気のまえで息も絶え絶えでございます。
〽くーまがいのー、じろふー
「ほら、また。『ふー』やない、『おー』や」
〽くまがいーのー
「顎や、顎引かにゃいかん」
〽じろふー
「ほら、また！『じろおー』や、『じろふー』ちゃう。で、ハイッ、追っかけ、チン」
〽追っかけ来たー、あー、あー、あー
「ちゃう、『来たー、あーあー』や」
〽来たー、あーーーー
「引っ張ったらいかん！『来たー、あーあ、ああー、あああーー』やて！」

まるで吠《ほ》え合う闘犬のようで、見ている喜久雄たちまで息が詰まります。

〽 来たーあー、あーああー、あー
「そう喉《のど》で気張らんと。あーああー、や」

〽 がぁー、ああー
「あーあ、そんな声出したらいかんわ。いつも言うてるやろ、義太夫は、特に時代物なんちゅーもんは、絶対に気張ったらあかん、気張ったらスケールが小さい」

「はい……」

「ちょっと休憩しよか。あんた、そこのお茶でも飲んで、その汗拭きいや」

とつぜん糸が切れたように稽古場の様子が変わりまして、ただ眺めていただけの喜久雄と徳次まで一息であります。

その様子がうちにも伝わったようで、

「ああ、あんたらか、九州から来てる俊介くんのお仲間さんいうのんは。さっき幸子さんから連絡あったわ。そんな寒いとこおらんで上がってきたらええわ」

と、声をかけてくれましたのは、さっきまで土佐犬に見えていた岩見鶴太夫でありま す。一旦《いったん》、稽古を離れれば、しぶい美濃《みの》焼の湯のみがその手に似合う好々爺《こうこうや》でございま す。

「こいつら、友達やないわ」

と、一応俊介も抗議するのですが、稽古で嗄《か》らした喉から、うまく声が出ておりません。

「お邪魔します」

遠慮のない徳次がまず座敷に上がり、そのあとを喜久雄もついていきますと、

「あんたらもちょっとお聞き。歌舞伎役者いうもんはやれ、義太夫と踊りを知ってなければ一人前はおろか半人前にもなれまへん。これはどうしても必要で、義太夫知らんと、まず声の使い分けができまへん。義太夫ものいうもんは、その声を聞いただけで、ああ、この役はお爺《じい》さんの悪い奴《やつ》やなとか、これは若い二枚目やないうのが分からなあかん」

語る相手を間違えている鶴太夫を、徳次などはこっそり笑っておりますが、喜久雄のほうは、なるほどそうか、と妙に感心顔であります。

いわゆる義太夫劇と言いますのは、人形浄瑠璃のことでありまして、たとえば『義経《よしつね》千本桜《せんぼんざくら》』や『菅原伝授手習鑑《すがわらでんじゅてならいかがみ》』のように、元は人形芝居で上演されたものが、のちに歌舞伎に形を変えまして、人気演目となったものでございます。

「……そやからな、義太夫ものと言うても、義太夫の通りにやってるんやったら、人形見てたらええってことになりますわ。歌舞伎には文楽を歌舞伎にしただけのことがなければ、その価値がない。歌舞伎のほうは生きてる人間が舞台で演じるんやから、もっと生々しい、もっと実感的なものやないといかん。それを見ていて、はぁ、なるほど、人

形浄瑠璃から来ているから人形芝居らしいところがあるなぁということをやね、やはりお客に感じさせなあきません。そやろ？」

その辺りで、冷めた煎茶を口に含んだ俊介が、喉をつまらせ派手に咳《せ》き込みます。横にいた徳次が慌てて背中を叩いてやりますと、

「触るな」

と、払いますが、その腕に力はございません。

「あんた、ちょっと声出してみ。聞いてたやろ。『来たー、あーあー』や」

ふいに鶴太夫から指名され、慌てながらも喜久雄が猿真似しますと、

「次、あんた」

と、今度は徳次が指名です。

「来たー、あーああーーー」

俊介の背中を叩いてやりながら徳次が続ければ、

「あんた、幾つや？」

「十七ですけど」

「そやろ。あんたは完全に声変わり終わってるわ。でも、この二人はまだやねん。ほんまはな、喉休ませたほうがええねんけど、使わんと鈍《なま》るしな。この時期が役者には一番やっかいやわ」

そう言いますと、「パン！」と張扇を机に叩きつけ、

〽　来たー、あー、ああー。ハイッ
　と、唐突に稽古の再開でございます。

「邪魔や、なんでここにおんねん」

　ほぼ初対面の喜久雄たちに、稽古で叱りつけられる姿を見られるのはやはり格好がつきませんので、俊介は追い返そうとするのですが、当の喜久雄は見本を示す鶴太夫の声に聞き惚《ほ》れておりますし、徳次は徳次で皿の茶菓子に手を伸ばしておりまして、俊介の希望など通るような状況ではございません。

「ほら、ハイッ」

　と、鶴太夫に睨《にら》まれまして、俊介も仕方なく声を張れば、横では徳次が太夫の目を盗んで茶菓子を頬張り、そのまた横では、喜久雄が太夫の打ち鳴らす張扇に合わせて、自分の膝を打っております。

〽　来たー、あー、ああー
「そや、さっきよりええ」

　稽古場はまた闘犬場のような様相に戻りまして、空気がピンと張りつめてまいります。

　さて、ここでふと不思議に思われますのは、相手がまだ十五歳の弟子とはいえ、神聖な稽古場にその友達を軽々しく招き入れた鶴太夫の心持ちでございます。

実はこれ、裏がありまして、この数日まえのことになりますが、鶴太夫の元へ直々にやってきました半二郎から、実は今度、ある筋からの頼みを断りきれず、男の子を預かることになったのだが、俊介と一緒に稽古をつけていただきたい、と頼まれていたのでございます。

ちなみにその理由が二つ。まず一つ目が、一人息子の俊介にはどうも甘えがあって、ライバルでもいなければ稽古に身が入らないので、その相手にしたい旨。そしてもう一つが、まだ海のものとも山のものとも分からないが、どうもその子には生来の役者の資質があるように思えるということからでございます。

そんな話があったとも知らず、喜久雄はこの日から、すっかり鶴太夫直伝の義太夫節の虜《とりこ》となっていくのでありますが、そろそろ今章のページも尽きますれば、その辺りのお話はまた、次章にてお付き合い願えればと存じまする。

第四章　大阪二段目

　一九六五年（昭和四十年）の大阪と申しますと、この五年後に控えております世紀の祭典「日本万国博覧会」へ向かいながら沸々と煮立っているような街でございまして、六千四百万人という入場者を集めます万博が、大阪を国際都市としての洗練された大人にしたとすれば、まだ昭和四十年の大阪は思春期の中学生のようなもの、大人とも子供とも呼べないような、都会とも地方とも呼べるような、鼻の下にうっすらと髭《ひげ》が生えた、なんとも生々しい場所でございました。

　なかでも大阪駅前はその最たる場所でありまして、日夜、地方から都会を夢見る若者たちが続々と到着いたします。

　そして今日も一人、そんな少女が騒然とした駅前の風景にすでに面食らっておりまして、あまりにも目を引くものが多いので、まずどこへ目を向ければよいのか分からぬらしく、高い空に伸びるデパートのバルーン広告、大通りをどこまでも渋滞している車列、最新のヘアスタイルで闊歩《かっぽ》するオフィスレディ、かと思えば、足元では泥酔した男が地べたで寝ております。爽やかなはずの初夏の風にも、排気ガス、ヘアスプレー、酒臭い息と、駅前のいろんな臭いが混じっております。

「ねえちゃん、今、大阪、着いたとこやろ？」

少女が両手に提げたバッグを持ち直し、歩き出そうといたしますと、背後から若い男が声をかけてまいります。見るからにチンピラでして、御多分に漏れず、田舎からの家出娘をどこぞへ売り飛ばす輩《やから》でございます。

「どっから来たん？　大阪初めてやろ？　顔にそう書いたあるわ」

馴《な》れ馴《な》れしい口調に警戒し、プイと横を向いたこの少女、チンピラが言い当てました通り、ついさっき長崎から大阪へやってきたばかりの春江でございます。

「ねえちゃん、働きに出てきたんか？　こっちに親戚でもおんの？」

チンピラの口からはラムネ菓子の匂いであります。

「ここで迎えの人ば待っとるると」

馴れ馴れしく肩を抱いてくるチンピラを押し返しながら春江がそう応えますと、

「ねえちゃん、九州やろ？　俺のオカンも福岡やねん。『知っとーと。うまかっちゃん』」

と、大声で福岡弁を真似《まね》まして、一人で笑っております。

「……俺、阿倍野《あべの》の弁天《べんてん》いうねん。別に、ねえちゃんのこと引っ掛けよう思うて声かけたんやないで。なんや一人で心細うに見えたからな、ちょっと心配しとるだけや。自分でもほんま親切な男や思うわ」

弁天というあだ名の時点で悪そうな男なのですが、男の諧謔《かいぎゃく》に思わず微笑《ほほえ》みそうになる春江であります。

「……迎えて、誰来《く》んの？」

「恋人。……喜久ちゃん」

「へえ、ねえちゃん、恋人いてんの？　その恋人の喜久ちゃん、こっちで何してるんや？　職工やろ？」

「高校に通いながら役者の稽古」

「役者て、新喜劇とかの芸人かいな？　それやったら、俺も舞台に出てはる芸人で知ってる人おるで」

とにかく早口な男でして、春江など聞いているだけで目が回りそうであります。

「新喜劇じゃやなか。歌舞伎役者の稽古」

「歌舞伎て、この歌舞伎かいな？」

弁天が『勧進帳《かんじんちょう》』の弁慶のような見得《みえ》を切りまして、

「カッ、カッ、カッ」

と喉《のど》を鳴らしますので、さすがに春江も噴き出してしまいます。

「おい」

その瞬間、弁天の体がとつぜん背後に引っ張られたかと思いますと、ぬっと顔を出したのは徳次でありまして、

「春ちゃんに何しよっとか！」

早速、凄《すご》む徳次をよそに、

「喜久ちゃんは？」

と、春江はキョロキョロしますが、

「坊ちゃん、今日、踊りの稽古で来られんようになって、代わりに俺《おい》が迎えにきた」

「おうおう、兄ちゃん、なに割り込んでんねん。この娘《こ》は兄ちゃんやのうて、恋人の喜久ちゃん待っとるんや」

と、懐かしい徳次の笑顔であります。

突き飛ばされた弁天が、今度は徳次に食ってかかります。

「やかまし！　お前《わい》、どこの者《もん》や？　俺が長崎の立花の者と知っての態度やろな？」

「なにが長崎の立花じゃ？　このボケ！　スカタン！」

ちょうど昼どき、食事を済ませた会社員たちが、怒鳴り合う二人を楊枝《ようじ》くわえての見

学であります。

見物人が増えるとやる気の出る徳次ですので、くるくると拳を回しながら「狂った風車」の異名をとりますボクサー、ファイティング原田ばりの足さばき。対する弁天は正統派の柔術、腰を落としてジリッジリッと徳次に迫ります。

「いてまえ！」

野次馬《やじうま》たちの声のなか、まず手を出したのは徳次でしたが、そのパンチはスッと躱《かわ》され、逆に首を摑《つか》まれますと、そのまま弁天が地面に組み伏せます。ただ、徳次も負けておりませんので、取っ組み合いから互いのパンチが互いの顔面に入り、拳が肉にめり込む鈍い音であります。

見る限り、力は五分五分、野次馬たちの足元を、あちらへゴロゴロ、こちらへゴロゴロとしている姿は、ライオンが殺し合っているようにも、はたまた子猫がじゃれ合っているようにも見えます。

次第に二人の息が上がってまいりますと、昼休みの余興に飽きた野次馬たちも一人二人と仕事へ戻ってまいります。

駅前の歩道に残されたのは、大の字に倒れ、ゼーゼーと息をしている二人でございまして、

「もう、徳ちゃん……」

ハンカチで口元の血を拭《ぬぐ》ってやる春江ですが、隣にも似たような格好で弁天が倒れております。気にかけてやる義理はないのですが、情け深いと言いましょうか、おせっかいと言いましょうか、結局、同じようにその鼻血をハンカチで拭きとってやる春江でございます。

「大丈夫？　腫れてきたよ」

春江から水で濡《ぬ》らしたハンカチを目元に当てられ、仏頂面で市電に揺られているのは徳次であります。

「喜久ちゃんからの手紙に、大阪で堅気の生活にも慣れてきたなんて書いてあったけど、全然変わってないたい」

春江の足元には当面の生活用品が入った大きなバッグが二つ並んでおります。

「どう？　大阪での生活」

駅で買ったというあんぱんをちぎりながら春江に訊《き》かれ、

「坊ちゃんは毎日、学校に稽古に忙しゅうしてますわ。まあ、俺《おい》は俺で、源さんに付いて手代《てだい》の真似事させてもらったり」

とあんぱんに徳次がかぶりつきます。

「徳ちゃん、ちょっと大阪弁になっとる」

「そうや？」

「忙しゅうしてますわ、って。ところで、その『手代』って何？」

「まあ、立花組で言えば、部屋住みみたいなもんかなあ」

「じゃあ、長崎の暮らしと変わらんね」

「そやね。ばってん、たまに、坊ちゃんと一緒に踊りの稽古もさせてもろうとる」

「へえ、徳ちゃんも」

「まあ、坊ちゃんたちの稽古相手みたいなもんやけど」

「坊ちゃんたちって？」

「ああ、俊ぼんって、うちの旦那の息子がおって」

その辺りで市電が目的地に着きまして、

「降ります、降ります！」

と、二人慌てて電車を飛び降ります。

「お屋敷ばっかりやねえ」

電車を降り、辺りを見回しました春江に、

「もう慣れたけどね」

とは徳次の弁でありまして、実際、まるでこの町の子のように、電停から裏路地に入りますと、神社の境内まで抜けまして、喜久雄がいるという家へ向かいます。

「ねえ、うち、そこの家の人に、なんて自己紹介すればいいとやろ？」

家はすぐそこと言われたとたん、不安になる春江であります。

「春ちゃんは、坊ちゃんの遠い親戚ってことになっとるけん」

「親戚で大丈夫やろか？」

「春ちゃんが住む場所は、俺《おい》と坊ちゃんでこっそり借りてあるし」

「え？　うちだけ、よそで暮らすと？」

春江が驚いて足を止めたところが、立派な数奇屋《すきや》門の花井半二郎邸であります。

「ここが俺たちの家」

言葉通り、徳次が我がもの顔で扉を開け、「ただいまー」と声をかけますと、実際すっかりこの家に溶け込んでいるらしく、

「徳ちゃん、アンタ、どこおったん？　さっき源さんが探しとったで」

「おっ、徳、帰ってきたんか？　今晩、麻雀《マージャン》のメンツ足らへんねん」

「徳ちゃん、台所に羊羹《ようかん》あるで」

と、あちこちから女中や男衆の声でございます。

「行こ、行こ」

そんな声を無視しまして、徳次は春江を右へ左へ屋敷の奥へと連れてまいります。

「ここの女将《おかみ》さん、日本舞踊の相良流の家元やねん」

「あ、また大阪弁」

無意識に口をついて出る大阪弁を春江に指摘され、頭を掻《か》く徳次であります。

微《かす》かに聞こえていた三味線や鼓の音が、次第にはっきりしてまいりますと、徳次が足音を忍ばせまして、

「稽古中やけん」

シーッとばかりに唇を人差《ひとさ》し指で押さえながら、手招きするのは稽古場と次の間を結ぶ廊下でございます。

ずらりと並んだ白襖《しろぶすま》の一つを、徳次が音を立てないように一センチほど開けまして、

「ここから覗《のぞ》けるけん」

早速顔を寄せる春江の目に、懐かしい喜久雄の姿でございます。

「一緒に舞台に立っとるのが、俊ぼん」

日本舞踊の稽古ですから浴衣でも着ていそうなものですが、なぜか二人とも猿股一つで、さっきからパン、パンと響くツケに合わせ、同じふりを繰り返しております。

〽　大手《おおで》をー、広げー
義太夫の声に合わせて、喜久雄が右足を踏み出しますと、

「ちゃうちゃう！　ちゃうて！」

と、声を荒らげて舞台へ上がってきましたのが、喜久雄たちと同じように猿股姿の花

井半二郎でありまして、

「何遍《なんべん》言うたら分かんねん、そうやって、上げた足踏み出すときは、気持ち待ってから踏み出すんや。そやないと形に大きさがない。そんなみみっちい動きしとったら、この背中のごっつい彫りもんが泣くで」

と、喜久雄の太腿《ふともも》を摑みながら、

「こうで、こうや！」

と、人形の足のように動かします。

もう何遍もやられているらしく、喜久雄の太腿には青痣《あおあざ》までできております。

「ほな、次はアンタの番や」

次に半二郎が俊介に向かいますと、

「……ハイッ、続けて、肌脱いで右足一つに左足。そや、右足出してぐるっと回って、刀返して右手でゲンコ。そのまま見得切って。ちゃうて！　そやから、手上げるときはこうで、こうや！」

半二郎に摑まれた俊介の右肩にも、やはりうっすらと青痣でございます。

「ええか、この狂言は荒事《あらごと》や。梅王丸《うめおうまる》と桜丸《さくらまる》や。舞台では重たい肉を何枚も着るんやで。裸で動いて、そない小さく見せてどないすんねん。こうやって裸で稽古させてんのは、骨格を見るためやねんで。筋肉はこれからいくらでも付くわいな。そやから、まずは骨で覚えるんや。そうやって見得切ったままやと辛《つら》いやろ？　肩が震えてくるやろ？　それやねん、どの辺まで腕上げてたら震えてくるか、そのギリギリの一番ええ形を骨に覚えさすねん」

と言いながら、たっぷりと墨をつけた太筆を持ってきました半二郎が、喜久雄の肩甲骨にすっと線を引き、

「この骨や。この骨に覚えさすねん」

と、まるで背中の刺青《いれずみ》を消そうとでもするかのようであります。

「ほな、もう一回。パン、パパン！」

腰を落としたまま耐えている喜久雄の額には、たらりと脂汗《あぶらあせ》でございます。

踊りを骨で覚えるという半二郎の言葉のせいか、はたまた墨を塗られた体を震わせて動きを止めている喜久雄たちの脂汗のせいか、覗き見しているだけの春江まで、体中の節々が痛くなってまいります。

「ほんま、何遍言わすんや！　これもできんで、役者になんかなれるかいな！」

と、今度は半二郎の平手が喜久雄の頬に飛びます。しかし、思わず目を逸《そ》らした春江の横では、徳次が何食わぬ顔で飴玉《あめだま》をしゃぶっております。

「いつもこんな厳しかと？」

尋ねる春江に、

「今日はまだ優しいほう。旦那の虫の居所が悪かったら、二人とも竹刀で滅多打《めったう》ちされるもん」

「竹刀で？」

「今日は、その竹刀ないやろ？　坊ちゃんたちのために、昨日の晩、俺《おい》がこっそり隠してやった」

したり顔の徳次であります。

「喜久ちゃん、大丈夫やろか？　なんか痩せたような気がする」

「筋肉がついて締まったとよ。このまえなんて、坊ちゃんと腕相撲して、初めて負けそうになったもん」

稽古場では、二人がまだ同じふりを繰り返しておりまして、事情を知れば、うろうろと歩き回る半二郎の姿が、竹刀を探しているように見えなくもありません。

「こりゃ、まだしばらく終わらんな。春ちゃん、先にアパートに連れてったるわ」

「あ、また大阪弁」

笑い声を上げようとする春江の口を慌てて押さえ、徳次がまた抜き足差し足で稽古場を離れます。

「見得切るときに、ここの肩甲骨を、こうやって、もっと広げたらええねん！」

「痛ッ、痛い痛い！」

春江たちのあとを喜久雄の悲鳴が追いかけてまいります。思わず振り返った春江の腕を、徳次が強く引っ張ります。

「はよ行こう。ここにおったら、坊ちゃんの邪魔になる」

まだ昼どきではありますが、南海電鉄の高架橋沿いに建つ古アパートの室内はすでに真っ暗でございます。

徳次が手探りで低い天井に手を伸ばしますと、ブリキの破れ笠の下、今にも消えそうな裸電球が一つであります。当然、照らし出された部屋もみすぼらしく、

「この部屋しか、なかったと？」

思わず呟《つぶや》く春江の心細そうな声も、深いため息交じりでございます。

半二郎邸のある屋敷町から駅で二つほどの場所ですが、こちらはドヤ街に近《ちこ》うございますから、二人が駅から通ってまいりました高架下には、いわゆる泥棒市も立っておりまして、出どころの怪しいラジオや家財道具などが布を広げて売られております。

「立花のあねさんからはちゃんと生活費を送ってもらっとるんやけど、うちの旦那が厳しい人で、『子供に大金持たせたらあかん』て、坊ちゃんも俺《おい》も小遣い制やけん、なかなかまとまった金が作れん。まあ、少しの間、ここで辛抱しとってよ。坊ちゃんはもちろんやけど、もし何か困ったことがあったら、俺もすぐに来るし」

徳次の説明通り、このころはまだ月末になりますと、長崎のマツから決まって三万円が、喜久雄そしてお供の徳次分の生活費として半二郎宛てに送られておりました。大卒の初任給が二万円ほどのころですので、高校の学費などは別払いで、喜久雄と徳次の食費及び宿泊費だけと考えれば、十分な仕送りだったはずでございます。

ただ、やはり徳次の説明通り、旦那の半二郎がしつけに厳しい人で、ラーメン一杯が七十円の時代に、息子の俊介にも毎月百五十円の小遣いしか渡しておりません。決して吝嗇《りんしょく》だったのではなく、子供たちのことを思えばこそでして、実際、マツからの仕送りのすべてを、半二郎は喜久雄のために貯金してくれておりまして、ただ、この貯金がのちにちょっとした騒動を引き起こすのですが、それはまたその機会にお話しすることにいたします。

アパートの廊下にある炊事場が、夕餉《ゆうげ》の煮炊きをする女たちの声で賑《にぎ》やかになったころ、長旅の疲れで眠り込んでいた春江と、いつものように他にやることもなく昼寝をしていた徳次の元へ、稽古を終えた喜久雄がやってまいります。

「春ちゃん」

喜久雄の呼び声に飛び起きました春江が、

「喜久ちゃん」

と、会えなかった数カ月の思いをぶつけるように抱きつきますと、よほど稽古が応えているらしく、支え切れずにそのままへたり込んでしまいます。

「喜久ちゃん、大丈夫？」

「ごめん、なんか膝《ひざ》が震えてしもうて」

苦笑する喜久雄の脚を、横から徳次が乱暴に引っ張りますと、

「揉《も》んどかんと、また明日動けんようになるぞ」

と、押し倒してのあん摩であります。

「喜久ちゃん、うち、早《はよ》う会いたかった」

「ごめん。毎日稽古で忙しゅうて、なかなか段取りつけられんかった」

「厳しそうな稽古やもんね。さっきちょっと覗いた」

「え、見とったと？　今週はずっと旦那が稽古つけてくれとって。いつもは女将さんなんやけど。……でも、やっぱり旦那は教え方が上手《うま》いもんね。ほら……」

と、立ち上がりました喜久雄が、今日稽古してきた梅王丸の見得を切りまして、

「……この膝の角度が、一番体が大きく見えるんやけど、そうするとこっちの右腕がついてこん。でも旦那が言うように背中ば動かしたら、ついてくるけん不思議。ほら」

置いてけぼりの春江のまえで、何度も見得を切って見せる喜久雄ですので、

「春ちゃんな、とりあえずミナミのスナックで働くって。お母さんから、知り合いの店、紹介してもらってきたって」

と知らせる徳次の声も、石投げの見得を確かめるのに忙しい喜久雄の耳にはまったく入っておりません。


「せやから、『起立、レー』や。『レイ』ちゃうねん」

「起立、礼！」

「ちゃうて。『レー』やて」

「そやから『起立、レイ！』やろ」

「ちゃうて。喜久ちゃんが『レイ』なんて言うさかい、みんなずっこけんねん」

校門から走り出てきた自転車に二人乗りしているのは、喜久雄と俊介でございまして、なにやら中途半端な大阪弁を矯正されている様子でございます。

「俊ぼん、家戻ったら、すぐに京都に出発やろ？」

「ちゃうわ。このまま駅に直行やで。源さんが俺らの荷物持って待ってるわ」

「え、そうなん？」

「そやで。楽しみやな、京都」

「なっ」

この月、京都南座では花井半二郎が『土蜘《つちぐも》』の叡山《えいざん》の僧智籌《ちちゅう》を演じておりまして、学期末にはまだ早いのですが、今月の舞台だけは授業を差し置いても見せておきたいという半二郎の思いから、この日から千穐楽《せんしゅうらく》までの半月のあいだ、黒衣《くろご》として二人とも京都へ呼ばれているのでございます。

　と言いましても、のちに分かることなのですが、半二郎はなにも自分の芝居を息子たちに見せたいわけではありませんで、この月、『隅田川《すみだがわ》』の班女《はんにょ》の前《まえ》を演じる稀代《きたい》の立《たて》女形《おんながた》、六代目小野川万菊《おのがわまんぎく》の舞台を、どうしても二人に見せておきたいという気持ちからでございます。

　と言いますのは、喜久雄が半二郎の元で暮らすようになって、早いものですでに一年が過ぎ、学校の授業との掛け持ちとはいえ、決して手を抜かぬ日々の稽古のなか、幸か不幸か、半二郎が喜久雄と俊介の両名ともに見出《みいだ》しましたのが、立役《たちやく》ではなく女形の才能でございました。

　これを一言で説明するのは難しいのでありますが、二人が二人して、男が女を真似るのではなく、男がいったん女に化けて、その女をも脱ぎ去ったあとに残る「女形」というものを、本能的に摑めているのでございます。

「なぁ、俊ぼん、京都行ったら、祇園《ぎおん》に連れてってくれる言うたん、あれ、ほんまなん？」

　ハンドルを握る俊介の肩を、喜久雄が何度も引っ張りますので、さっきから自転車が右に左に今にも倒れそうでございます。

「ほんまもほんま。うまいこと運ぶように、もう源さんに段取りしてもろうてるし」

「初めてやわ。お茶屋で芸妓遊び」

「俺がなんでも教えたるわ」

「〽こんぴら、ふねふねー。やろ。知ってるわ。でも、やっぱり可愛いんやろな。芸妓」

「匂いがええねん」

「そやろな」

「あ、そや。源さんから聞いたんやけど、喜久ちゃん、うちの部屋子《へやご》になるん？」

信号待ちで自転車を止めた俊介が振り返りますと、

「ああ、それな」

と、喜久雄がその肩を摑んで荷台に立ち上がります。

「危ないて」

「大丈夫やて。そのまままっすぐ漕《こ》いだらええねん」

「漕がれへんて。すぐこけるわ」

「そこを踏ん張んねん」

この部屋子、簡単に説明いたしますと、子役の時分から幹部俳優に預けられまして、それこそ鏡台を並べて楽屋の行儀から舞台での芸まで仕込まれる立場でございます。いわゆる「御曹司」である有名俳優の世襲の子弟ではなく、素人の子でも見込みさえあれば、将来大きな役がつく可能性がありますと、一方、普通の弟子となりますと、どんなに芸の素養がありましても、その生涯に亘《わた》って端役しかもらえません。

ちなみに歌舞伎役者の階級は「名題《なだい》（幹部俳優ら）」と「名題下《なだいした》」に大別されておりまして、部屋子となった時点で、この名題と同格の扱いを受けるのでございます。

喜久雄を部屋子にしたい、という話は、実は半二郎からまず、長崎のマツへ伝えられておりました。

マツは半二郎からの手紙を読みますと、その話を受けるとも受けぬとも返事するまえに、まずは我が子の顔を見なければと、数日とあけず大阪へ飛んでまいりました。

大阪駅へ迎えにきた喜久雄を一目見たマツは、我が子がここ大阪で充実した毎日を送っていると確信いたします。一方、喜久雄も、少し面《おも》やつれはしておりましたが、前と変わらぬ母の姿に、会った次の瞬間から甘え、自分がどんな役の稽古をしているかなど、嬉々《きき》として話します。

もちろん手紙のやりとりはありましたが、喜久雄が長崎を出てからほぼ一年ぶりの再会でございます。

あとで分かることですが、この上阪時、マツが着ておりました正絹《しょうけん》の京友禅、実はこれ、質屋に頭を下げて借り出してきたものでございます。この当時すでに立花組は解散も同然、日々、借金や違約金の取り立てに追われる毎日でありまして、土地屋敷はとうに抵当に入り、それでも足らぬ分を家財や着物を質へ入れ、なんとかその月をやり過ごす有様《ありさま》だったのでございますが、喜久雄への仕送りだけは、五日遅れ、十日遅れしながらも、何よりも優先的に送っていたのでございます。

だからこその正絹の京友禅でありまして、我が子を預けた家へ挨拶《あいさつ》に出向く任俠《にんきよう》一家の姐御《あねご》としての、一世一代の見栄であったのでございます。

立花家の困窮を、半二郎は薄々感づいていたようであります。その流れからの部屋子の話だったところもございましょう。ただ、知らぬのは無邪気に暮らす喜久雄ばかりでありますが、このときの大人たちの無言の庇護《ひご》こそが、この数年後、一部の評論家たちから「生来の芸品がある」と評される喜久雄の踊りに結びつくのでございます。「貧乏には品がある。しかし貧乏臭さには品がない」とは、とある稀代の女流作家の言葉ですが、このときのマツの懸命な庇護により、喜久雄はまさに役者の命ともいうべきその品を授けられたのでございます。

「喜久ちゃん、ここで大丈夫やて」

さきほどから何度も立ち上がっては辺りを見回す喜久雄を引っ張り、俊介が煙草《たばこ》をくわえます。

「ほら、喜久ちゃんも」

差し出された煙草に火をもらい、プカッと一服つけた喜久雄がまた立ち上がって辺りを見回しますので、

「よっぽど市駒《いちこま》のこと、気に入ったんやな」

と、俊介が冷やかします。

二人がおりますのは、京都祇園の目抜き通り花見小路から少し路地を入りました祇園甲部《こうぶ》歌舞練場の裏でございまして、崇徳《すとく》天皇御廟まえの石段に腰かけて待ちわびておりますのが、さっきまで「井政」というお茶屋で遊んでおりました市駒と富久春《ふくはる》、二人の舞妓たちでございます。

「俊ぼん、ちょっと、そこの井戸で水もらお。酔うて、喉渇いたわ」

喜久雄がそう立ち上がったところに、

「あれくらいで酔うたなんて、よう言わはるわ」

現れたのは、普段着に着替えた市駒と富久春であります。

「誰にも見つからんかったか？」

背後を確かめる俊介に、

「そやし、お姉さんたちがなかなか寝てくれはらへんし。なぁ、市駒ちゃん」

「うちもハラハラしたわ。お兄さんやら、こんなとこで何時間も待たせてしもて」

言いながらも、ちらっとこちらを見る市駒から、喜久雄は目が離せません。お座敷では萌葱《もえぎ》色の着物がよく似合い、赤い鹿の子も可愛らしかった市駒も、明日の休日を前に化粧と髷《まげ》をとってしまえば、逆にその薄い素肌が大人っぽく見え、夜風に流れる黒髪は、風呂上がりでまだ少し濡れております。

「俺らが泊まってるホテルに行こか？」

俊介が富久春の手を引きますと、

「こんな遅うから、そんなん無理どすわ」

「ほな、どないすんねん？」

そこで口を挟みましたのが市駒で、

「うち、そこの境内で焚《た》き火したいわあ」

と、背後の暗闇を指差します。

境内で一斗缶に枯れ葉を集めまして、しばらく火を囲んでおりますと、俊介がふと立ち上がり、富久春の手を強引に引っ張りまして暗がりへと向かいます。自分たちは石灯《どう》籠《ろう》の裏に隠れたつもりですが、キスを交わすその影が伸びております。

「俊ぼんと富久春、もう長いんやろな？」

見て見ぬふりをしながらも、やはり気になりますので、喜久雄たちの話題はどうしても向こうの二人のことになります。

「丹波屋の若旦さん、十三、四のころから通うてはるし、富久春ちゃんが舞妓になったんと同じころらしいよって」

市駒が枯れ枝の先で、爆《は》ぜる火の粉を集めようといたしますので、

「火なんか集められるかいな」

と、喜久雄が笑いますと、

「ほんまやな、貧乏性が抜けへんねん。今みたいに綺麗《きれい》な着物着せてもろて、毎晩美味《おい》しいもん食べさせてもろうても、子供のころからの癖で、なんでもすぐに集めんねん。このまえなんて、お姉さんらの古い腰ヒモを拾うて集めてるの見つかって、『ああ、貧乏くさい』て大笑いされたわ」

火が移った枯れ枝を、市駒がなぜか喜久雄に手渡してきます。受けとった瞬間、少し触れた市駒の指がひどく冷とうございます。

「市駒は京都の子なんか？」

「生まれは秋田どす。金足追分《かなあしおいわけ》、言うても知らはらへんやろ。雪ばっかりの農村どす。十二のころから今のお母さんに世話になったん。そやから中学は京都」

「へえ、市駒は十二のころからこの町におるんやな」

喜久雄も火のついた枝を、なぜかまた市駒に返します。

「喜久雄さんは長崎なんやろ？　あったかいとこなんやろな。雪なんて降るの？」

「ほとんど降らへんな。でも……」

ふと喜久雄の脳裏に、二年まえ、大雪が降った立花組の新年会の様子がよぎります。喜久雄にとりまして、雪はそのまま、父権五郎の死と結びつくのでございます。

「なぁ、喜久雄さん、祇園のお茶屋で遊んだの、今日が初めてどっしゃろ？」

市駒の顔が火に染まっております。

「そやで」

「じゃあ、うち、決めたわ」

「決めたて、何をや？」

「うち、喜久雄さんにするわ」

「俺にするて、何？」

「そやから、喜久雄さんにうちの人生賭けるってことや。なんや知らん、直感や」

「賭けるて、さっき会《お》うたばっかりやで」

一方的な物言いに、ただ慌てる喜久雄でありますが、市駒はもう思いの丈をぶつけたように清々しておりまして、

「こんなもん、時間かけてもしかたおへんわ。一か八かや。うちの芸妓人生、あんたはんに賭けるわ」

とつぜんとはいえ、祇園の芸妓からあなたに人生を賭けると言われて嬉《うれ》しくない男が

いるわけもなく、喜久雄も満更《まんざら》ではございません。

「それ、本気で言うてんの？」

「……女に二言はあらしまへん。そやから、喜久雄さん、あんた絶対に人気役者になってな。あんたならなれるわ。うち、そういう直感、当たんねん。そしたら、奥さんに、なんて厚かましいことは言わしまへんから、二号さんか三号さんを予約や。ええやろ？」

「ええやろって、そんなん気ぃ早いわ」

「早いことないわ。すぐ年とるさかい」

「そんなん、誰にでも言うてるんやろ？」

喜久雄の無粋な勘ぐりに、市駒が潔白を証明するようにその顔をぐっと突き出します。

喜久雄は改めて見つめ返します。

なぜかこの市駒と一緒におりますと、自分が一回りも二回《ふた》りも大きくなったように思えてまいりますから不思議でございます。


俊介が投げたボールが喜久雄の古いグローブをすっぽ抜けまして、コロコロと壁際まで転がっていきますのは、京都四条にある南座の屋上でありまして、慌ててボールを拾いに行った喜久雄の眼下には桜満開の鴨川でございます。

「喜久ちゃん、昨日、あのあと市駒とどこ行ったん？」

投球フォームを確かめながらの俊介に、

「どっこも行ってへん。市駒、家に送ってすぐにホテル戻ったで」

「そうなん？　ええ雰囲気やったけど」

喜久雄は何も応えず、拾ったボールを投げ返しまして、

「もう楽屋戻ったほうがええんちゃう？　遠州屋《えんしゅうや》の小父《おじ》さんとこに挨拶に行くやろ？」

喜久雄が投げたボールが吸いつくように俊介のグローブに収まります。

遠州屋の小父さんとは、六代目小野川万菊のことでありまして、今回万菊丈が演じる『隅田川《すみだがわ》』の班女《はんにょ》の前《まえ》を、半二郎がどうしても二人に見せてやりたいと思っているのでございます。

この『隅田川』、いわゆる「狂乱もの」と呼ばれる舞踊劇でございまして、春の三月、隅田川のほとりに魂が抜けたような狂女が現れます。この女、実は吉田少将の北の方、班女の前でありますが、我が子を人商人《ひとあきんど》に攫《さら》われまして、悲しみのあまり物狂いとなり、その行方を尋ねて遠く東国までやってきたのであります。

女は舟人に舟に乗せてくれと頼みます。しばらくこの舟で川をわたっていきますと、向こう岸で多くの人が念仏を唱えております。舟人に問えば、なんでもちょうど一年まえ、都から人商人に連れて来られた少年が旅の疲れで憔悴《しょうすい》し、そのまま河原に打ち捨てられたというのです。

この少年こそ、女の愛息。その死を知った女は我が子が葬られた寂しい塚で泣き崩れ、思い焦がれた我が子の姿を見、我が子の声を聞くのでありますが、姿と見えたのは柳の木、聞こえたと思えたのは川面を飛び交う都鳥《みやこどり》の声だったのでございます。

屋上から幹部役者たちの楽屋階へ戻りますと、今月は出番が遅く、ちょうどホテルから到着したばかりの半二郎から、

「なんや、二人とも、浴衣からげてみっともない。遠州屋さんとこ挨拶に行くで」

と叱られまして、早速、帯を締め直す二人でございます。

「ええか、ちゃんと挨拶するんやで。遠州屋さん、厳しい人やからな」

雑然とした廊下を半二郎が歩き出せば、床山、衣裳《いしょう》、黒衣の皆々から、「お早《はよ》うございます」と次々と声がかかりまして、

「はい、お早うさん。はい、お早うさん」

と、半二郎も一々《いちいち》丁寧に返します。

そんな半二郎のあとを追いながら、喜久雄はなんだか胸のあたりがぞわぞわとしてまいります。つい最近のヨーロッパ公演でも『隅田川』の狂女を演じ、大成功を収めてきたという当代一の女形、小野川万菊にこれから会うというよりも、楽屋の暖簾《のれん》をくぐれば、そこに一人の物狂いの女がいるような気がしてならないのでございます。

「失礼しまっさ」

そんな喜久雄の気持ちをよそに、半二郎がなんのためらいもなく暖簾を開け、奥へと声をかけまして、

「……半二郎だす。今月、息子らが来てますねん。ちょっと会《お》うたってもらえまへんやろか」

ずかずかと楽屋へ入る半二郎の肩越しに、鏡台に向かう小野川万菊の華奢《きやしや》な背中でございまして、むせ返るような蘭《らん》の匂いに、喜久雄と俊介は互いを押し合います。

「何をそこでごちょごちょしてんねん」

半二郎に睨《にら》まれまして、二人同時になかへ入りますと、鏡のなかでやけに肌のつるんとした老翁《ろうおう》が、大きく健康的な歯を見せまして、

「上に野球場でもあるんでしょ？　朝っぱらから元気な足音で、こっちまで駆け回ってるみたいで、気持ちが清々しますよ。ほほほほ」

と、輝くような笑顔でございます。

一瞬、嫌味にも聞こえますが、その大きすぎるような瞳は、さっき屋上から見下ろした鴨川のように輝いております。

「屋上で何しとってん？」

半二郎にまた睨まれまして、

「キャッチボール」

と、二人声を揃《そろ》えますと、万菊がくるりとこちらへ向き直りますので、喜久雄たちも慌てて膝をつきます。

「息子に会うの、もう何年ぶりでっしゃろな。これが俊介ですわ。で、そっちが立花喜久雄くんいうて、今、うちで預かってる子でんねん」

と、半二郎の紹介でございます。

「へえ、俊介くんも大きくなって。最後に会ったの、あれですよ、丹波屋さんと歌舞伎座で『隅田川』お勤めした年ですから」

「さよか。ほな、もう五年もまえやな」

「子供は五年で大きくなって、アタシらそのぶん萎《しぼ》んじゃってねえ。おほほほ」

万菊の物言いも物腰も柔らかすぎて、喜久雄はちょっと拍子抜けで、遊園地の化け物屋敷に入ったとたん、一斉に電気がついたような感じでございます。

ただ、次の瞬間、ちらっと向けられた万菊の視線に、喜久雄はいきなり射抜かれます。どう説明すればよいのか、その目だけが笑っておらず、更に申しますと、半二郎と俊介の角度からは笑っているように見えるのに、なぜか喜久雄の位置からだけは、その色が違って見えるのでございます。

背筋がゾクッといたしまして、喜久雄は目を逸らします。逸らした先では、奇妙なほど長い万菊の手指が薄い太腿のうえでぴったりと揃っておりまして、今にも蛇のように動き出し、こちらへ這《は》ってきそうであります。

救いを求めるように俊介へ目を向けますが、彼にはまったく違う万菊が見えているらしく、「まえに、小父さんからアメリカ公演のお土産やて、本革のカウボーイハットもらいましてん。子供用やったから、もう頭に入りませんけど」

と、屈託がございません。

喜久雄は改めて万菊の手を見つめます。白粉《おしろい》が塗られた役者の手であれば自然なのですが、白粉が塗られた老翁の手と思えば、やはり不自然極まりないのでございます。

そうこうしているうちに、昔からの贔屓《ひいき》だという小説家が万菊の楽屋へ挨拶にまいりまして、「では、そろそろ」と立ち上がった半二郎に、喜久雄もついて出ようといたしますと、

「喜久雄さんでしたっけ？　ちょっと」

と、万菊が喜久雄だけを呼び止めます。

恐る恐る振り返れば、万菊にまじまじと見つめられ、

「ほんと、きれいなお顔だこと」

どう反応してよいのか分からず、喜久雄は居心地悪くて仕方ありません。

「でも、あれですよ、役者になるんだったら、そのお顔は邪魔も邪魔。いつか、そのお顔に自分が食われちまいますからね」

ますます混乱する喜久雄ですが、運よく件《くだん》の小説家が現れましたので、これ幸いとばかりに罠《わな》から解放された獣の子の如《ごと》く慌てて俊介を追うのでございます。

なんとなく首筋に濡れた布を巻かれたような気色のまま、喜久雄は半二郎の楽屋で玉子サンドイッチの昼食を済ませますと、この日だけは特別に取ってもらっている見物の座席へ学生服に着替えて向かいます。

座席は花道に近いとちりの席で、万来の見物は、今か今かと小野川万菊の登場を待っております。

「喜久ちゃん、さっき帰り際、遠州屋の小父さんに何言われたん？」

口から紅茶の匂いをさせる俊介に、

「別に」

と喜久雄が応えますと、開幕を知らせる拍子木が聞こえてまいります。

「……あの人、ちょっと恐ろしわ」

ふとこぼした喜久雄の言葉に、

「あの人て？　遠州屋の小父さんかいな？　……なんで？　あんなん、怖《こわ》いことないわ。喜久ちゃん、慣れてへんだけやって。やさしい親戚のオバちゃんみたいなもんやで」

そう笑い飛ばす俊介に、伝えたい怖さをうまく説明できない喜久雄であります。

幕が開いたのはそのときで、一瞬にして客席全体が何かに呑《の》み込まれたようでございます。

もの悲しい清元《きよもと》の三味線が、青く染まった夕暮れの隅田川に流れます。

〽実にや人の親の　心は闇にあらねども
　子を思う道に迷うとは
広い劇場のなか、どこかにぽっかりと穴が空いているようで、今にもそこから何かが出てきそうな、そんな不気味さで客席全体が震え上がりそうになったまさにそのとき、まるで人魂《ひとだま》のように、我が子を探し狂女となった小野川万菊が、花道に現れるのでございます。

班女の前はそろりそろりと花道を舞台へ向かいます。その姿、その色、その陰影、まるでこの世のものとは思われず、円山応挙《まるやまおうきよ》が描いた幽霊がそこに現れたかと思うほどのおどろおどろしさでございます。

気がつけば、喜久雄はその怪奇な世界に引き摺《ず》り込まれておりまして、現実とも夢とも違う、なにやら生ぬるく湿った場所に一人立たされているようでありまして、それはまた他の客たちも同じこと、誰もが万菊を見つめる亡霊の一人となっているのでございます。

「こんなもん、女ちゃうわ。化《ば》け物《もん》や」

あまりに強烈な体験に喜久雄の心は拒否反応を示すのですが、次第にその化け物がもの悲しい女に見えてまいります。

「……いや、こんなもん、女形でもないわ。女形いうもんは、もっとうっとりするくらいきれいなもんや。それが女形や」

喜久雄が万菊の魔力を断ち切るように、隣の俊介に目を向けますと、やはり何かに憑《つ》かれたように舞台を凝視しております。

「……こんなもん、ただの化け物やで」

何かから逃れるように笑い飛ばした喜久雄の言葉に、このとき俊介は次のように応えます。

「たしかに化け物や。せやけど、美しい化け物やで」と。

実はこの日、二人が目の当たりにした小野川万菊の姿が、のちの二人の人生を大きく狂わせていくことになるのでございますが、当然このときはまだ、二人ともそれを知る由もございません。

「おばちゃん、この小皿借りるで」

甘い匂いの立つ鍋のふたをとり、おたまでしゃくった煮汁を味見するのは春江でございます。

足元ではアパートの隣室の男児が三輪車で走り回り、流しではこの男児の若い母親が背中の赤ん坊をあやしながら米を研いでおります。

「春江ちゃん、アンタまた仰山《ぎょうさん》作ったなあ。こんなもん店で出しても余るやろ？」

小皿を貸してくれたおばさんが鍋を覗き込みますので、

「こんなん、すぐなくなるで」

と応えながら、よく煮えたじゃが芋を一つ箸でつまんでやりますと、おばさんがフーフーと冷ましたあと口に入れまして、

「春江ちゃんの料理、ちょっとおばちゃんら大阪の人間には甘いな」

「長崎はなんでも甘いからな。でも、このおかげで長崎からの出稼ぎのお客さんら、仰山、店に飲みに来てくれんねんで」

「らしいな。春江ちゃんの店、繁盛してるてよう聞くわ」

「うちの店ちゃうわ。ただの雇われや」

大きな鍋を両手で抱え、春江が部屋へ戻ろうといたしますと、古アパートごと揺らすような足音を立て、徳次が階段を上がってまいります。

「春ちゃん！　おる？　あのな、店用の冷蔵庫、ちょうどええサイズのが見つかったで」

「ほんま？」

「弁天が見つけてくれてん」

「ええー？　弁天が？」

途端に怪しむ春江に、

「盗品ちゃうて」

と徳次。

「ほんまか？」

「ほんまやて。それに無料《ただ》やで」

「なんで？」

「春ちゃんに惚《ほ》れてるんちゃう？　あ、そんなことより、最近、坊ちゃん来てる？」

徳次の質問に、横から応えましたのは先ほどのおばさんでして、

「最近、あの色男、来てへんで。春江ちゃん、放ったらかしにされてるわ」

「されてへんて。先週、来てくれたし」

鍋を運ぶ春江のあとをついて徳次も部屋へ向かいますと、

「もう店に行くんやろ。今、下の車で弁天が待ってんねん。冷蔵庫と一緒に」

「そうなん？　ほな、すぐ支度するわ」

「じゃ、俺も下で待ってるで」

と、出て行こうとしました徳次を、

「あ、ちょっと」

と、春江が呼び止めます。

「徳ちゃん、いつから弁天とつるんでるん？　あのあと天王寺で偶然会《お》うたのは聞いてたけど」

「別に、つるんでないわ。でも、まあ、天王寺村《てんのじむら》の芸人さんとこなんかに、一緒に出入りしてると、おもろいねん」

この天王寺村と申しますのは、当時大阪のシンボル通天閣の足元に広がる新世界の演芸を支えておりました漫才、浪花節《なにわぶし》、曲芸、奇術などの芸人たちが長屋暮らしをしておりました一角のことでありまして、またの名を芸人横丁とも呼ばれているところでございます。

徳次の話によれば、弁天というのは、元はこの天王寺村に敗戦直後満州から流れてきた芸人夫婦の子として生まれたらしいのですが、まだ乳飲み子のころに母親が病死しますと、すぐに父親もどこぞの女と出奔しまして、残された弁天を不憫《ふびん》に思った女漫才師が引き取り、そのまま育て上げたということであります。

「せやけど、徳ちゃん、今度なんかで捕まったら、もう逃げ道ないからな」

真面目に諫言《かんげん》する春江ですが、徳次は上の空でございます。

実は徳次、本来なら鑑別所から逃亡中の身の上なのでありますが、喜久雄のお供として大阪行きが決まりますと、愛甲会の辻村が裏で動いて後見人となり、鑑別所での収容期間を短縮させたのでございます。

ただ、このような逃げるが勝ちを一度経験すれば、人間、辛抱が足らなくなってまいります。実際徳次もその例に漏れず、このころには半二郎邸での手代の修行にもすっかり飽きておりまして、師匠である源吉の目を盗んではこうやって弁天と遊び歩いている始末でございます。

土埃《つちぼこり》舞う路地に冷蔵庫を荷台に載せたトラックが停《と》まっておりまして、運転席ではポマードで髪をべったりと固めた弁天が気取って煙草をふかしております。

「春ちゃん、すぐ降りてくるて」

アパートから出てきました徳次が助手席に乗り込めば、

「なぁ、なんでなん？」

と、訝《いぶか》しげな弁天であります。

「何が？」

「春ちゃんて、喜久雄いうやつの女なんやろ？　なんで徳次が面倒看《み》てんねん？」

「坊ちゃん、忙しいからしゃーないわ」

「なあ、その『坊ちゃん』呼ぶのも、ちょっとヘンやで」

「なんで？」

「なんでて……。まぁ、ええわ。それよりこのあと、例の話聞きに行くで」

「もう段取りつけてくれたん？」

「一応な。細かいことは、北海道に行ってからやけど、なんしか知り合いの手配師の話やと、こんなにうまい話ないらしいわ」

「そらそうやろ。一月《ひとつき》で四万。ないで、ないない。そんなボロい話」

「でも、まあ、とにかく気も頭も使うらしいからな、給金分だけは疲れる言うてはったわ。まだ黙って体動かしてるほうが楽やて。まあ言うてみたら現場監督いうより、手配師みたいなもんやからな。全国から集まってくる労務者ら整理して、うまいこと働かすの、実際大変やで」

「そやけど、そこを俺らが見込まれての大抜擢《ばつてき》やろ。三月《みつき》で十二万やで。そんだけ貯《た》まったら、まず春ちゃんに金送って、自分の店持たせたるわ。そしたら坊ちゃんも安心やろうし」

と、徳次が呟いたところで、当の春江がすっかり夜の女となって現れます。両手に煮物の入った鍋を抱えておりますが、それでも、高く結い上げた髪に長い睫毛《まつげ》、真っ赤な口紅でミニスカートを着こなす姿は、アメリカのスパイ映画に出てくる女優のようでもありまして、色のないドヤ街に南国の花が咲いたようでございます。

この日の夜、弁天とともに手配師から北海道での仕事について説明を受けてきました徳次は、まず新世界の串カツ屋で前祝いの祝杯を上げますと、機嫌よく半二郎邸に戻りまして、早速、喜久雄に事の次第を報告しようとしたのですが、当の喜久雄は能の真似をして、腰を安定させるために畳を擦って歩く退屈な稽古を、毎晩のことながらこの夜もやっておりまして、向こうからこちらへズリズリ、こちらから向こうへズリズリと、見ているだけで気が違いそうになるほど、狭い稽古場を行ったり来たりしております。

結局、一時間ほど待たされまして、やっと摺り足が終わりますと、今度は三味線を弾こうとしますので、

「坊ちゃん、ちょう待った。これ以上待ったら、ここで寝てまうわ」

と、慌てて声をかける徳次であります。

「なんやねん、さっきからそこで」

早速、三味線の弦をつま弾く喜久雄を、

「坊ちゃん、稽古すなとは言わんけど、ちょっとやりすぎやで。俊ぼんのこと見てみいな。きちんと稽古もするけど、ちゃんと手抜くときは抜いてるやろ。あれくらいでちょうどええんちゃうん？」

と、たしなめる徳次でありますが、

「そやかて、ぜんぜん辛《つろ》うないねん。寝てるときでもやりたいくらいやわ」

と、喜久雄も引きません。

「……それより、なんやねん。さっきからそこにちょこんと座って」

「あ、そや。あんな、俺な、北海道行くわ。仕事紹介してくれる人があってな。俺もこらでいっちょ勝負に出たろ思うてんねん。そやからな、いよいよ坊ちゃんとも離れ離れやわ。まあ、二度と会われんこともないしな。北海道で金作って、将来事業起こして成功した暁には、誰よりも立派な坊ちゃんのご贔屓さんになって、楽屋にペルシャ絨毯《じゆうたん》買《こ》うたるし、もっと成功したら専用の劇場も作ったるから、それまで坊ちゃんは、地道に芸道に励んどいてえな」

あまりにも急な話に喜久雄は返す言葉もございません。

「ちょ、ちょう待ってえな。北海道で成功て……、誰に騙《だま》されてるん?」

「心配せんかて大丈夫やて。弁天いう連れがおんねん。そいつと二人で行って、まあ一年も頑張れば、まとまった金ができるからな。あとは二人で貿易会社でもやろういうてんねん」

「貿易て……、船乗りやろ?」

「ちゃうわ。……とにかく、俺がいつまでもここにおってもしゃーないやろ。もちろん、この先一生、坊ちゃんのことは助けていくで。それはもう変わりない。ただ、ずっとそばで面倒看るのもええけど、なんかもっと大きなことで坊ちゃんを応援でけへんかな思うようになってん」

「徳ちゃん……」

日ごろ、あまりにも近くにおりますので、なかなかこういう真面目な話にはなりません。まして大阪に来てからは、学校や稽古など喜久雄は俊介とともに過ごす時間のほうが多く、気がつけば、徳次を放っておいたも同然でありました。

「まあ、離れ離れになったって、俺《おい》と坊ちゃんの関係は変わらんたい」

とつぜん懐かしい長崎弁でございます。

「……俺は、坊ちゃんからの恩は一生忘れんばい。俺がこうやって字書けるのも、計算できるのも、全部、教えてくれた坊ちゃんのおかげやけん」

小学生用の五十音順ひらがなの練習帳に、一文字ずつ確かめながら、震えた文字を書いていた徳次の姿が思い出されます。立花組の組員たちの名前を全て漢字で書けたときの満足そうな徳次の笑みが、つい昨日のことのようであります。

「徳ちゃん……」

喜久雄はそれだけ言うのがやっと、引き止めたところで、ここに徳次の居場所がないことも分かってはいるのです。

「心配いらんて。なんか困ったことがあったら、いつでもこの徳次が北海道から飛んでくるけん。今まで通り。今まで通りの徳ちゃんやけん」

徳次の笑顔を、久しぶりに、本当に久しぶりに、喜久雄は見たようでございます。

第五章　スタア誕生

「俊ぼん、何してんねんな！　もう幕開くで！」

宿酔《ふつかよ》いの醜態を晒《さら》しまして楽屋へ這《は》うようにやってきました俊介に、呆《あき》れ果てておりますのは、すでに『二人道成寺《ににんどうじょうじ》』の白拍子花子《しらびょうしはなこ》になりかけの喜久雄でございます。

なりかけと申しますのは、もちろん支度途中のことでして、羽二重《はぶたえ》に白塗り、眉の下にはうっすらと紅が入り、羽織っておりますのは、目を奪われるような金箔《きんぱく》をあしらった黒地に枝垂桜《しだれざくら》の大振袖《ふりそで》でございます。

その姿での叱責《しっせき》ですので、役柄そのままに町娘から一足早く本性を見せまして、大蛇に変身してしまったようでございます。

「まあまあ、喜久ぼんも抑えてえな。とにかく若旦那が来たんやから、ほら、支度や！　みな急ぎや！」

俊介をいつものようにかばう源吉に、

「また、そうやって甘やかす……」

と、納得いかない喜久雄ではありますが、ここで揉《も》めていても幕は待ったなしでございます。

「松蔵《まつぞう》さん、バケツに水持ってきてえな！」

喜久雄の声に黒衣《くろご》の松蔵が早速バケツの水を用意しますと、まだ酔っている俊介の首根っこを摑《つか》みまして、その頭を窓の外へ突き出させ、

「いくで！」

バケツの水をぶっかけます。

「ヒエ！」

俊介の悲鳴が、四国は琴平《ことひら》ののどかな朝に響き渡ります。現在二人は花井半二郎を大看板とした一座で、西回りの巡業の真っ最中なのでございます。

水を浴びますと、さすがに俊介も目が覚めたようで、鏡台に飛びつきまして、遅刻した自分を罰するように太い刷毛《はけ》で顔に白粉《おしろい》を塗りたくります。

「ホテル中みんなで探したんやで。どこにおったん？」

横で喜久雄も紅をといてやりますと、

「目ぇ覚めたら、どこぞの飲み屋の床やろ。びっくりしたわ」

「また、そんな呑気《のんき》なこと言うて」

俊介の話によれば、昨夜、喜久雄たちと別れたあと、また一人でふらふらと琴平の歓楽街へ向かったらしく、

「せやけど、昨日は、なんやパーッと気ぃ晴れたわ」

慣れた手つきで眉を描きながら、俊介がまだ酒臭い息を吐きます。

酒臭い娘道成寺《むすめどうじようじ》の白拍子など興醒《きようざ》めですが、化粧《かお》をしてしまえばなんとかそう見えてくるから不思議なもので、

「あの愛甲会の辻村さん、一緒におってあんなに気分が晴れ晴れする人おらんわ。昨日かて琴平中の芸者あげての大宴会やったし、ええなあ、喜久ちゃんは子供のころからあんな人らに囲まれて育ったんやな。なんやそれだけで人生が倍くらいおもろいもんに見えそうやわ」

口も動いておりますが、俊介は習慣でちゃんと手も動かしておりまして、羽二重、衣《い》裳《しよう》と、徐々に支度も喜久雄に追いついてまいります。

今回の舞台、少人数での巡業ということもありまして、女形舞踊の最高峰とも呼ばれます『京鹿子《きようがのこ》娘道成寺』を、若い喜久雄と俊介が二人で踊るという趣向になっております。

さて、遅ればせながら、慌ただしく始まりましたこの第五章、成功を夢見た徳次が北

海道へ旅立ちました前章から、すでに四年近くの月日が流れております。

時はまさに世紀の祭典「大阪万博」が先月開幕したばかり、日々の入場者数、月の石、全自動人間洗濯機に、外国人の迷子が見つかった話まで、日本全国隅から隅まで万博の話で持ちきりでございます。

ちなみにこの四年の間に、喜久雄は養母のマツとも相談の上、結局、半二郎の部屋子《へやご》となっておりまして、昭和四十二年、十七歳の年、京都南座の興行にて、「花井東一郎《とういちろう》」を襲名し、『伽羅先代萩《めいぼくせんだいはぎ》』の腰元という端役ではございましたが、めでたく初舞台を踏んでおります。

ただ、このめでたい初日の記憶が、喜久雄にはまったくと言っていいほどございません。

初舞台初日は、郷里の長崎からマツが見物に駆けつけまして、まるで本人が舞台に上がるかの如《ごと》く、混雑する楽屋であっちへうろうろ、こっちへうろうろしておりまして、その緊張がすっかり喜久雄に移ってしまったのでございます。

初舞台のお役がついたと申しましても、栄御前《さかえごぜん》について出る腰元の一人、御前のお供で手持ち灯籠《とうろう》を持って花道から舞台へ出ますと、当然台詞《せりふ》もなく、十五分ほど下手《しもて》に座り、そのまま舞台をはけていくという役所《やくどころ》でございます。

ただ、鳥屋《とや》から花道へ出た瞬間のなんとも言えぬ雰囲気だけははっきりと覚えておりまして、まさに雲の上を歩くが如く、何か無理にでもそこに言葉を当てはめるならば、幸福とでも言うのでありましょうか。

しかしそのあとの記憶が一切ございません。十五分もの間、半二郎演じる八汐《やしお》と、政岡《まさおか》のやりとりを同じ板の上で見ていたはずなのですが、決められた通りに舞台下手に座り、決められた通りに舞台をはけ、決められた通りの廊下を渡って楽屋へ戻り、鏡台に向かったところで、やっと我に返ったようなものでございました。

するとそこで、さっきまで自分がいた舞台の床の感触や、はっきりと一人一人が見えていた見物の顔、そして何よりも舞台に漂っていた香の甘い香りが蘇《よみがえ》りまして、喜久雄は思わずそばにあったつい立ての裏へ身を隠そうとしたのでございます。と言いますのも、まるで夢のなかで精を放ってしまったような、人目を憚《はばか》るほどの恍惚《こうこつ》感がそのときになってとつぜん襲ってきたのでございます。

当然、同じ初舞台とはいえ、御曹司である俊介のそれとは何もかもが違います。聞けば、俊介の初舞台は四歳のときで、半二郎はもちろん、関西歌舞伎のもう一つの名家である生田庄左衛門《いくたしょうざえもん》も居並んでの襲名口上があったと申します。

とはいえ、その話しぶりから、俊介がこの恍惚感を味わっていないのは明白でありまして、ならば自分の初舞台の方が断然良いと、嫉妬もなく素直に思う喜久雄でありました。

ちなみに、ちょうどこの初舞台のころ、喜久雄の周囲でもう一つ事件が起こっておりまして、何かと申せば、喜久雄が背負っておりますミミズクの彫り物のことでございます。

高校入学の際、半二郎が直々に学校へ行き、喜久雄が生まれ育った環境や養母マツの強い思いなどを説明しまして、決して彫り物について公言しない、体育の授業の際にも肌着を脱がないなどと、細かく条件をつけた上で、なんとか学校側には目をつぶってもらっていたのですが、入学したのは教室でも平気でパンツを下ろし、「痒《かゆ》い、痒い」とインキンタムシにキンカンを塗るような男子校、喜久雄の彫り物などバレないわけがございません。

実際、クラスメイトたちは最初こそ珍しがっておりましたが、すぐに飽き、それでも喜久雄のことを思って、親には言わずにいてくれたのですが、それでも人の口には戸は立てられません。

いつの時代も嫌な奴《やつ》などおりません。いるのは、

「私は気にしませんけどね、でも、問題にされる保護者の方もいらっしゃるんじゃないかしら？」

という嫌な奴にならない嫌な奴でございます。結局、いつの間にか、その問題にされる保護者の方が、待ってましたとばかりに登場いたしまして、

「やっぱり子供たちに悪影響がある」

と、嬉々《きき》として喜久雄の排斥運動を始めたのでございます。

当然、学校側も保護者説得に動いてくれまして、依頼を受けた喜久雄の恩師、尾崎までが長崎から飛んできて、喜久雄の生育環境を説明し、なんとか温情を、と訴えてくれたのですが、田舎教師など相手にされるわけもなく、まるで彼が語る喜久雄の生育環境自体が我が子たちを汚染するだろうという被害妄想となり、さらなる拒否反応を起こさせてしまったのであります。

「一度、道を踏み外した者は、正道に戻すものか」

これが保護者会、延《ひ》いては世間の答えなのでありましょう。

ただ、幸いにして、当の喜久雄はこの大人たちの狭量にへし折られたりはしませんでした。あっけらかんとしたもので、

「その分、稽古の量、増やしてもらえるんやったら、学校辞めてもええわ」

と、将来を思う大人たちの気持ちも知らず、あっさりと自主退学してしまったのでございます。

ところで、初舞台を踏ませてもらったからと言いましても、その後順調にお役がつくわけでもありません。

時は、関西歌舞伎低迷期の折、劇場での歌舞伎公演は激減しておりましたし、部屋子

の喜久雄はもちろん、御曹司の俊介でさえ、役などつかない状況でありました。

それでも、映画スターでもある半二郎のような客を呼べる大看板であれば、寂しい関西の劇場でお茶を挽《ひ》いていなくとも、東京の大劇場に呼ばれることもあるのですが、当然、東京には東京の役者たちがわんさかいるわけで、となりますと、喜久雄たちのような若い大阪の役者に端役でさえ声がかかるはずもございません。

そこで、状況を憂えた半二郎が、この数年、大阪の若手役者育成および関西歌舞伎の復興を願いまして、身銭を切る覚悟で始めましたのが、今回喜久雄たちが参加しております地方巡業なのでございます。

当然、身銭を切ると申しましても限度はありますので、結局、劇場主、お仕打《しう》ちさんはもちろんのこと、やはり最後には、愛甲会の辻村のような有力な贔屓《ひいき》筋《すじ》に金銭面で頭を下げることになるのでございます。

さてここで、場面は、飲み屋の床で目覚めた俊介が宿酔いながらなんとかやってきました、四国は琴平の芝居小屋、楽屋口の場へと戻ります。

「二人とも、準備ええか？　そろそろ舞台で『聞いたか坊主』始まるで」

源吉に急《せ》かされまして楽屋を出るのは、『道成寺《どうじょうじ》』の白拍子花子に変身した喜久雄と俊介の両役者でございます。

狭い廊下で揺れる振袖が、汚れた壁を擦り、汗臭い舞台裏に華やかな匂いが立つようでございます。

「なあ、喜久ちゃん、昨日《きのう》の晩、愛甲会の辻村さんが作ってくれる言うてた俺らの後援会。あれ、楽しみやな。東一郎の東と半弥の半で『東半会《とうはんかい》』。やっぱり『半東会』より語呂がええわ」

前を行く花井半弥こと、俊介がにっこりと振り返ります。

「でも、旦那はあんまりええ顔してへんかったけどな」

立ち止まろうとする俊介を押し戻し、先を急ぐのは花井東一郎こと喜久雄でございます。

「お父ちゃんなんて、放っとけばええねん。なんか昨日もむっつりして。ほんま、嫌な感じやわ。結局、この巡業かて辻村さんとこの会社に世話になってんねんで」

「会社て……。ものは言いようやな」

「そやかて、今は立派な実業家やないか。そら、出はアレやろうけど。でも、今回かて、たまたま松山に出張で来とったにしても、わざわざ琴平まで来てくれはったんやろ、ほんま義理堅い人やわ」

考えてみれば、もし辻村が立花組の新年会に半二郎を連れてきていなければ、喜久雄の今はございません。言ってみれば、どちらも喜久雄の恩人なのですが、俊介が言う通り、辻村と一緒におります半二郎は、その肚《はら》に何か一物持っているようで、たしかに宴会を楽しんでおりませんでした。

「若旦さん、喜久ぼん、ええか？」

源吉の合図に、我に返った喜久雄の耳に、壁の向こうから見物の息遣いまではっきりと伝わってまいります。

舞台は、桜花満開の紀州の道成寺。所化《しょけ》と呼ばれる修行僧たちが、

「聞いたか聞いたか」

「聞いたぞ聞いたぞ」

と、冒頭の問答を繰り返しております。

花道からの出の俊介は鳥屋へ、花道のセリからの出の喜久雄は薄暗い奈落へ向かいます。その別れ間際、一瞬、目を見合わせた両役者の顔は、どこからどう見てもすでに女形の役者でありまして、まるでそこに桜の花びらが二枚、舞台から迷い落ちてきたような色香でございます。

黒衣の松蔵の懐中電灯に足元を照らされて、薄暗い奈落を抜けました喜久雄は、花道の下へやってまいりますと、セリ台に乗り、じっと息を詰めます。

〽月は程なく出汐《いでしお》の
艶《あで》な三味線に、浄瑠璃の語りが舞台から聞こえてしばらくしますと、鳥屋揚幕《あげまく》の金輪がシャリンとなりまして、頭上の花道に現れた俊介が艶やかに踊っている軋《きし》みが天板か

ら落ちてまいります。

〽しどけなり振り　アア、恥ずかしや

「行きまっせ」

大道具にポンと肩を叩《たた》かれまして、

「はい」

と喜久雄が頷《うなず》けば、

〽　さりとては　さりとては

浄瑠璃の語りに合わせて、ゆっくりとセリが浮き上がり、喜久雄の目に、まず花道で踊る俊介の足元が見え、その姿が見え、そして客席が飛び込んでまいります。

〽　恋をする身は　浜辺の千鳥《ちどり》

夜毎《よごと》夜毎に　袖絞《しぼ》る　しょんがえ

俊介と花道に並び、扇子をくわえ、振袖をいじらしく振り、広げた懐紙《かいし》を手鏡に見立てて髪を整え……。

いつにも増して、二人の息はぴったりと合い、まるで俊介の振った振袖が喜久雄の振袖となり、喜久雄の伸ばした白い手指がそのまま俊介の手指になるような、見事な娘二人の道成寺でございますが、

パチ、パチ……パチ

そこへ客席からの薄い拍手。

見れば、ガラガラの客席では子供が駆け回り、大人たちは早くも弁当を広げ、花道のすぐそこでは、赤ん坊に乳を与えながらの若い母親が、「まあ、きれい」とばかりに二人をぽかんと見上げております。

「次の琴平っちゅうとこは、昔から芝居文化が根付いとるからな、今回、巡業で回る他のどこよりも見物が仰山《ぎょうさん》きてくれはるわ」

とは、数日まえの半二郎の言葉でありますが、この悲惨な状況でも、その言葉が実際に当たっていたのですから、当時の歌舞伎巡業というのはやはり厳しいものでございました。

とはいえ、舞台に立つ喜久雄にしてみれば、たとえ見物が一人であろうと、その一人を足腰立たないほど魅了してやろうという思いでおりますから、当然、手を抜くなどの余裕もズルさもございません。

このときも自分を見上げていた若い母親が、最後には赤ん坊もすでに口を離した乳房をさらけ出し、それでも自分をぽかんと見上げている姿に、心中、「どんなもんや」と思っていたのでございます。

この日、幕が下りて、喜久雄たちが楽屋で化粧《かお》を落としておりますと、

「入るぞ」

と、暖簾《のれん》をあけた男がおりました。

喜久雄たちのような若手の楽屋とはいえ、さすがに許可なく入ってくる外部の者はおらず、喜久雄たちも驚いて振り返りますと、立っておりましたのは恰幅《かっぷく》の良い男で、大きな目玉をぐるぐるさせながら、

「いやー、見せてもらったぞ、道成寺《どうじょうじ》」

ニコニコと帽子を取りまして、断りもなく二人のまえにあぐらをかきますと、ぽかんとしている喜久雄たちの顔にふいに手を伸ばします。何ごとかと思えば、二人の耳たぶをゴリゴリと同時に握りまして、

「ほう、二人ともてぇした福耳だ」

なんとも熱く肉厚の指で、握られた耳たぶがカッと熱くなるようでございます。

「こりゃこりゃ、梅木《うめき》社長」

そこへ駆け込んできましたのが支度途中の半二郎で、その慌てぶりと梅木という名前から、まだあぐらをかいたままだった喜久雄たちも急いで姿勢を整えます。

梅木社長といえば、当代の歌舞伎を仕切っております興行会社「三友《みつとも》」の社長でございまして、

「いやさ、出張で神戸まで来てたもんだから、『道成寺』の噂《うわさ》を聞いて、琴平まで足を延ばしてきたんだよ。そしたら……。いやー、丹波屋さん、よくやった。上出来上出来。

この二人、大したもんだぞ」

福の神が人間ならば、こんな感じだろうかというほどの笑顔でございます。

なんでも「三友」の梅木社長によりますと、今回の巡業をたまたま島根で見たという早稲田大学教授で劇評家の藤川《ふじかわ》先生が、田舎町の古い芝居小屋で見たせいかもしれないが、という前置きながらも、喜久雄たちが踊る『道成寺』を、

「梅木さん、僕はね、一瞬、自分が江戸時代にいるのかと錯覚したくらいですよ」

と激賞したというのであります。

「藤川先生《せんせ》いうたら、あの遠州屋さん相手に、『今日は踏み出しが一拍ずれてましたよ』なんて言うお人やで。へえ、そうでっか、あの先生がこの子らのことを」

にわかには信じられぬとばかりの半二郎ですが、

「それが本当の本当だよ。しっかし、あんなに嬉《うれ》しそうな藤川先生見たの初めてだろ。こっちも驚いちゃって。まだまだ投げつけるみてぇな踊りだけれども、見ていて嫌じゃねえってさ。特に東一郎の方はどう動いても芸品があるってよ」

突然、梅木に凝視され、思わず視線を逸《そ》らした喜久雄のまえには、中途半端に化粧を落とした、まるで品とはほど遠いその東一郎の顔が鏡に映っております。

その鏡の中に、もう一つの見知らぬ顔を見つけましたのはそのときで、いかにも新入社員という若い男が、不機嫌そうに楽屋入り口に立っております。

振り返りまして、会釈しようとしますと、わざと目を逸らし、逸らすだけならまだよいのですが、壁に向かって冷笑までするのでございます。まるで今ここで交わされている話がちゃんちゃら可笑《おか》しいとばかりでございます。

さすがに腹を立てました喜久雄が、

「誰やねん」

と怒鳴った声が、半二郎と梅木の会話を中断させてしまい、慌てた俊介が、

「なんやの、喜久ちゃん」

と割って入ろうといたしますが、喜久雄の腹立ちはおさまりませんで、

「そこのお人が、何が気に入らんのか、こっそり笑《わろ》うてますんや」

と、すでに喧嘩《けんか》腰でございます。

喜久雄の言葉にも、当の本人は平気の平左《へいざ》で、

「別に笑ってません」

と、しれっとしたものでございます。

まるで子犬同士の吠《ほ》え合いでも目にしたように、意にも介せず半二郎との会話に戻ろうとしました梅木が、ふと思い直したように、

「そこに立ってんのは、うちの竹野《たけの》ってんだよ。せっかく映画やろうと思ってうちに入社したのに、退屈な歌舞伎担当に配属されて、すっかりやる気無くしてるんだよな？

おい」

と、笑いながら紹介いたします。

「やる気は、あります」

相手に噛《か》みつくような物言いは、腹を立てたときの喜久雄にどことなく似たところがございますが、それにしても新入社員の社長に対する物言いではございません。

「な、腹立つくらい生意気だろ？」

そう半二郎に尋ねる梅木は明らかに面白がっておりまして、

「あんまり腹立つんで、だんだん面白くなって、側《そば》に置くことにしたんだよ。……おい、竹野。まえに俺に言ったこと、ここで言ってみなよ」

梅木の話の振りに、竹野は仏頂面のままでございまして、

「まえに言ったことって？」

「何、とぼけてんだよ。酔っ払って、俺に絡んできたろうが。歌舞伎なんかのどこがどう面白いのか、まったく分からんって。退屈すぎて子守歌より早く眠れるのが唯一の救いだって」

仏頂面の竹野をからかう梅木はさも楽しそうで、爺《じい》さんが大きな孫と遊んでいるようでございます。

「……そうそう、こうも言ってたよ。歌舞伎役者ってのは、こんな退屈な芝居のことを

本気で凄《すご》いものだって思ってるんですかねって。あんがいみんな、無理にそう思い込もうとしてんじゃないですかねぇ、だってよ。どうだい？　半二郎さん、アンタ無理してんのかい？」

一人楽しげな梅木をよそに、楽屋には嫌な空気が漂っております。

一人で散々笑いますと、梅木がふと思い出したように、

「あ、そうそう。この二人の『道成寺《どうじようじ》』、ものは試しで今度の京都の南座でかけてみようじゃねえか」

驚いたのは、当の喜久雄や俊介よりも半二郎のほうで、

「そ、そら、ありがたい話やけど、こんな駆け出しに、そんな急に大舞台が勤まりますやろか？」

「そりゃ、まだ俺にも分からんよ。興行としても一か八か。新世代のスタア誕生か、世紀の大コケか」

梅木と半二郎、二人の大人物にじろりと目を向けられましても、まだ現実を呑《の》み込めておらぬ喜久雄たちでございます。

一幕とはいえ、南座で主役を張るのであります。たとえて申せば、まだ髷《まげ》も結えぬ幕下力士が、とつぜん千穐楽《せんしゆうらく》に横綱と取り組めと告げられたようなもの。

というようなたとえ話をしながら、梅木と半二郎が楽屋を出ていきますと、廊下で立

ち聞きしていたらしい源吉が飛び込んできまして、

「俊ぼん、聞いたか聞いたか？」

「ああ、聞いたで聞いたで」

そう応える俊介の手を取りまして、

「おめでとさんです。よう頑張りはった。やっぱり見てる人はおるんやで」

と、目に涙を浮かべます。

感きわまる二人に、喜久雄まで目頭を熱くしておりますと、背中に感じるのは何やら冷ややかな視線。見れば、まだ竹野だけがそこに残っております。

せっかく喜んでいる俊介たちに水を差させまいと、喜久雄は立ち上がりますと、竹野を楽屋の外へ押し出しまして、

「なんやねんな？」

「歌舞伎なんて、ただの世襲だろ？　今は一緒に並べてもらってても、最後に悔しい思いして人生終わるのアンタだぞ」

門外漢の冷笑家。そう思えればよかったのでありますが、なぜか生来の任侠《にんきょう》の血が喜久雄の体をカッとさせます。

「もっかい言うてみ？」

上阪以来、あまり使うこともなかったドスを利かせた声が自然と出まして、義太夫節

で使うところとは違う喉《のど》の奥のほうに懐かしい痺《しび》れでございます。

真面目に役者の稽古ばかりをしていても、一度スイッチが入ってしまえば元はヤクザの息子、女形を女とでも勘違いしている無防備な竹野を、喉輪《のどわ》でいきなりグッと壁に押し付けまして、

「もっかい言うてみ」

しかし、竹野も鼻っ柱は強いようで、

「だから、今は仲良しこよしでも、最後に悔しい思いして人生終えるのはおまえだって言ったんだよ！」

なるほど、この竹野の言葉に自分が無性に腹を立てたわけを、喜久雄はここで気づきます。

悔しい思いで人生を終える。

そう、父権五郎の最期が呼び覚まされたのでございます。

「このガキァ！」

となれば、昔とったなんとやら。喧嘩などルールなしですので、早速、喜久雄が急所を蹴り上げますと、うっ、と呻《うめ》いて蹲《うずくま》りました竹野の背中を、今度は容赦なく蹴りつけます。

「おいおい、喜久ちゃん！」

慌てて俊介と源吉が割って入ろうといたしますが、火のついた喜久雄は徳次でもいなけりゃ手に負えません。

それでも二人に羽交い締めにされ、「放せ！」「放さん！」ともつれておりますところに、立ち上がった竹野が、

「おんどりゃ、このクソがき！」

と摑みかかってまいります。

喜久雄はまだ半分、白拍子花子でございますから襦袢《じゅばん》を乱しての取っ組み合い。狭い廊下であっちの壁にぶつかり、こっちの扉を破りましての大騒動。お互いに摑み合ったまま息が切れるどころか、えずいている始末。

落としかけだった喜久雄の化粧が竹野の顔にもつきまして、まさに狂乱の二人道成寺《ににんどうじょうじ》でございます。

さて、半二郎が関西歌舞伎復興のために身銭を切って毎年やっております西回りの地方巡業も、中国、四国の各県を終えますと、愛媛は八幡浜《やわたはま》の港から豊後《ぶんご》水道を渡って九州へ入ります。その後、大分、宮崎と連日連夜の興行で、熊本の舞台を終えた今日、いよいよあとは博多での最終公演で無事に終了と相成ります。

その土地での舞台が終われば、すぐに楽屋を片付けてトラックに乗り込み、夜通しで

次の土地へ向かうのですが、夜間、トラックの荷台で足を伸ばして眠れる日はご褒美で、すっかり厳しくなった交通法とやらで、芸人一座の目立つトラックは警察にも目をつけられやすく、荷台で寝ることはおろか、そこに座っているだけでも罰金でございます。

その上、寝不足で次の土地へ到着すれば休む間もなく、少人数の一座のこと、大道具、役者の区別なく、舞台と楽屋の設営、終われば町の顔役に挨拶《あいさつ》へ行き、支度の時間もままならぬまま、それでもきちんと舞台を勤めなければなりません。そしてまた、幕が下りれば、大道具、役者の区別なく、舞台と楽屋をばらしまして、また次の土地へ向かうのでございます。

そんな巡業も四日後の博多で千穐楽となったこの日、熊本は荒尾市の小屋での舞台を終えた喜久雄が、いつものように楽屋で化粧《かお》を落としておりますと、

「喜久雄、おるか?」

と、半二郎が顔をのぞかせまして、

「……あのな、さっき聞いたら、この近くの港から、長崎行きのフェリーが出てるんやて。明日から三連休やし久しぶりに里帰りしてきたらどうや?」

唐突といえば唐突ですが、実は喜久雄のほうでも、巡業には珍しく三連休があるのは気づいておりまして、フェリーか汽車で帰省する自分の姿をなんとなく思い描いていたのでありました。

考えてみれば、最後に実家に戻ったのは、三年まえの同じ巡業で長崎に立ち寄ったときですが、時間もなく、慌ただしく父の仏壇に線香を上げてきただけでございます。

「ほんなら、そうさせてもらいます」

半二郎の帰省の勧めに、素直にそう応えますと、

「あ、そや」

と、帰りかけた半二郎が、どこかわざとらしく何かを思い出したように、

「……あとな、お母はんに会うたら、わしからや言うて、こう言うとき。『毎月毎月の喜久雄の生活費には十分過ぎる仕送り、大変ありがたくこれまで頂戴《ちょうだい》しておりました。ただ、もう喜久雄も半人前とはいえ、役者の端くれでございますし、実はこのたび、三友の社長の目に留まりまして、あの南座で俊介と二人、主役を張ることも決まりましたので、仕送りのほうは今月までということでいかがでしょうか』てな」

半二郎の話を聞きながら、なるほど妙に長崎に帰りたいと思っていたのは、この京都南座での主役抜擢《ばってき》の件を、マツに直接知らせたいという気持ちもあったのかと、今さら気がつく喜久雄でございます。

「ええか。喜久雄の口からちゃんと言うんやで。わしが手紙送っても、お母はん、承知せんからな。ちゃんと自分の口で言うてくるんや。『これまで、ほんまにどうもありがとぉ。喜久雄はもう大丈夫です』てな。ええか？」

もちろん実家から毎月仕送りが届いていることは知っておりましたし、だからこその高軒《たかいびき》の居候で、家では腹が減れば、女中に何か作ってもらい、何か必要なものがあれば、遠慮なく幸子に頼み、まるで半二郎の実の息子のように暮らしておりましたので、実際にマツが毎月どれくらいの仕送りをしてくれていたのかさえ、喜久雄は聞いたこともございません。

半二郎が姿を消しますと、マツに電話をかけておかなければと思ったのですが、南座での主役という土産話もあることですし、驚かしてやろうという悪戯《いたずら》心が、ふと芽生えたのでございます。

その晩、喜久雄は、マツへの土産に今回の巡業での舞台写真でアルバムを作りまして、トランクの底にそっと忍ばせました。

翌日、到着しました長崎駅で、喜久雄は懐かしい声を聞きます。中学の卒業を控えていた冬、逃げるようにこの駅から大阪へ旅立ったとき、マツや若い組員たちが万歳三唱してくれた声でございます。

駅から路面電車で実家のある町まで来ますと、懐かしい門をくぐり、古くはなりましたが、まだ立派な屋敷に向かいまして、

「ただいまー！」

声はかけますが、うちから返事がありません。勝手に玄関を開けて、なかへ入った瞬

間、妙なものでよその家の匂いがします。長く留守にしていたので、玄関の様子も変わっております。

「お母さーん！　ただいまー！」

靴を脱ぎながら、また声をかけたところへ、奥からバタバタと走ってくる足音でございます。

「え？　な、なんで？　喜久雄……、アンタ、なんで急に？　ええ？」

慌てふためくマツをよそに、

「巡業の途中。昨日、熊本で終わって三連休やけん、帰ってきた」

落ち着き払った喜久雄でございますが、マツはまだ目を白黒させておりまして、昔のように着物ではなく普段着のせいでしょうか、どうもこの屋敷には不釣り合いでございます。

「おマツさん！　おマツさん！」

奥のほうから女の声が聞こえてきたのはそのときでございます。

と、マツが大慌てに慌てまして、

「ちょっと喜久雄。こっちに！」

なぜか背中を押され喜久雄だけが玄関脇の女中部屋へと押し込まれますと、ピシャリとそのドアが閉められたのでございます。

「あら、おマツさん、ここにおったと。そろそろ汲《く》み取りが来《き》なるよ。準備してね」

聞こえてきたのはそんな声であります。

まだ水洗便所もない時代、汲み取り業者のバキュームが吸い上げやすいよう、肥溜《こえだ》めにバケツで水を入れておけと、誰かが、女主人であるはずのマツに命じているのでございます。

母に対してなんてことをと腹が立ち、喜久雄はドアを押し開けようとしますが、外でマツが押さえて開きません。

「じゃ、うちは出かけるけん。おマツさん、あとよろしくね。純くんが帰ったら、またホットケーキ焼いてあげて。部活でおなかすかしとるはずやけん」

聞いているうちに、さすがの喜久雄にも状況が呑み込めてまいります。何がどうなったのかは分かりませんが、戻ってきた実家が、もう実家ではないらしいのでございます。

声の主が出て行きますと、今度は向こうからドアがすっと開けられまして、そこには申しわけなさそうなマツでございます。

「お母さん……」

情けないことに、それ以外の言葉が出てまいりません。

「屋敷もとうとう抵当に取られてしもうて、お母さん、ほら、昔に戻って、またお女中さん」

「ずっとバタバタで、ちゃんと話せへんかったけど。長崎どうやった？」

そう問いかける半二郎の、何も知らぬような目を見たとたん、ああ、旦那はまえから何もかも知ってはったんやな、と、今さら気づく喜久雄でございます。

「……ちゃんとお母はんに会《お》うて、仕送りのこと言うてきたんやろ？」

喜久雄は目を伏せ、ただ、「はい」と頷きます。

「お母はん、何か言うてたか？」

「いえ」

「さよか」

「……すんまへん」

「ん？　なんや急に？」

半二郎が顔を覗《のぞ》き込もうとしますので、喜久雄はさらに目を逸らし、

「旦那はん、もう少しだけここに置いてくれまへんやろか？」

本来ならここで、長崎で見てきたマツの実情や、そしてそんな母を一日でも早く大阪に呼んでやるために、これまで以上に稽古に励み、ちゃんとした舞台に立てる役者になりますからと誓いを立てなければならないのですが、それを口にするのも悔しく情けない喜久雄の気持ちを、もちろん半二郎も分かっております。

「そんなもん、好きなだけおったらええがな。なんやねん、辛気くさい」

あとで分かることですが、マツは女中となっても尚《なお》、喜久雄に肩身の狭い思いをさせまいと、たとえ数千円でも毎月月末に送っていたそうでございます。

喜久雄が肩を落として出ていこうといたしますと、

「そや、ちょっとおいで」

と、半二郎が先に立ち、二階の書斎へ向かいます。何事かと首を傾《かし》げながら喜久雄がついていけば、机の引き出しから出した通帳を差し出した半二郎が、

「これ、喜久雄のや。好きに使《つこ》うたらええ」

訳も分からず受け取れば、なんと二百万円近い額が入っております。

「それはな、お前のお母はんが毎月毎月長崎から送ってくれはった金や。一銭も使《つこ》うてない」

とつぜん半二郎に渡された通帳を、喜久雄はまじまじと見つめます。

「……若い役者が、金の心配なんかしてどないすんねん。そんな顔、見物の方々にお見せしたら、一発で底が知れるわ。役者の底が知れたら終わりやで」

言いながら、自分でも腹が立ってきたらしい半二郎こそまさに、贅沢《ぜいたく》そうな暮らしは送りながらも、その実、地方巡業の費用や日々の生活費で、その金に苦しめられているのでございます。

「ええんですか？」

通帳を閉じた喜久雄に、

「ああ、好きなように使うたらええ。お母はん、こっちに呼んでやりたいんやったら呼んだらええ」

当時の二百万円でございますから、今でいえば、一千万円ほどを手にした気分でありましょうか。

「ほんなら、ありがたく頂戴します」

深々と頭を下げて書斎を出ました喜久雄は、階段の途中に立ち止まりまして改めて通帳の残高を確かめます。

1，880，888円
末広がりな、なんとも縁起の良い数字でございます。

「こんなとこで、女中なんかせんでええ。一緒に大阪に行こう。いや、連れてくで」

「大阪で女中するのも、こっちでするのも一緒たい。それに、なんの辛《つら》いことがあるもんね。昔みたいに大親分の女房でございて、ふん反り返っとるよりも、こうやって雑巾仕事しながらでも、我が息子が人気役者になる日を、今か今かと待っとるほうがどれほど幸せか」

長崎でのマツとの会話でございます。

「……喜久雄、いつか人気役者になって、自分が稼いだ金で、お母さんば迎えに来てくれんね。そんときは、誰もが振り返るような上等な着物ば着せてもろうて、歌舞伎座の特等席で威張るけん。『あの役者は、私《うち》が育てた息子ですたい』て」

今日が初日の南座の舞台裏に、二幕目開幕の七分前を知らせる柝《き》の音《ね》が鳴りはじめております。

客席では訳知りの常連客たちが食べ終えた弁当の包みなどをまとめまして、幕開きに備えております。一幕目、半二郎が大蔵卿《おおくらきよう》を演じました『一条大蔵譚《いちじようおおくらものがたり》』も大層見応えがありましたが、なんと言っても、今月の南座は、この二幕目、世紀の大抜擢による花井半弥と花井東一郎による『二人道成寺《ににんどうじようじ》』が目玉でございます。

新聞や雑誌での前評判からですと、さすがにまだ大舞台で芯を勤めるには二人とも弱いというのが大方の見方でありまして、「三友」の梅木社長も関西歌舞伎の凋落《ちようらく》をまえに、今回ばかりは少し焦りすぎて目が曇ったかという批判も上がったのでありますが、その梅木に二人を激賞しました早稲田大学の教授で劇評家の藤川が、たまたま出演したＮＨＫの全国放送番組で、

「スタア誕生の瞬間というものを目の当たりにしたければ、今月の南座にいらっしゃればよいのですよ」

と話したところから火がつきまして、贔屓の歌舞伎ファンはもとより、ここ十数年歌

舞伎見物はご無沙汰だったという旧来のファンまでが競ってチケットを買ってくれたのであります。

さて、そろそろ舞台裏では五分まえを知らせる柝の音でございます。

「ええか、とにかく落ち着いてな」

緊張のため、体を強張《こわば》らせております喜久雄と俊介の背中を叩いているのは、背広姿の半二郎であります。

「俊ぼん、アンタは生まれたときから役者の子や。他の子らと野球するのも我慢して稽古してきたはずや。何があっても、ちゃんとアンタの血ぃが守ってくれる。そいで喜久雄。アンタ、うちに来て何年や？　五年になるやろ。そのあいだ、一日でも稽古休んだことがあるか？　ないはずや。この『道成寺』かて、誰よりも稽古してきたんやろ。せやったら、なんの心配もいらん。アンタが舞台で振り忘れても、アンタの体が勝手に踊ってくれるはずや」

「そろそろ行かんと」

二人よりも体を強張らせております源吉に声をかけられまして、

「ほな、行っといで。思いっきりやったらええ」

と、半二郎に背中を押される艶やかな二人の白拍子花子でございます。

「二人とも、がんばりや」

「しっかりな」

「綺麗《きれい》や、綺麗や」

汗くさい廊下を急ぐ二人の若い役者に、南座の大道具や小道具、照明や美術のベテランたちから声がかかります。

「俊ぼん」

花道の鳥屋へ向かう俊介を呼び止めました喜久雄が一つ深呼吸をいたしまして、

「俊ぼん、ちょっとデコ出しぃ」

「はあ？　なんやのん、こんなときに」

「ええから」

喜久雄から強引に顔を摑まれ、

「化粧《かお》、落ちるわ」

と、嫌がるそのおデコに、「バチン！」とデコピンでございます。

横で源吉が、「痛っ」と声を上げるほどの威力は、家で何か悪さをしたときに幸子から必ずやられている型《かた》を踏襲しております。

「次は俺や。早《はよ》う」

喜久雄が顔を突き出しますと、痛む額を押さえながらも、俊介がお返しとばかり、

「バチン」と派手な音を立てます。

「ほな、俊ぼん、いくで！」

「ほなら、花道で！」

声をかけ合い、二人は鳥屋と奈落へ分かれてまいります。

客席では、楽屋から急いで席に向かった半二郎が落ち着かず何度も唾《つば》を飲み込んでおります。そして、いよいよ幕開き。待ってましたの拍手のなか、ゆったりと竹本の三味線と浄瑠璃が始まりますが、半二郎の後ろの席で、さっき食べた弁当の味がどうのこうのという話が終わりません。しばらく我慢しておりましても、一向に声は止《や》まず、

「えろぉ、すんまへん」

思わず振り返った半二郎、とうとう、

「……息子らの晴れ舞台やねん。しっかり見たってぇな！」

声をかけたのでございます。

さて、ここで少しだけ先を急がせていただきましょう。と、申しますのも、この南座での『二人道成寺《ににんどうじょうじ》』、予想以上の大成功を収めたのでございます。もちろんまだ荒削りな踊りに、先輩役者やうるさ型の贔屓筋からの辛辣《しんらつ》な批評もあるにはあったのですが、人気が爆発するときというのは、そんな批評さえ味方につけてしまうと申しましょうか、実際、この舞台を見た関西歌舞伎のもう一つの名家、生田庄左衛門からの、

「せっかくやさかい、エレキギターでも持たせて舞台に立ちはったら、もっと仰山ご見

物さんが来てくれはるんとちゃいますやろか」

という、当時人気だったグループサウンズを引き合いに出した嫌味が、逆にグループサウンズのファンだった女の子たちの目を一気に、花井東一郎と花井半弥の若き女形コンビに向けさせることになったのでございます。

実際、初日が終わりますと、「なんでも不世出の女形が同時に二人も誕生したらしい」という噂が噂を呼びまして、二十五日間の公演チケットはすぐに完売、その後も、当日券を求める若い女性ファンの列は日に日に長くなりまして、中日を過ぎたころにはその列が鴨川を五条大橋まで延びたという噂まで飛び交ったと申しますから、静かな京都の街がちょっとした騒ぎになったことは間違いございません。

当然、世間様の興奮は、南座の楽屋にも届いておりまして、殺風景だった二人の楽屋にはいつの間にか胡蝶蘭《こちょうらん》が並び、幕間《まくあい》には引っ切りなしに新聞の文化面や芸能雑誌の記者はもちろん、テレビ局のカメラまで入りまして、眩《まばゆ》いほどのライトのなか、艶やかな振袖姿でポーズをとったかと思えば、鏡台のまえに並んで化粧を落とす姿を撮られ、今度は屋上へ連れて行かれて浴衣でキャッチボールのピンナップ撮影でございます。

撮られた写真や話した言葉は、その翌日には紙面に載り、テレビで流れ、それがまた南座の楽屋口での二人の出待ちファンを増やすのでございます。

そんな慌ただしい一日のなかでも、とうぜん一番大切なものは舞台。もちろん二人ともそれは忘れておりませんが、自分たちがグラビアを飾る雑誌が積まれ、楽屋に置かれたテレビで自分たちが出演した番組が始まりますと、劇場スタッフたちも群がりまして、画面の二人に、「おー」と歓声が沸きますし、その楽屋から舞台へ出れば、こちらはもう歓声というような控えめなものではございませんで、歌舞伎ではなくロックコンサートかと思うほどの熱狂ぶりなのでございます。

尚、まだまだ若い二人でございますから、浮かれるなというほうが無理なこと、ましてや、片や人気歌舞伎役者の御曹司、片や元は九州にその名を馳《は》せた任侠一家の跡取り息子、生意気になる素質なら誰よりも備えているのでございます。

「ところで、半弥くん、この忙しいなか、昨日も祇園で遊んでたらしいね」

手練《てだ》れの芸能記者からの取材にも、

「昨日どころか、ついさっきまで遊んでましたがな。晩メシがそのまま朝メシや」

「大したもんだ」

「そやかて、役者なんて遊んでなんぼでっしゃろ。それも、遊びも着るもんも、食うもん飲むもん、全部一流のもんや。そやなかったら、あんな檜《ひのき》舞台、恐ろしゅうて立てますかいな」

「なるほど。東一郎くんも同じ考え？」

「そうでんなー。俊ぼんが言《ゆ》うてることはよう分かりますわ。ただ、僕はいらちやから、早《はよ》う自分が一流になりたいわ。自分自身が一流になったら、なんも周りに一流のもん並べんでも済みますやろ」

ここがちょっとした二人の違いでございまして、このちょっとした違いが、たとえば稽古の仕方、役柄に対する理解、果ては舞台での他の役者たちとの間合いの取り方などで細かな差を生じさせまして、同じ型で同じ役をやったとしても、そこに立ち現れる生身の人間の姿がまったくと言っていいほど違って見える所以《ゆえん》となるのでございます。

まさに世紀のスタア誕生劇に沸いた京都南座での二十五日間の公演が終わりますと、「三友」梅木の一声で、翌々月に大阪中座で内定していた三友新喜劇の『浪花太鼓』が延期となり、代わりに花井半二郎の「お初《はつ》」、生田庄左衛門の「徳兵衛《とくべえ》」で『曽根崎心中《そねざきしんじゅう》』を出すことが急遽《きゅうきょ》発表されたのでございます。

丹波屋の半二郎と和泉屋《いずみや》の庄左衛門、ある意味、関西歌舞伎のすべてを同じ板に載せ、そこへ京都南座で旋風を起こしたばかりの東一郎と半弥の『二人道成寺《ににんどうじょうじ》』を再びかけまして、これでもかとばかりに「関西歌舞伎ここにあり」を全国に知らしめようという狙いなのでございます。

さて、となりますと、出れば出るほど宣伝となりますので、喜久雄と俊介への取材は尋常ではない数となってまいります。

今日もまた、再来月の晴れ舞台となるここ大阪中座では、公演のポスター撮りをする二人を、また別のテレビカメラが追っております。

「ほなら、ここで衣裳替え入ります！」

撮影スタッフの声に、

「あー、腹減った。弁当や弁当」

と、音《ね》を上げる俊介を、

「弁当まで、まだ道のり長いで」

と喜久雄が廊下へ押しやりまして、狭い通路を楽屋へ戻ろうといたしますと、途中にトタン屋根のトンボ練習用の砂場がありまして、大部屋の俳優たちがずらりと並び順番にトンボを切る稽古をしております。ご存知《ぞんじ》の通り、トンボと言いますのは、立廻《たちまわ》りの際、主役から切られたり投げられたりしたときの宙返りのことでありまして、大部屋役者の見せ場でもございます。

そこを喜久雄が通り抜けようといたしますと、

「坊ちゃん！」

と声がかかり、見れば徳次が列におりまして、見てろ、とばかりに助走をつけて、くるりと宙返りでございます。

さて、覚えていただけていればありがたいのでございますが、そう、北海道で一旗揚げてくると、皆さまのまえから旅立ったはずの、あの徳次でございます。

「坊ちゃんら、今日も取材なん？」

トンボを切った徳次が服についた砂を払いながら近寄ってまいりまして、

「……手伝うことあったら、いくで」

「ええわ。それより、徳ちゃんのトンボ、やっぱり上手《うま》いもんやな」

と、感心する喜久雄でございます。

「上手すぎて、逆に出番ないねん」

「なんで？」

「俺だけ高《たこ》う跳ぶから、他のやつらと合わんねん」

「低う跳んだらええやん」

「それがでけへんねん。調整が上手《うも》うないねん」

「それ下手ってことやで」

ここで俊介が口を挟みまして、周囲で笑いが起こります。

「ほな、また後で」

スタッフに急かされまして、喜久雄たちが楽屋のほうへ姿を消しますと、またトンボの列に戻りました徳次が、

「女房呼んだら、手向けの若水！」

と、ふざけて声を上げますと、

でございます。

「若水！」

と仲間たちも集まりまして、『新薄雪物語《しんうすゆきものがたり》』の花見の場でのトンボをみんなで披露でございます。

くるりと宙返りした徳次、裸足《はだし》で踏んだ冷たい砂がやけに心地ようございます。

さて、ここ大部屋でもすっかり仲間たちを仕切っておりますす徳次でありますが、なぜ、ここに？　というのは当然のご質問。

もしも、いや、万に一つでも、この徳次贔屓の奇特な方がいらっしゃいましたら、

「おお、あの徳ちゃんが帰ってきた。待ってました！」

とばかりに声をかけてくださるかもしれませんが、それもひとえに北海道での大成功を期待していたからこそのこと。となりますと、なんとも面目次第もございませんで、その辺りの情けない事情につきましては、ぜひ次章にて本人からの言い訳を少しばかりでも聞いていただければと、心よりお願いする次第にござりまする。

第六章　曽根崎《そねざき》の森の道行《みちゆき》

といういうことで、ここでしばし主役交代でございます。

坊ちゃんからの恩は忘れへん。北海道で成功したら、誰よりも立派な坊ちゃんの贔屓《ひいき》になって、楽屋にペルシャ絨毯《じゅうたん》も買《こ》うたるし、もっと大金持ちになったら坊ちゃん専用の劇場も作ったる。そやからそれまでは、地道に芸道に励んどいてえな。

そんな大見得《おおみえ》を切りまして、徳次が悪友の弁天とともに北海道へ旅立ちましたのが四年まえ、結局、成功はしなかったにしろ、この四年のあいだ、北海道に根を張って必死に頑張ってきたのだと申せれば、なんと健気《けなげ》な徳次か、と、多少は不憫《ふびん》に思っていただけるのかもしれませんが、実際のところはずいぶん話が違っておりまして、まず徳次と弁天が意気揚々と向かいました北海道から大阪へ舞い戻ってきましたのは、なんと、出発からほんの一月《ひとつき》後のことだったのでございます。

と言いますのも、釜ヶ崎の手配師に「北海道に楽な仕事がある」と唆《そそのか》され、飛びついて行ったまではよかったのですが、この手配師が当時この地に横行しておりました、いわゆるヤクザまがいの悪徳手配師でして、到着した北海道の飯場《はんば》は全国から甘い言葉に騙《だま》されて集められた、徳次や弁天のような身寄りのない者たちで溢《あふ》れかえり、仕事といえば労務者の管理どころか、朝から晩まで未開地での道路の開削。現場には監視までついておりますので、サボれば食事抜きの罰則、逃亡を図ろうものなら見せしめのリンチが待っているような惨状で、さながら明治時代に網走刑務所の囚人たちが多くの犠牲を出しながら作らされたという峠道建設の再来といっても過言ではなかったのでございます。

これじゃあ話が違う、と、いくら抗議したところで詮無《せんな》きこと。徳次と弁天はとにかく帰りの汽車賃を稼いだら逃げ出そうと決めたのですが、日払いのはずの給金も、明日まとめて、いや、また明日、と一向に手元に入りません。なんでも古参の者曰《いわ》く、給金など雀《すずめ》の涙、ドヤ代と食費でほとんど残らないというのでございます。

改めて飯場を眺めれば、いるのは戻る場所などどこにもないような男たちばかり。寝る場所と食うものがあるだけ、ここは天国と言わんばかりでございます。

となれば、こんなところに長居は無用と、徳次と弁天はまだ雪の残る北海道の原野を追っ手から逃れつつ、とにかく闇雲《やみくも》に走り出したのでございます。

しかし、追っ手からはどうにか逃れられたのですが、大阪までの汽車賃はおろか、その日の昼メシの金さえございません。

いよいよ追い剝ぎでもするしかないかと真剣に悩んでいるところに、事情を知って握りメシを持たせてくれる農婦あり、また隣町までならと、荷台に乗せてくれるトラックあり、はたまた、青函連絡船のまえで途方にくれている二人に、

「終戦後の引き揚げで路頭に迷っていたときに、見ず知らずの人から汽車賃を貸してもらったことがあるのだ」

と、連絡船の切符を買ってくれる人があったりと、北海道の原野から大阪までを見ず知らずの人たちの恩義に頼りながら歩き続け、気がつけば、どうにか大阪まで辿《たど》り着いていたのでございます。

となれば、当然、他に行く場所もない徳次のこと、半二郎宅へ出戻りという流れになるのですが、この徳次、転んでもただでは起きないところがございまして、まず自分たちを騙した悪徳手配師に対しても、どうにか仕返しがしとうございます。とはいえ、手配師の背後には当然その筋の組織がついておりますので、徳次などが太刀打ちできるわけもございません。そこで、ふと耳にしましたのが、この数年まえに釜ヶ崎の労働者の福祉向上を目的として大阪府が作りました西成《にしなり》労働福祉センターの存在でございます。

そうだ、ここに陳情して、もらい損ねた給金を代わりに請求してもらおう！

とばかりに、弁天とともに乗り込んだのでありますが、運命というのは面白いもので、たまたま二人が乗り込んだのが、この福祉センターのドキュメンタリー映画を撮影中のカメラのまえだったのでございます。

このときドキュメンタリー映画を撮っておりましたのは、偶然にも「三友」の映画部出身の清田誠《きよたまこと》という監督で、戦後日本のヌーベルバーグの旗手として社会派の名作を次々と世に送り出しておりました。

清田監督が目をつけましたのは、この西成労働福祉センターの創設以来、あいりん地区という過酷な場所で生きるしかない労働者たちの命を守ろうと、まさに地を這《は》うような活動を続けてきた初代センター長の姿だったのでございます。

実際、徳次たちが陳情に現れる直前にもこのセンター長の元には、小銭を貸してくれと泥酔した労務者が来ており、この東北出身の酔っ払いを上手《うま》くあしらいつつ、結局、身銭を切ってドヤ代を貸してやるセンター長の様子がカメラに収められたところだったのでございますが、

「ハイ、カット！」

まさに清田監督がそう声をかけようとしたところに、陳情に飛び込んできたのが徳次と弁天の二人。

二人はそこにあるカメラや照明にも気づかぬほどの興奮ぶりで、センター長を摑《つか》まえ

ますと、悪徳手配師に騙されて北海道へ売られたも同然、死ぬ思いで歩いて大阪まで戻ってきた話を唾《つば》を飛ばして始めます。

当然、清田監督は撮影を続行。自分たちが働いた分の給金を一日分でも二日分でも、とにかく欲しい徳次と弁天の、ときに涙、ときに怒り、の語り口にも緩急がありまして、気がつけば周囲の職員たちも引きつけての独演状態。そして、極寒の北海道での過酷な労働や、帰路で二人が出会った優しさに溢れるこの国の人々の姿が、そのままフィルムに収められたのでございます。

ただ、結果的に二人の陳情は、福祉センター長がいくら頑張ったところでどうにかなる種類のものではありませんで、当の手配師はすでに行方知れず、問い合わせた北海道の現場からは「その手配師にはすでに前金を払っており、騙されたのはこちらだ」というけんもホロロな回答しか受け取れなかったのでございます。

その後、大見得を切って旅立った徳次としましても、おめおめと「坊ちゃん、戻りました」と半二郎宅に帰るわけにもいかず、なんとなく弁天のところにそのまま厄介になっていたのでありますが、そうこうするうちに清田監督が西成で撮ったこのドキュメンタリー『青春の墓場』がテレビで放映と相成ります。

すると、これが反響を呼びまして、小劇場ばかりとはいえ、全国数カ所で公開となり、大阪の映画館では連日の満席、最終日にはなんと作品のなかでも強い印象を残しました徳次と弁天がゲストに呼ばれて清田監督と舞台へ上がり、公開討論会のようなものにまで参加したのでございます。

当然、このような映画の討論会に来るのはいわゆるインテリ。舞台に上げられた徳次たちにも労働や福祉に関する質問が飛ぶのですが、何を聞かれているのかさえ分からぬ始末、代わりに北海道で腹が減ってワカサギを釣ろうとした話などをして、これが会場をどっと沸かせます。

ちなみに徳次という男は転んでもただでは起きないと申しましたが、ここからがその本領発揮でございまして、この一連の騒ぎが終わりましたころ、相変わらず弁天のところでゴロゴロしていた徳次の元へ、清田監督から直々に「次に撮る映画の主役をやってみないか」という誘いが入ったのでございます。

もちろん低予算の実験的な映画で、劇場でかかるかどうかも分からない代物ではありましたが、監督が『青春の墓場』から派生させた、その名も『夏の墓場』というリアリズム映画でございました。

「この俺が主役でっか？」

もちろん徳次に遠慮などございません。撮影が始まりますと、立花組の新年会に出ていたせいか、清田監督も驚くほどの芝居の勘の良さであります。

結局、この映画は全国七カ所ではありましたが上映されまして、なんと、その年のキネマ旬報文化映画ベスト・テンの第六位に入ったのでございます。

あいにく、その後順調に徳次の俳優への道が拓《ひら》けまして、ということにはなりませんでしたが、「あの徳次が映画俳優になったらしい」という噂《うわさ》は、半二郎の元で稽古に励んでおりました喜久雄の耳にも入りまして、

「徳ちゃんが大阪に戻ってきとるらしいんやけど」

と、春江に尋ねてみますと、恥ずかしいから坊ちゃんには内緒にしといてくれと口止めされていたが、大阪にはずっとまえに戻っており、天王寺村《てんのうじむら》の芸人横丁に暮らす弁天という男とつるんで、何をやっているのか、とりあえず元気にはしており、一月に一度はふらりと春江の店へ飲みにきて、「坊ちゃんの様子はどうか？　困っていることはなさそうか？」と、確かめているというのでございます。

早速、喜久雄が天王寺村に探しに行けば、長屋の路地裏で子供たち相手にウルトラマンごっこに興じる徳次の姿でございます。

「徳ちゃん……」

思わず声を漏らしました喜久雄から、咄嗟《とっさ》に逃げ出そうとした徳次でありますが、子供たちに邪魔されて、ばつが悪そうに路地へ戻ってまいります。

「なんで、こんなとこでウルトラマンやねん」

呆《あき》れたとばかりの喜久雄に、

「ウルトラマンちゃうねん。ジャイアントロボやねん」

とは徳次。どっちゃでもええわ、でございます。

家のみんなも心配しているから、とりあえずと、喜久雄に連れられて帰りますと、事情を聞いた半二郎が、

「芸人横丁なんかでふらふらしとっても碌《ろく》なことにならんで。あとで世話かけられるより、先に世話焼いたるほうがマシや」

とばかりに、早速「三友」に口を利いてくれまして、「キネマ旬報」の文化映画部門で第六位に入った映画の主役ということで、晴れて大部屋俳優の一人として正式に雇い入れてもらったのでございます。


「徳ちゃん、お好み食いに行かへん?」

すでに勝手知ったるで、稽古を終えた喜久雄が芸人横丁にあります長屋の玄関を開けますと、

「坊ちゃん、どないしたん?　来週、中座の初日やろ?」

なかで徳次が、弁天と二人なぜか突っ立っておりまして、見れば狭苦しい座敷では漫才師の沢田《さわだ》西洋《せいよう》師匠がひとり詰《つ》め将棋をしております。

「それより、そっちこそどないしたん?」

徳次と弁天が無理やり西洋師匠を立ち上がらせようとしますので尋ねてみますと、なんでも今日はこれから生まれて初めてのテレビ収録の日だが、行く間際になって急に師匠が怖気《おじけ》づいたというのであります。

「怖気づいてへんわ!」

一応、師匠も言葉は返しますが、その声色は明らかに怖気づいております。

ちなみにこの沢田西洋、北海道から逃げ帰ってきました弁天がその後に弟子入りした人でありまして、嫁の沢田花菱《はなびし》に三味線を弾かせての夫婦《めおと》漫才は一時期大阪の寄席では大人気、テレビの普及ですっかり下火になるまえは日に三つも四つも小屋を掛け持ちしていたほどであります。

「大阪の芸人殺したんは万博やで。あんなもんの何がおもろいねん。あんなしかめっ面した塔の、どこをどう笑えっちゅうねん」

テレビ収録から話を逸《そ》らそうと、師匠がいつもの万博批判を始めましたところへ、二階から降りてきましたのが着物姿に三味線を持った花菱師匠で、

「あんなもん、人を笑わせるために立ってるんちゃうわ。ゲージュツやんか」

「ゲージュツやったら人を笑かさんでもええの? この大阪で?」

花菱はもう返事もいたしません。西洋の衣裳《いしよう》が入った風呂敷を弁天にもたせますと、

「うち、先に行くで」

さすが長年連れ添う夫婦と申しましょうか、花菱が出ていきますと、やはりもう一花咲かせたい気持ちはあるらしく、慌てて立ち上がる西洋でございます。

となりますと、収録時間は迫っておりますので、さあ、急げ急げ、と弁天に急《せ》かされまして、徳次はもとより、なぜか喜久雄までが電車に飛び乗っての収録見学でございます。

「そろそろ、スタジオにお願いします！」

さて、ディレクターから声がかかりましたのは、その局の楽屋で、大部屋ではありますが、他に使っている者はおらず、逆にそのがらんとした広さのせいで、西洋は極度の緊張状態。その緊張が弁天はもちろん、付き添いの徳次や喜久雄にも伝わりまして、さっきから順番で便所へ通っている次第でございます。

「たかがテレビやないの。お客さんかておらんのに」

腹の据わった花菱に、

「アホか。カメラの向こうに一億人がおるやないか」

「そやから勝負なんやないの。ここで認められたら、また人気者やで」

花菱の励ましにいよいよ心を決めたらしく、よっしゃと師匠が立ち上がります。

「お師匠《つしょ》はんなら大丈夫やて」

「そやそや」

師匠のあとを、励ましついていく喜久雄たちでございます。

とはいえ、若いディレクターに指示されてカメラのまえに立つまでは覚束《おぼつか》なかったのですが、そこは天王寺村の人気芸人、「はい、スタート」の声で、いざ芸を始めますと、さすがの間合いで音吐朗々《おんとろうろう》、あっという間にスタッフたちの笑いを誘います。

しかし、「そうや、その調子」と喜久雄たちが心中で声援を送っておりますと、

「ちょっとストップ！　もうちょっと短《みじこ》うなりませんか？」

と若いディレクターが水を差します。

「短うて、アンタ……」

「ちょっとねー、このあとの百面相までやっぱり入りませんて。あと二分以内で」

「そら、アンタ殺生だっせ。わてのええとこやらしてもらわんと」

師匠の泣き言になど、ディレクターは耳も貸しません。

結局、「あと五分で終わらせろ」「いや、せめて十五分はもらわんと、わての芸とは呼べまへん」と押し問答の末、

「アンタが生まれるまえからやってきた芸だっせ。それをどないしてもぶった切れ言うんやったら、こんなもん、誰が出まっかいな！」

とうとう師匠が大きな蝶《ちょう》ネクタイを毟《むし》りとったのでございます。

花菱はもちろん、弁天も飛んでいってなだめようとするのですが、

「わしはな、テレビに出たいからここに来たんとちゃうで！　芸を見てもらいたいから来てるんや！」

師匠の怒りはさらに増しまして、それに対応する若いディレクターがまた、

「寄席と違って、おもろないとテレビはすぐにスイッチ切られますから」

などと言うものですから、

「アホか。スイッチがなんやねん！　寄席の客なんか寝るねんで！　……いや、そのまえに、おもろないてなんやねん！　わしの百面相、見てから言わんかい！」

と、いよいよ収拾つかなくなりまして、

「すんません、もうお引き取りください」

「言われんでも帰るわ！　見送りいらん！」

とうとう喧嘩《けんか》別れでございます。ただ、そのまま局を出るかと思いきや、廊下でふと立ち止まりました西洋、

「なーんて偉そうなこと言うてる余裕ないから、ここに来てるんやもんな」

と、ポツリ寂しそうに呟《つぶや》きますと、とぼとぼとスタジオへ戻り、若いディレクターのまえで深々と頭を下げたのでございます。

「なぁ、兄さん、なるべく短《みじこ》うしますよって。百やのうて、五十面、いや二十面相くらいに負けときますさかい。もいっぺんだけ、やらせてもらえまへんやろか」

もしテレビの世界で認められれば、また人気者に返り咲けるかもしれません。師匠もそれは分かっているのでございます。そんな師匠が惨めにも太々《ふてぶて》しくも見え、泣くに泣けない喜久雄たち。

そんななか、なにやらスタジオ内が騒がしくなったのは、師匠たちが泣きの一回で再収録を始めてすぐでございました。

カメラの背後で収録を見学していた喜久雄の耳に、「事故」とか「花井半二郎」という言葉が飛び込んでまいります。

「なんやろ?」

思わず徳次と顔を見合わせますが、徳次の足はすでに声のする廊下のほうへ向かっておりまして、とりあえず喜久雄もあとを追えば、廊下にいたのは報道局の職員らしく、花井半二郎が交通事故にあったので、夕方のニュースで使う最近の舞台の映像を貸してくれと、芸能局の職員に頼んでおります。

「ちょ、ちょっと、すんまへん」

慌てて喜久雄は職員に声をかけますが、よほど急いでいるのか返事もせずに階段を駆け上がって行きますので、

「ちょ、ちょっと、旦那が事故て。どういうこと?」

慌ててあとを追いかけますと、相手も半二郎の関係者だと気づいたのか、

「まだ詳しゅうは伝わってきてないんやけど、御堂筋でトラックと乗用車の事故があってな、歌舞伎役者の花井半二郎が病院に運ばれたみたいやで」

思わず階段の途中で立ち止まりました喜久雄、

「電話や。うちに電話……」

と呟いて階段を今度は駆け下ります。

ちょうど階段下のホールに公衆電話がありましたので、横で同じように急いている徳次と、ダイヤルを交互に回すように電話を入れますと、

「ああ、喜久ぼんか？　どこにいてんの？　旦那が大変や！　交通事故やて！」

と慌てふためいておりますのは女中頭のお勢でございます。

「交通事故て、大丈夫なんやろ？　怪我《けが》しただけやろ！」

「まだ何の連絡もないねん。女将《おかみ》さんと俊ぼんは、もう病院に向かいはったわ。天馬病院や。天馬総合！」

それだけ聞きますと、喜久雄は、

「天馬総合や」

と徳次に伝え、二人してテレビ局を飛び出します。ただ、こんなときに限って局の玄関にも通りにもタクシーがおらず、

「走ったほうが早いわ！」

「旦那、大丈夫なんやろ？　あの旦那がそう簡単にへたばるわけないわな」

と、精一杯《せいいっぱい》の大声で徳次もあとを追いかけてまいります。

「あ、タクシーや！　止まれ止まれ！」

車道に飛び出した徳次までが轢《ひ》かれそうな慌てぶりで、天馬総合病院に着きますと、すでに外には報道陣が数人集まっており、事の重大さが伝わってまいります。喜久雄と徳次が人を掻《か》きわけ、なかへ入ったところで廊下を走っていく源吉の姿、

「源さん！」

「ああ、喜久ぼんか」

「旦那は？　大丈夫やな？　な？」

「ああ、命に別状はない」

源吉の言葉に思わず力が抜けまして、しゃがみ込む二人であります。

「ただ、骨折してんねん、脚。複雑や」

複雑骨折ももちろん大事《おおごと》ですが、命に別状がないとなれば、「なんや、骨折くらい」でございます。

先の廊下には、やはりほっとしたような幸子と俊介がおりまして、看護婦から個室の料金説明を受けております。

「旦那、大丈夫なんやろ？」

声をかけました喜久雄に、

「ああ、とりあえず今日は応急処置で、開けての手術は様子みてからららしいわ」

とは俊介でありますが、

「開けてて、脚？」

「両足やから、しばらくなんぎやで」

そのとき、ふと背中に聞こえてきた人声に二人して振り返れば、噂を聞きつけた入院患者たちが半二郎を一目見ようと集まってきております。

あ、来週、初日や……。

喜久雄が声を漏らしたのはそのときでございました。


「若旦さんら、ライスのお代わりは？」

女中頭のお勢に声をかけられ、無言でカレーの皿を差し出しますのは、半二郎の骨折騒ぎから一夜明けた日の喜久雄と俊介でございます。

「お勢さん、オカン、病院から何時ごろ帰ってくる言うてた？」

二杯目のカレーに大量のらっきょをのせながらの俊介に、

「そろそろ戻ってくるんとちゃいますやろか？　二人ともここで待ってるように言うて

はりましたから、どこにも出かけ……」

の辺りで、玄関から「ただいま」と幸子の声でございます。

「あ、帰ってきはった」

お勢が呟いたときには、二人ともカレー皿を持ったまま玄関へ、でございまして、

「お父ちゃん、どうやった？」

と心配する俊介に、

「かわいそうに、泣いてはったわ」

上がり框《がまち》に座り込む幸子でございます。

「お父ちゃんが？　泣いてたて……」

「そら、そうやわ。あの人、二歳のときに初舞台踏んでから、これまでただの一度も舞台に穴あけたことないねんで。それこそ、熱があろうが腹くだしてようが、おしめして舞台に立ってきたお人やもん。そら悔しいわ」

よいしょ、と立ち上がりました幸子、二人が持っているカレー皿に気づきまして、

「お勢ちゃん、うちもカレーもらうわ」

そう告げて、着替えへ向かおうといたしますので、

「ほんで、舞台、どないなんねん？」

幸子を追う俊介でございます。

「あ、そやそや」

と、立ち止まった幸子、すでに帯留をほどきながら、

「会社でもな、早々に動いてくれてはるようやけど、代役がな、そう簡単には見つからんみたいやわ。まぁそらそうやで。『関西歌舞伎の真髄』なんて大袈裟《おおげさ》に謳《うた》っといて、東京の役者呼ぶわけにはいかへんし、そうかて、こっちに花井半二郎の代役勤まる役者もおらんしな」

そこで、部屋に入ろうとして、ふと振り返りました幸子が、

「これな、まだうちの勘やけどな」

と前置きしますと、

「……俊ぼん、アンタ、心の準備だけはしとったほうがええで」

とつぜん幸子に見据えられ、

「な、なんやの急に。怖《こわ》い顔して」

と、おどける俊介ではありますが、もちろん母が言わんとしていることは分かっております。

もしもこのような事態で代役を勤め、見物の方々を納得させられる者があるとすれば、それは血筋の者しかありえません。

実は昨夜も遅くまで、喜久雄と二人その話をしていたのでございます。

「毎日、旦那の稽古を見せてもらっといてよかったな、俊ぼん。あれだけ見てたら、台詞《せりふ》も動きも一通りは入ってるやろ」

とは昨夜の喜久雄の言葉でありますが、こうなった今となりましては、半二郎に虫の知らせがあったとしか思えぬほど、『曽根崎心中《そねざきしんじゅう》』という戦後の関西歌舞伎を代表する当たり狂言の稽古を、二人に一から叩《たた》き込むつもりで毎日見学させていたのでございます。

「にしても、大抜擢《ばってき》やな。大ニュースになるで、俊ぼん」

興奮する喜久雄をまえに、次第に顔が青ざめてくる俊介ではありましたが、さすがは丹波屋の血を引く者、すでにその頭のなかでは、真っ白な死に装束の遊女お初となった自分が、徳兵衛とともに曽根崎の森へと分け入っていく道行《みちゆき》の姿がありまして、暁を知らせる七つどきの鐘の音、いよいよ覚悟を決め、手を合わせる自分の胸に、徳兵衛の刃が向けられているのでございます。

その後、台所へ戻りまして食事を済ませ、お勢が出してくれた酸っぱい八朔《はっさく》を食べておりましたところに電話でございます。

電話に出たお勢が、

「三友の梅木社長からですねんけど……」

と、首を傾《かし》げながら戻ってまいります。

「さて、来たで」

そう幸子に見据えられ、覚悟を決めたように頷《うなず》く俊介であります。

しかし、立ち上がった幸子と俊介が電話口に向かおうとしたとたん、

「それが……」

と、お勢が呼び止め、

「……女将さんたちやのうて、喜久ぼんを出してくれ、言わはるんですが」

「喜久ぼんを？　なんで？　三友の梅木社長なんやろ？」

「へえ。そうだす」

幸子とお勢、そして俊介にも見つめられますが、もちろん喜久雄とて、事の次第など分かりません。

「ええわ、うちが出てみるわ」

みんなで首を傾げていても仕方ないとばかりに、せっかちな幸子が電話口へ向かいますので、俊介、喜久雄、お勢、ぞろぞろと続きます。

電話に出た幸子、無沙汰を詫《わ》びる短い挨拶《あいさつ》のあいだは微笑《ほほえ》んでいたのですが、その顔が次第に曇ってまいります。そのあいだ、一度だけ振り向いて喜久雄の顔を無表情で見つめた以外、あとはずっと壁に貼られた旅行会社のこよみを凝視しておりまして、

「へえ……、そんな……、へえ……」

相槌《あいづち》も次第に小さくなり、電話を切る間際には、そばに立っている喜久雄たちにも聞こえないほどでございました。

チンッ。受話器が置かれたとたん、

「なんやて？」

と、声をかけたのは俊介で、

「うん……」

と、放心したような幸子が、

「あんな、お父ちゃんの代役な、喜久ぼんでいくらしいわ」

まったく感情のこもっていない口調ですので、受けとる側も反応しようがございません。

「喜久ぼんて、喜久ぼん？」

かなり長い沈黙のあと、俊介がやけに掠《かす》れた声を出しますと、

「そやて。それも梅木社長やのうて、アンタのお父ちゃんがそう決めはったらしいわ」

なぜか甘酸っぱい匂いが立ちまして、見れば、俊介の手には半分に割った大きな八朔でございます。

ここで一つ、古いお話をしたいと思います。古いは古いでも、本当に古いお話で、ときは一七〇〇年ごろと申しますから江戸時代、生類憐れみの令で有名な犬公方《いぬくぼう》、徳川綱

吉の治世でございます。
今で言いますところの動物愛護法なるものに、大の侍たちが右往左往させられた時代でございますから、やはり平和な時代だったことは違いがなく、また平和な時代と申しますのは、人の心に余白も生まれますので、他人を思いやる気持ちも生まれてくるものでございます。
ちなみに、井原西鶴が浮世草子の『好色一代男』を書きましたのもこの時代、「元禄赤穂《あこう》事件」と呼ばれます、いわゆる「忠臣蔵」が起こったのもまたこの時代、そして、松尾芭蕉が『奥の細道』を、近松門左衛門《ちかまつもんざえもん》が人形浄瑠璃《じょうるり》『曽根崎心中《そねざきしんじゅう》』を書き上げましたのも、まさにこの時代でございます。
そしてこのころ、関西では一人の歌舞伎役者が人気を博しておりまして、その名も初代坂田藤十郎《さかたとうじゅうろう》、歌舞伎解説書『歌舞妓事始《じし》』によりますと、江戸の人気役者初代市川團十郎《いちかわだんじゅうろう》をして、
藤十郎存生《ぞんじょう》の内《うち》は、京へ役者のぼすまじといへりし
要するに、藤十郎が生きているうちは、江戸の役者が京へ行っても太刀打ちできないから行かせるな、とまで言わしめていたのであります。
この初代藤十郎が得意としておりました役に、身を持ち崩し落ちぶれた良家の旦那というものがございます。

当時、このような役を演じる舞台では、侘《わび》しさを出すために必ず和紙でできた着物「紙子《かみこ》」を着ていたそうでありまして、藤十郎が亡くなるとき、いわば自分のシンボルでありますこの「紙子」を自らの芸の後継者として、自分の実子ではなく、弟子に授けたというのは有名な話であります。

関西歌舞伎の雄であった彼が何よりも重んじておりましたのは、世襲ではなく、実力だったのでございます。

天馬総合病院を出たとたん、カラッとした風が吹き抜けまして、喜久雄の体にまとわりついていた消毒液の臭いが流されてまいります。

少し先を歩く俊介に声をかけようとするのですが、病室で半二郎から直接、今回の代役の話を聞いている最中も、聞き終わってからも一切口を開かず、その顔も無表情のままですので、なかなかきっかけがつかめません。

何かの間違いに違いない。梅木社長の勘違いということもある。今回の公演での代役となれば、ある意味、後継者も同じ。その代役に実の息子ではなく、部屋子《へやご》を選ぶわけがない。

病院へ向かう車のなか、幸子は終始そんな話をしておりました。同乗した喜久雄もじっとその話を聞いておりまして、正直なところ、その通りだ、と幸子の意見に頷き、と

きどき横の俊介に目を向けまして、

「大丈夫やて。女将さんの言う通りやわ」

と、声には出さずとも目で合図を送っていたのでございます。

ただ俊介のほうはと言いますと、多分、何かの間違いなのだろうけれども、百パーセントない話とも思い切れず、なんとも中途半端な表情でございました。

そのまま病室に着きますと、息つく暇もなく幸子が質問攻めでございます。もちろん怒っているというよりも、こんなけったいな話になってますわ、と半笑い。

ただ、幸子の話を聞き終わった半二郎の言葉が、

「なんしかもう決めたことや。変更はない」

という、あまりに短すぎるものでございまして、カーテンの裏からは源吉のすすり泣きが聞こえてまいりますし、幸子は幸子で、喜久雄は喜久雄で、また俊介は俊介なりの思いで、ああ、本当だったのだ、と受けとるしかございません。

「そんな、アンタ……」

それでも尚《なお》、半二郎に食ってかかろうとする幸子を置いて、誰よりも先に病室を出たのが俊介でした。

抗議する幸子のもとに残るのも不自然ですし、俊介が心配でもありますので、喜久雄もすぐにあとを追ってきたのですが、その足音に気づいても、ついて来るなとも、もち

ろん一緒に帰ろうとも言いません。

そんな調子で病院を出まして、バス停を三つ分も歩いた辺りで、ふと俊介が足を止めます。

「俊ぼん、どこまで行くねん」

立ち止まったまま振り返りもしませんので、喜久雄が恐る恐る声をかけますと、とつぜん振り返りました俊介が、

「泥棒と一緒やないか！ 人ん家《ち》に入り込んで、一番大切なもん盗みくさって！ このコソ泥！」

と、いきなり殴りかかって来たのでございます。

慌てた喜久雄も咄嗟に応戦しますが、互いに胸ぐらを摑み合い、握りしめた拳をその喉《のど》に押しつけているうちに、俊介の手から急に力が抜けまして、

「てな感じで、怒ったりしたほうがおもろいんやろうけどな」

と、苦笑いでございます。

「俊ぼん……」

「まあ、しゃーないわ。これが誰か他のやつの評価やったら、『アホか。どこに目ついとんねん！』て、文句の一つも言うんやけど、『実の息子より部屋子のほうが芸が上手い』言うのが、あの天下の二代目花井半二郎なら、もう諦めるしかないわ」

「俊ぼん……」

「喜久ちゃんは気にすることないで。逆に、喜久ちゃんから同情されたりしたら、もう立ち直られへんわ」

一瞬、やはり代役は俊介で、と半二郎に直談判しようと思った喜久雄でありますが、それこそ俊介が嫌う同情であるのにすぐに気づきまして、ぐっと唇を噛《か》むしかございません。

「とにかく丹波屋の一大事。いや、関西歌舞伎の一大事や。『二人道成寺《ににんどうじょうじ》』成功させるんはもちろんやけど、喜久ちゃんがちゃんと代役勤まるよう、俺にできることはなんでもするしな」

と、ここにきて、とつぜん自分がどれほど重大なことを引き受けようとしているのかに気づく喜久雄でございます。

とはいえ、結局は何かの間違いで、半二郎の代役は俊介になるに違いない、というさっきまでの気持ちが、自分の弱気からだったのか、血筋には敵《かな》わないという悔しさからだったのかも分からなくなってまいります。

「俊ぼん、俺に旦那の代役なんて勤まるんやろか？」

思わず呟いた喜久雄に、

「まあ、勤まるわけないわな」

と、俊介が笑いますので、

「そこ、大丈夫や言うてくれるとこちゃうの？」

と、いつもの調子で喜久雄も返しますと、ちょうどバスが走ってきます。

「あれ、乗れるで！」

駆け出そうとした喜久雄ですが、

「先帰っといてや。俺、もうちょいぶらぶらしてくるわ」

普段なら、「ほなら」とあっさりしたものなのでしょうが、なぜかこの日ばかりは別れづらく、

「ぶらぶらて？」

「ぶらぶらは、ぶらぶらや」

「ほんなら、付き合うわ。そのぶらぶら」

「いらんわ」

「そんなら、夜、春江んとこでも飲みいくか？」

「そやな」

そうこうするうちにバスがやってきまして、これ以上、しつこくするのも気恥ずかしく、

「ほなら、お先や」

一人バスに乗り込みました喜久雄は、わざと外は見ないように座席に着いたのでございます。

外を見れば、そこで俊介が律儀《りちぎ》に見送ってくれているようで、なぜかその姿は見ないほうがよいような気がしたのでございますが、ただ、こういうときに限ってバスがなかなか発車してくれません。

「はよ、出せや」

何を急いているのか、自分でもよく分からない喜久雄でございます。

なにはともあれ、半二郎の代役として決まってしまえば、俊介の気持ちを慮《おもんぱか》っている余裕もございません。

舞台稽古まであと三日、喜久雄はその日の夜から半二郎の病室に通いつめまして、病院食を食べる半二郎の横で台詞をさらい、ベッドとソファを押しやってこしらえた即席の舞台で、お初の動きを頭に叩きこみます。ほとんど寝る間も惜しんでですが、少しでも気持ちが入っておりませんと、動けぬ半二郎からげんこつの代わりに、ライターや枕が飛んでまいります。

ご承知の通り『曽根崎心中《そねざきしんじゅう》』と申しますのは、近松門左衛門が人形浄瑠璃のために書いた最初の世話物で、ちなみに世話物とは江戸時代当時の現代劇とでも言いましょうか、大阪は堂島新地《どうしましんち》の遊女お初《はつ》と、醬油《しょうゆ》問屋の手代、徳兵衛《とくべえ》の、この世では決して結ばれぬ心中事件を元に書かれたものでございます。

〽此《こ》の世の名残《なごり》　夜も名残　死にに行く身を譬《たと》うれば　あだしが原の道の霜　一足ずつに消えて行く　夢の夢こそあわれなれ

徳兵衛　あれ数うれば暁の　七つの時が六つ鳴りて

お初　残る一つが今生《こんじょう》の　鐘の響きの聞き納め　寂滅為楽《じゃくめついらく》と響くなり

一途な恋ゆえ心中へ。手に手をとりました二人が曽根崎の森への道行の名場面でございます。

ぜえぜえと肩で息をしながら喜久雄が演じ終わりますと、徳兵衛役を買って出て稽古相手になってくれている俊介が、

「喜久ちゃん、今日はもうええやろ」

と、声をかけてくれますが、すぐにベッドから半二郎の声が飛びまして、

「そんな水っぽい芝居で舞台に立てるかいな！　いっこも生きてへんわ。ええか？　あと一つ鐘が鳴ったら、アンタ死ぬんやで。死ななならん悲しみと、大好きな男と死ねる喜びとがないまぜや。それがいっこも伝わって来てへんねん。舞台でちゃんと生きてへんから、死ねへんねん！」

喜久雄とて分かってはいるのでございます。まだお初が頭のなかにいる。早くこのお

初を追い出して、自分がお初にならなければと、ただそれだけなのでございます。

このように喜久雄たちが病院の一室で一心不乱に稽古をしておりました三日三晩のあいだに、世間では「花井半二郎が後継者に素人の子を選んだ」というニュースで持ちきりとなっておりました。

実子の才能に見切りをつけたらしい。いや、どうやら代役となった部屋子は半二郎の隠し子らしい。

世間さまというのは本当に想像力が豊かでして、最終的には、どうやら部屋子が実子に毒を盛り、代役を奪ったという噂まで立っていたのでございます。

ただ、噂になればなるほどに、中座のチケットがはけていくのもたしかでございまして、興行主の三友としましても、スキャンダルとして囃《はや》し立てる芸能ニュースに見て見ぬふりをしております。

三日は、あっという間に過ぎ去りまして、中座で行われる舞台稽古の前夜、病院から家へ戻る電車の窓に映っております疲れた顔が、喜久雄にはすでに自分の顔ではなく、白装束のお初に見えるほどでございました。

ちなみに、歌舞伎というものにはいわゆる演出家というものがおりません。ですので、立ち稽古の回数も少なく、みんなで作り上げていくというよりは、それぞれがそれぞれに完成させてきた役所《やくどころ》を、座頭を中心にしまして、その場で見せ合うというような格好になっております。

いわば、舞台稽古のときに役者は材料ではなく、すでに一つの完成品でなければならないのでございます。

さて、中座の舞台では、座頭の生田庄左衛門のもと、その稽古がすでに始まっておりまして、客席には半二郎の代役の芸がどの程度のものか、一目見てやろうという役者、裏方、劇場関係者があちこちに陣取っております。

そんななか、出口に近い後ろの座席で手を合わせ、他の者から身を隠すように稽古を見つめているのが俊介でして、庄左衛門の叱責《しっせき》で稽古が中断されはしないかと、まさに生きた心地もないのでございます。

醤油問屋の手代、徳兵衛と愛し合う仲の天満屋《てんまや》の遊女お初。そんななか、徳兵衛に叔父の久右衛門から持参金付きの縁談が舞い込みまして、当然断る徳兵衛ですが、継母が黙ってその持参金を受け取ってしまうのでございます。それでも徳兵衛が断りますと、何もかもお初のせいだと怒った久右衛門、持参金の返済を彼女に迫ります。

そんなとき、生玉《いくたま》神社で徳兵衛に巡り合いましたお初、もう会えないと嘆く徳兵衛に、二人の仲はこの世だけではないと励ますのでございます。どうにか継母から持参金を取り戻した徳兵衛ですが、なんとその金を、ほんの少しの間だけと友人の油屋九平次《くへいじ》に貸してしまい、期日が過ぎても返済されぬうえ、挙げ句には徳兵衛こそが証文を偽造した犯罪者だと、大勢のまえで散々な目に遭《あ》わされるのでございます。

いわゆるこれが「生玉社前の段」、その後、場面は変わり、傷だらけで天満屋へやってきた徳兵衛を、お初が密《ひそ》かに店の縁の下に忍ばせますと、そこへ酔った九平次が現れまして徳兵衛の悪口を並べます。怒りに震え、縁の下から飛び出そうとする徳兵衛、それを必死に足で止めるお初、商人のくせに証文を偽造したと罵《ののし》る九平次に、「徳さまは死なねばならぬ」と言いながら、縁の下の徳兵衛に心中の覚悟を足で問うのであります。徳兵衛はお初のその足を刃物のように喉に当て……。これが「天満屋の段」でございます。

さて、舞台ではここまで何事もなく稽古が進んでおりまして、喜久雄が懸命にお初を演じている緊張感は、客席の関係者たちにも痛いほど伝わっております。

そのせいか、誰もがまるで自分もお初を演ずる役者のようになっており、いつ庄左衛門から叱責の声が飛んでくるかと息を詰めていたのでございますが、なんとここまで芝居は一切止まらなかったのでございます。

「ほなら、ここでちょっとだけ休憩入れまひょか。ほんで、そのまま『道行の段』に入りまひょ」

庄左衛門の声に、客席の関係者たちまでが、一斉に安堵《あんど》のため息でございます。

徳兵衛に扮した庄左衛門が舞台を下りようとしてふと足を止め、力尽き、ほとんど舞

台に突っ伏しているような喜久雄の横に立ちましたのはそのときで、

「アンタ、初役《はつやく》のわりには、よう入ってるわ。これくらいでけたら、見物の方々も褒《ほ》めて下さるやろ」

と、稽古が始まって以来、初めて声をかけてくれたのでございますが、

「……せやけど、今回アンタがもらう拍手は子役がもらう拍手と一緒やで。『ああ、ようでけた、ようでけた』の拍手や。二度はない。そやろ？　子供かて、歩いて拍手もらえんのは最初だけ。二度目は当たりまえや。ええか、そこだけちゃんと肝に銘じとき」

つい数カ月まえには、役者ではなく、グループサウンズとして売り出したらどうかと喜久雄たちを皮肉っていた生田庄左衛門からすれば、まぎれもないお褒めの言葉であります。

返事もできぬままの喜久雄を置いて、庄左衛門が弟子たちとともに舞台をはけますと、一気に劇場内の緊張がとけたようで、あちこちから庄左衛門の感想を踏まえたうえでの喜久雄への評価の声が聞こえてまいります。

俊介はまるで自分のことが語られているようで、思わず椅子の背に身を隠しましたが、聞こえてくるのが、

「いや、私もね、ここまでできるとは思うてませんでしたわ」

「縁の下に伸ばす足なんか、健気で色っぽいしなあ」

などと絶賛に近く、となると現金なもので、沈んでいた頭が徐々に浮かび上がってまいります。しかし、

「これ見ると、半二郎さんの気持ちも分からんでもないわな。いくら実の子いうても、これを後ろに引っ込めて、そっちを前に出す厚かましさはないわ」

「厚かましいいうか、結局、丹波屋さんもやっぱり血より芸の人なんやろな。芸でしか役者を見られんねん」

浮かびそうだった頭を次第に下げるしかない俊介であります。

それでも人の口は容赦なく、

「しかし、当の丹波屋の若旦さんは、どうすんのやろな？　午前中に『二人道成寺《ににんどうじょうじ》』も見せてもろうたけど、やっぱり東一郎のほうが花があるわ」

「そやけど、さすがにこのご時世、部屋子に家を継がすなんてことにはならんのとちゃう？」

「けど、こうやって代役にしてるで」

「そやな。まあ、丹波屋さんの気持ち考えたら切ない話やで。今回のことだけでも、よう決心しはったて、他人事《ひとごと》ながら感心するわ」

「もうこうなったら、あれやで、丹波屋の若旦さんが、自分で早めに見切りつけて、どっかに行ってくれたら話早いわな」

背後にその若旦さんがいるとも知らず、二人の忍び笑いが鼠《ねずみ》のように中座の天井裏や床下を這っていくのであります。

俊介もまた、座席のあいだを這うようにロビーまで逃れますと、

「俺は丹波屋の跡取りや。『道成寺《どうじようじ》』を完璧にやって、あんな奴《やつ》ら見返したるわ」

ブツブツと呟きながら喜久雄の楽屋へ向かいます。

楽屋では、極度の緊張からいったん放たれたせいか、喜久雄がぶるぶると音が出るほど震えておりまして、

「俊ぼん、こ、これ、見てえな、震えが止まらんねん」

と前歯を鳴らします。

「心配いらんて。和泉屋の小父《おじ》さんも太鼓判押してくれてたやないか」

「俊ぼん、怒らんで聞いてくれるか?」

「なんや? 急に」

「俺な、今、一番欲しいの、俊ぼんの血ぃやわ。俊ぼんの血ぃコップに入れてガブガブ飲みたいわ」

俊介の耳に先ほどの陰口が蘇《よみがえ》ります。自分の体中の血管に流れているはずの、その丹波屋の血が、まるで水のように透明で、なんとも味気ないものに感じられるのでございます。

さて、こうしていよいよ始まりました大阪中座での公演、噂が噂を呼びましてマスコミは大注目、その上、時流は自由な未来を象徴するような大阪万博の真っ只中《ただなか》、古い世襲制度を打ち破った素人の子、花井東一郎はまさに時代の寵児《ちょうじ》、当然チケットは千穐楽《せんしゅうらく》まで完売、劇場には当日券を求める長蛇の列、昼の部で喜久雄と俊介が『二人道成寺』を舞えば、まるで俊介はヒール役の扱いで、見物から「丹波屋！」と掛かる大向《おおむ》こうはすべて喜久雄へ向けられたもので、ときには俊介に向けて耳を覆いたくなるような野次《やじ》まで飛ぶ始末でございます。

それでもやっている二人はただただ必死、外野の声など気にしている余裕もございません。俊介は俊介で、絶対に喜久雄よりも上手く踊ってやると懸命ですし、喜久雄は喜久雄で、昼が昼なら夜は夜で生田庄左衛門とのがっぷり四つ。毎日、舞台が終わりますと、まっすぐに自宅へ帰り、まるで背骨を抜くように体を休め、また朝になれば、動かぬ体に鞭《むち》打って、劇場へ来るのが精一杯。

ちなみにこの公演中、ほぼ毎夜、喜久雄は同じ夢を見続けたのでありますが、この夢こそ、のちの役者人生でもここぞというときに必ず見るようになる悪夢になります。

その夢のなか、幕開きまですでに時間はございません。十五分まえを知らせる二丁のベルが鳴り、そのうち五分まえのまわりのベルも鳴り出します。

そんななか、楽屋で狼狽《うろた》えているのは喜久雄でございまして、それもそのはず、これから演じる役の台詞がまったく入っていないのでございます。

もちろん今さら台詞が入っていないなどと誰に相談できましょう。かといって、この期に及んで破るように台本を開いてみたところで覚える時間などございません。先輩役者はすでに舞台に向かっております。

「ああ、アカン。もう、アカン！」

うなされて、汗だくで目覚める、これが夢の結末でございます。

そんな夢を喜久雄は二十一日間も見続けたのであります。さて、そんな極限状態を乗り切ったおかげもありまして、二十一日間の公演が終わってみますと、急遽《きゆうきよ》代役を勤めた者へのご祝儀もあるにしろ、客は大入り、劇評は絶賛、千穐楽には「東一郎ブーム、来たる！」という惹句《じやつく》とともに東一郎が表紙を飾った週刊誌まで発売されたのでございます。

千穐楽の夜は、東京からねぎらいに駆けつけました三友の梅木社長から鉄板焼きをご馳走《ちそう》になりましたあと、大入りの興奮そのままにハイヤーで大阪一周のドライブでございますが、

「喜久ちゃん、無事に終わってよかったな」

ハイヤーのなかで、しみじみと俊介に言われ、

「ほんまに、よかった……」

と、噛みしめるように呟く喜久雄でございました。

さて、翌朝、空腹で目覚めました喜久雄が台所へ下りていきますと、お勢がお祝いとばかりに豪勢な朝食で迎えてくれます。

「俊ぼん、まだ？　朝メシ食うたら、旦那の病院に報告に行こう言うてたんやけど」

早速、紅白のかまぼこを摘《つま》んだ喜久雄が、

「……起こしてくるわ」

と俊介の部屋へ向かいますと、いつものようにノックもせずに、

「入るで」

しかし部屋に俊介の姿がありません。隣の便所に声をかけてみますがそちらからも返事がなく、そのうち布団が乱れていないのが気になりまして、

「俊ぼん？」

なかへ入りますと、枕元に置き手紙でございます。

父上様　探さないで下さい　俊介
置き手紙を拾い上げますと、喜久雄はそのまま階段を駆け下り、裸足《はだし》のまま玄関を飛

び出しまして表通りを見渡しますが、とうに俊介の姿はございません。

汚れた足のまま、今度はまた俊介の部屋へ駆け上がり、押入れを開けてみれば巡業のときに使うトランクもなく、

「女将さん！　女将さーん！」

叫び声を上げたときには、裸足で玄関を出たり入ったりしている喜久雄を不審に思った家の者もすでに集まっておりまして、

「喜久ぼん、ど、どないしたん？」

とは源吉で、

「俊ぼんがおらんようになった……」

喜久雄が差し出した置き手紙を受け取りましたのはハタキを持った幸子、一読すると、なぜか無言のまま襷《たすき》を外し、姉さんかぶりをとり、

「大丈夫。あの子は大丈夫やて……」

消え入りそうな声でございます。

「と、とにかく、警察。いや、旦那や、旦那に電話や」

階段を駆け下りる源吉を、

「うちがかける！　うちがかけるから！」

と幸子が追いかけ、そのあとにお勢たちも続きますので、ポツンと部屋に残されまし

た喜久雄は、いるはずもない布団を思わずめくってみるのでございます。

さて、この俊介の出奔騒ぎ、夕方になって警察から連絡があり一件落着と相成りました、とご報告できればよいのですが、残念ながら、実際には連絡のないまま数日が経ち、数週間が過ぎ、そのまま数年が流れまして、その無情な月日が幸子の顔に皺《しわ》を、美しい黒髪に白髪を増やしていくのでございます。

ちなみに、俊介の出奔にはただ一つ手がかりがございました。俊介がいなくなったその朝に、なぜか春江も姿を消していたのでございます。

当時、春江は北新地でも有名なクラブの雇われママにのし上がっておりまして、喜久雄に連れられ、俊介も何度となく店を訪れていましたが、情けないことに二人の仲を喜久雄は一度たりとも疑ったことがなかったのでございます。

第七章　出世魚

なまぬるい雨が東京は赤坂の街路樹を濡《ぬ》らしております。この辺りにはいわゆる外国人向けの凝ったデザインマンションが建ち並んでおりまして、聞くところによりますと、戦後すぐのころは丘の上にジェファーソンハイツと呼ばれる米軍ハウスがあり、近隣にも多くの米軍関係者が暮らしていたそうでございます。ちなみに雨に濡れた街路樹が並ぶ道をさらに奥へと進めば、力道山が事業主だったということで有名なリキマンションも建っております。

街路樹をオレンジ色に照らす街灯に、蛾《が》が一匹、その体をぶつけております。街灯のすぐわきに、マンションの二階ベランダがありまして、開け放たれた窓の向こうからはさきほどから賑《にぎ》やかな麻雀牌《マージャンパイ》の音が漏れてきております。

「喜久ちゃん、早く捨てなさいって。焦《じ》らしたって、拾われるときは拾われるんだから」

正面に座る赤城《あかぎ》洋子《ようこ》に急《せ》かされながら捨て牌を見つめるのはご存知《ぞんじ》、喜久雄でございます。

「これなら、通るやろ！」

「ロン！」

喜久雄が叩《たた》きつけました捨て牌を、すかさず拾ったのは荒風関《あらかぜ》で、その太い指で牌を弄《もてあそ》びながらの会心の笑みは、大関昇進のかかっていた先月の国技館の夏場所で負け越してしまった悔しさを拭い去るような晴れやかさでございます。

「あーあ、喜久ちゃん、今夜はもうダメね。何やっても裏目裏目で」

椅子にあぐらをかいた赤城洋子の膝《ひざ》のうえでは、退屈そうに猫があくびでございます。この赤城洋子、新劇上がりの映画女優でありまして、二年ほどまえにＮＨＫのドラマに出演して以来、そのコケティッシュな魅力でお茶の間の人気を博しております。

「坊ちゃんもツイてへんし、この辺でラーメンの出前でも取らへん？」

と言うが早いか、雀卓を離れて電話へ向かうのは、今夜はツキまくっている徳次でありまして、

「……そうや、その坂道の右側にある白いマンション。パークハイツの２０１にラーメン四杯。あ、いや、五杯にしといて。うちには関取がおったわ。……え？　アホか、な

んでうちの母ちゃんが関取やねん」

たかが出前の電話でも、騒がしい徳次でございます。

牌を崩した赤城洋子が猫を抱いてベランダへ出ますので、喜久雄もなんとなくあとを追いますと、雨続きの鬱陶《うっとう》しい夜気にその首筋が汗ばんでおり、なんともしっとりした風情であります。

「荒風関、明日も稽古やろ？　大丈夫なんやろか？」

「そろそろお弟子さんが迎えに来るんじゃないかな。……それより喜久ちゃんは大丈夫なの？　明日の舞台」

「俺？　俺は平気。荒風関の迎えが来たら徳次も帰して、泊まってくで」

「だーめ。今日は泊めてあげない」

「なんでや？」

「だって、ここ最近の喜久ちゃん、こっちでいい役がつかない腹いせなんだろうけど、ベッドでも乱暴なだけで、ぜんぜん色っぽくないんだもん」

「腹いせ？」

「へえ、自分じゃ気づいてないんだ？」

洋子がふざけて喜久雄の顔に猫を近づけますと、驚いた猫がその顔を引っ掻《か》こうといたします。

「爪切ったりーな！」

「昨日、切ったもんねえ、チョコちゃん」

「ほな、俺が今度全部抜いたるわ」

「ほら、それ。イライライラ。東京でいい役がつかないの、私たちのせいじゃないから。ねえ、チョコちゃん」

猫に頰ずりしながら洋子が部屋へ戻りますので、こちらは本当の腹いせで、濡れた街路樹の枝葉を引き千切る喜久雄でございます。

洋子に言われなくとも、ここ最近の自分が何かにつけ苛々《いらいら》していることも、その理由が東京で自分にいい役がつかないことであることも分かっております。

考えてみますと、順風満帆な役者人生なのでございます。三年まえ、大阪中座で半二郎の代役を勤めた『曽根崎心中《そねざきしんじゆう》』のお初役が評判となったあと、千穐楽《せんしゆうらく》に俊介が出奔するという大事件も起こりはしましたし、うろたえ苛立つ母親の幸子から、

「あの子の気持ち考えたら、アンタのせいやないと分かってても、まともにアンタの顔見られへんねん」

などと遠回しに縁切りを告げられたりもしましたが、

「辛抱できんと、逃げたんはあいつや。喜久雄はなんも悪うない」

と庇《かば》ってくれたのが半二郎でありました。

それでもさすがにそのまま俊介のいなくなった家で暮らし続けるというのも居心地悪く、半二郎に相談して難波駅近くのマンションに小さな部屋を借りて心機一転、さらに芸道に励む決意を固めますと、「三友」の梅木社長もそんな喜久雄を後押ししてくれまして、当時客入りが悪く廃座寸前だった大阪の道頓堀座を、ある意味、花井東一郎こと喜久雄の専属劇場のような扱いにして、花井東一郎を芯とした浪花の花形歌舞伎と銘打ち、八月『曽《そ》根崎心中《ねざきしんじゅう》』『娘道成寺《むすめどうじょうじ》』、九月『封印切《ふういんきり》』『藤娘《ふじむすめ》』、十月『心中天網島《しんじゅうてんのあみじま》』『京人形』と、異例の三カ月連続で、近松ものと女形《おんながた》の舞踊を組み合わせてかけてくれたのですが、言ってしまえば、喜久雄の爆発的な人気などまぐれ当たりのようなもの、付け焼き刃の稽古で演じ踊るしかない喜久雄の舞台に、最初の月こそ、グループサウンズから流れてきた俄《にわ》かファンが席を埋めての大歓声ではありましたが、波というものは高ければ高いほど引くのも早いものでございまして、もともと歌舞伎は退屈だと思っている若い女の子たちでありますから、翌月も半ばを過ぎるころには空席が目立つようになり、その翌月には以前の地方巡業かと思うばかりに客席ががらんとしている日も出てくるようになっておりました。熱烈な東一郎ファンでさえそうなのですから、真の歌舞伎ファンは言わずもがなでございます。

　ベテランの歌舞伎役者からしてみれば、喜久雄などまだ素人に毛が生えたようなもの。そんな役者が芯を勤める舞台になど、いくら三友の梅木からの頼みでも、出てやろうという物好きな役者はおりませんので、となりますと、ふらふらしている芯を支えるのが、さらにふらふらした若手の役者たちとなりまして、トンボ専門の大部屋俳優、徳次でさえが一つか二つの台詞《せりふ》がある役につけたのですから、

「今月の大阪道頓堀座に行くくらいなら、近所の中学校の学芸会でも観《み》に行ったほうが気が利いている」

というような辛辣《しんらつ》な劇評が新聞に載るのも当然でございます。

さて、喜久雄にとりましても誠に不本意な三カ月連続公演が終わりますと、さすがに三友の梅木社長も考え直したようで、

「このご時世、いくら人気役者になりそうなのが出たからって、大阪で歌舞伎を打つのはもう難しいのかもしれねえな。どうだい、半二郎さん、東一郎を東京に送り出すってのは」

そんな梅木の言葉に慌てましたのは当の半二郎でして、

「社長はんのお気持ちは、ほんまにありがたい思うてます。せやけど、今この喜久雄を東京へやったら、間違いなく潰れますで。まだ二十歳や。先は長い。何も今、急いでこの子を潰す必要はありまへんがな」

結局、このときの喜久雄の東京行きはお流れとなったのですが、映画俳優でもある半二郎の部屋子《へやご》で、ここまで人気が出ますと、映画界も放ってはおきません。

なかでも半二郎の気持ちを動かしたオファーが、自身も何作か出演したことのある成《なり》田啓介《たけいすけ》監督からのもので、ベストセラーとなっている社会派ミステリー『霧の巡礼歌』の犯人役を喜久雄に、という話でした。

喜久雄自身はさほど映画に興味がなかったのですが、東京行きは時期尚早、かといって低迷する大阪での少ない歌舞伎公演だけに出ていても体が鈍《なま》るという半二郎の勧めで、ならばと出演を決めたのでございます。

この『霧の巡礼歌』、犯人役の喜久雄こそ新人ですが、事件を追う刑事役に双葉四郎、殺人事件が起こる紀州の山林王を高岡伸、その妻に京田さち子、その三姉妹を高田圭子、あべ透子、赤城洋子というオールスターキャストだったのですが、ふたを開けてみますと、時代劇を得意としていた成田監督の演出が現代劇には向かなかったのか、期待通りの興行収入とはいかなかったものの、悲しい出生の秘密から殺人に手を染める犯人役を演じました喜久雄が、そこそこの評価をもらいまして、この年だけでも三本の映画に、三番手か四番手くらいの扱いで出演したのでございます。ただ、映画のほうには運がなかったのでございましょうか、はたまた、どんな役でも真面目に演《や》ってはいるものの、歌舞伎の舞台では必ずと言っていいほど香ってくる、喜久雄を恍惚《こうこつ》とさせるあの香の香りのようなものが映画の撮影所では感じられなかったせいもあるのか、出演作がコケてもそう悲しくもなく、スクリーンでの演技が褒《ほ》められてもそう嬉《うれ》しくもなく、なんとも中途半端な時期を過ごしたのでございます。

さて、そんな折、喜久雄が世話になって初めてと言っていいほど、半二郎をひどく落胆させる出来事が、立て続けに二つも起こるのでございます。

その一つ、大騒動のほうは、このちに戻ります赤城洋子宅での麻雀の場面の続きまでお待ちいただくとして、先にちょっとした騒ぎのほうだけお話ししますと、その発端は1，880，888円というなんとも末広がりだったマツからの仕送りのことでございます。好きに使えと半二郎に渡されておりましたその金を、なんと喜久雄、故郷で女中となっているマツのためには使わずに、半二郎が呆《あき》れ果てるのも当然、中古ながら銀色に光り輝くスポーツカー、ジャガーの購入に充ててしまったのでございます。

このオープンカーで家に乗りつけた喜久雄に、半二郎の口からまず溢《こぼ》れましたのが次の言葉でありました。

「喜久雄、お前のことはもう諦めた。これはな、お前が真人間になるのはもう諦めたっちゅう意味や。分かるか？」

要するに、お前みたいに常識のない人間でも受け入れてくれるのは、もう役者の道しかないぞ、ということでございましょう。

ただ、喜久雄にも喜久雄なりの思いがありまして、何はさておき、故郷で自分の成功を待っているマツを、この車の助手席に乗せて自分が出演する劇場に連れて行ってやりたい。そんな親孝行を思い描いてのことであります。

もちろん世間さまから見れば、元は自分たちが暮らしていた屋敷で女中をしている母を大阪へ呼んでやるのが先だとなるのでしょうが、母を呼んでやるより先に、母に着せてやる豪華な着物を、大阪見物に連れ出すスポーツカーを、まずは用意しなければならないと、素直な気持ちから俄然《がぜん》頑張ってしまうのが喜久雄という男でございます。

さて、順番はすっかり間違えておりますが、孝行心は誰よりもある喜久雄、スポーツカーは先に買ってしまいましたが、映画出演などで小銭が少しずつ入ってまいりますと、まずは半二郎馴染《なじ》みの店で着物を仕立てて故郷のマツに送り、すぐにでも大阪に、と呼んだには呼んだのでございますが、

「アンタが送ってくれたお金でこっちに小さな借家を見つけたとよ。あの家での女中も辞めて、近いうちに魚市場の近くで小料理屋でも出そうかと思うとる。アンタはお母さんの心配なんかせず、もっともっと大きな役者になってくれんね。送ってくれた着物ば着て、アンタのスポーツカーに乗ってお母さんが乗りつけるのは東京の歌舞伎座たい。あの歌舞伎座で、アンタが主役ば張るときたい。そんときはあの世の千代子さんからも褒めてもらえるやろ。褒めてもらうどころか、そんときはうちのほうが千代子さんに自慢するさ」

言葉通り、その後、権五郎が建てたあの屋敷を出たマツは、魚市場の近くに新鮮な魚

を扱う割烹《かっぽう》料理屋「喜久《きく》」を開店したのでございます。

「荒ちゃん！　来月の名古屋場所、初日から二日連続で応援行くからね！」

マンションのベランダから身を乗り出す赤城洋子を、迎えにきた弟子の車に乗り込もうとした荒風が見上げまして、女物の小さな傘を振っております。

「来月、名古屋なん？」

洋子の隣で同じように荒風に手を振っておりました喜久雄が尋ねますと、

「ちょうど名古屋で撮影なのよ」

「映画？」

「寺岡浩二《てらおかこうじ》って知ってる？」

「詩人やろ？」

「彼が映画撮るんだって」

「へえ、どんな役？」

「江戸時代の花魁《おいらん》だって」

「ほな、時代劇か？」

「現代劇。変わってるでしょ？」

「狂ってるわ」

雨の降り込むベランダから二人が部屋へ戻ろうとした瞬間、ベランダの下から、

「坊ちゃん！」

と、さっき荒風と一緒に帰ると出ていったはずの徳次の呼び声であります。

「……坊ちゃんの車のクラッチペダル交換したんやった。ちょっと確認してえな」

「そんなん、いつでもええわ」

即座に断って背を向けた喜久雄ですが、

「ええから、ちょっとだけ」

と、珍しく徳次が食い下がります。

「なんやねんな？」

「ええから」

下を覗《のぞ》き込みますと、雨のなか、徳次が無言で手招きしておりまして、洋子はすでに部屋へ戻っておりますので、

「なんや？」

と、小声で尋ねますと、

「お、か、ざ、き、のことでんがな」

と、向こうもまた声を潜めて口にするのは京都の地名でございます。喜久雄はすぐに態度を変えまして、

「あの、下でちょっと車見てくるわ」

玄関はのんびりと出るふりで、あとは急ぎ足でございます。

階段下では徳次が待っておりまして、

「明日、綾乃《あやの》ちゃんの誕生日やで。坊ちゃん、忘れてたやろ？」

言われてみますとその通り、

「そやな。どないしょ？」

「とりあえず、今、そこの公衆電話から市駒ちゃんに電話だけかけとったほうがええわ。『明日、綾乃の誕生日やろ。ごめんな、一緒におられへんで』言うて。それだけでも市駒ちゃん、喜ぶやろし」

「そやな」

「あとはこの徳次がなんとかするわ」

「なんとかて？」

「どうせ明日、旦那の用事で大阪に戻るさかい、途中、京都寄って、坊ちゃんからや言うて、綾乃ちゃんに誕生日プレゼント渡したるわ」

「ほんま？　助かるわ」

「二歳の女の子に、何がええんやろか？」

「それや困んのが。女の子やのに、ぬいぐるみも放り投げるし、リカちゃん人形なんか踏みよるからな」

「らしいな。逆にミニカーとかやろか？」

「なんしか外で遊ぶの好きやろ。あ、そや、子供用のちっこい自動車みたいなんあったなあ。あれ、買《こ》うてってくれへん」

「あの、足で蹴って走らせるやつ？　ほんまにやんちゃやなあ」

とは言いつつ、綾乃のことが可愛くてたまらない徳次ですので、すでに頭ではその車を押してやる自分を想像しております。

さて、いつの間に何がどうなってこうなった？　と、ご心配の向きもあろうかと思いますので、少しばかり説明させていただきますと、喜久雄が初めて祇園のお茶屋に上がったのが十六のころ、市駒という舞妓と懇意になりまして、気がつけば、おままごとのようなお付き合い。とはいえ、片や大阪で役者修行の身であり、片や京都の舞妓。学校に稽古に、となかなかデートの時間もなかったのですが、会えないと思えば会いたくなるのが好き同士、ほんの一目会いたさに喜久雄は京都へ、市駒は大阪へ、時間を見つけては通ったのでございます。

そのうちに、先斗町《ぽんとちょう》の公園でバドミントンをしたり、比叡山のお化け屋敷に遊びに行ったりしている二人の噂《うわさ》が、置屋やお茶屋の女将《おかみ》たちにはもちろん、祇園界隈《かいわい》に伝わりまして、喜久雄が市駒を送っていけば、

「せっかく来はったんやし、そう急いで帰らんとジュースでも」

と、お茶屋の女将も座敷に上げてくれるようになり、空いていれば市駒が、市駒が空いていなければ、姉弟子の富久春などがついてくれまして、もちろんお花代も、たまには源吉経由で半二郎の懐から支払われていたのでしょうが、ほとんどの場合、市駒や富久春は今日休みということにしてもらいまして、遊びの延長のようにタダで随分と遊ばせてもらったのでございます。

もちろん、自由になる金などほとんどない時分でございましたが、あの花井半二郎が目をかけている部屋子ということもありましたし、お茶屋のなかには役者を贔屓《ひいき》にしてくれる芝居好きの女将さん連中も多くおりまして、いわゆる「あるとき払いの催促なし」で、そのうち借金がかさんでまいりますと、誕生日や巡業成功のお祝いにと理由をつけて、それを棒引きにしてくれるような大らかな町でございました。

そうこうするうちに、市駒も舞妓から芸妓へ上がりまして、平安神宮に近い岡崎《おかざき》で一人暮らしを始めますと、喜久雄も京都に来るときには必ずそこに泊まるような半同棲《はんどうせい》生活が始まったのでございます。

そんな市駒が喜久雄の子を宿しましたのが、ちょうど喜久雄が半二郎の代役で『曽根《そね》崎心中《ざきしんじゅう》』のお初を勤めて大評判となったあとのことでございまして、もしもこの二つの時期が重なっておりませんでしたら、夫婦になるという道もなくはなかったのでしょうが、三友の梅木社長や半二郎はこの時期に結婚など言語道断と大反対、その上、母となっても芸妓をやめる気のない当の市駒が結婚に興味を示さぬこともありまして、ならば幸いとばかりの周囲の勧めで、認知だけで済ませてしまったのでございます。

さて、この市駒との騒動の最中、誰よりも二人の間に立って世話を焼いてくれましたのが、実は幸子でありました。

とつぜんの俊介出奔のあと、憎もうと思えばいくらでも憎めるはずの喜久雄の出演舞台のために初日には劇場入り口に立ち、贔屓筋に挨拶《あいさつ》に回ってくれたのも彼女なら、一人暮らしを始めた喜久雄のために、女手がないと困るだろうし、逆に炊事洗濯などして所帯臭さなど出たら、和事《わごと》のぼんぼん役などできるわけがないと、女中のお勢を頻繁に通わせてくれたのも彼女でして、その上さらに、市駒のことは全面的に面倒を看《み》ると買って出て、その言葉通り、綾乃が無事に産声を上げ、市駒の産褥《さんじょく》期が明けるまで大阪の自宅に同居させて世話までしてくれたのであります。

「男なんてどいつもこいつも甲斐性《かいしょう》なしで意気地なしのアホばっかりや。でもな、生まれてくる子には、なんの罪もないねん」

何かにつけ、幸子はそう言っていたそうでございます。

いったん上がっていた雨が、またしとしとと外の街路樹を濡らしております。開け放った窓の外からは湿った土の匂い。先にベッドに入って天井を見つめておりますのは喜久雄でして、浴室で洋子が浴びているシャワーの音と赤坂の街路樹を濡らす雨の音をのんきに聞き比べながら考えておりましたのは、出会ったころの市駒やその市駒を世話してくれた幸子のことでございました。

いつの間にかシャワーの音だけが止《や》んでいるのに気づいたのはそのときで、喜久雄はなんとなく枕元の棚に手を伸ばし、いつも洋子が使っている香水の壜《びん》の匂いを嗅いでみます。

湯気をまとって出てきました洋子はバスタオルを巻いただけで、濡れた首すじを火照らせたまま、

「ねえ、女形《おやま》の男の人ってさ……」

鏡台越しに合った洋子の目がどこか挑戦的でございます。

そのまま、洋子が焦らすように黙り込みますので、

「女形の男がなんや？」

喜久雄が弄んでいた香水の壜のふたを取りますと、

「女形の人って舞台降りても、まだ自分が女のままって感覚が残ってたりするのかなーと思って」

冗談めいた口調ではありますが、その目だけは真剣そのものでございます。

「男を相手にしたことあるかてことやったらないで。一切ない。言うとくけど、その発想、その辺の中学生と一緒やで。俊ぼんもな、中学まではそうやってようクラスメイトにからかわれた言いよったわ。同じ学校に通うようになってからは、そんな奴《やつ》おったら二人でどつき回しとったけどな」

「ちょっと、……喜久ちゃん怒ってる?」

自分の口調に怒気が混じっていることに喜久雄も気づいてはいるのですが、

「なんで? 怒ってへんわ。なんで俺が怒んねん?」

「ほら、怒ってる」

「そやから、怒ってない……」

次の瞬間でございます。急に立ち上がりました洋子が、まとっていたバスタオルをするりと落とし、

「私が中学生に見える?」

一糸まとわぬ汗ばんだ体で迫ってまいります。

「……からかったわけじゃないって。ただね、ちょっと好奇心が湧いただけ。私にも喜久ちゃんを征服できるのかなって」

「でけへん、でけへん」

徐《おもむ》ろにベッドの上を這《は》ってくる洋子の乳房は豊満で、喜久雄は思わず香水の壜を握り

直します。

「……ねえ、今晩だけでいいから私の思い通りになってよ。そしたら私がいつも喜久ちゃんにしてほしいと思ってること、私が喜久ちゃんにしてあげる」

鼻を擦り合わせてくる洋子を喜久雄は黙って見つめます。

「……いい？　じっとしててくれる？」

「そやから、イヤやて」

逃れようとした喜久雄の唇を、洋子がそっと指で押さえます。

「心配しなくて大丈夫。喜久ちゃんが男のなかの男だってことは、私が一番分かってる。だからなんの心配もせずにじっとしててくれればいいから」

「そやからイヤやて、あー、こそばいわ」

まぶたに当たる洋子の吐息から逃れようと顔を大げさに振る喜久雄はまるで子供のようでございます。

「あーもう、ほんっとに色気ないんだから」

諦めたとばかりに洋子が布団に潜り込んできますので、

「舞台で死ぬほど色気出してんねん。プライベートの分まで残ってへんわ」

喜久雄の冗談に空笑いの洋子、枕元に手を伸ばして煙草《たばこ》を咥《くわ》えますと、火をつけてくれとの催促でございます。

素直にライターで火をつけますと、

「で、なんやねん？　俺にしてほしいことて？」

と、喜久雄から乳房をくすぐられた洋子の笑い声が、開けっ放しの窓からしとしとと雨の降りつづく赤坂の夜に染みていきます。

洋子の乳房をくすぐっておりました喜久雄は、ふとため息をつきますと、体を大の字に伸ばしまして、

「養子にしてもろうたら、すぐに状況変わるでて、また言われたわ」

と、天井に向かいましての唐突な呟《つぶや》きであります。

「誰に？」

「三友の幹部の人。……まあ、言われんでも、分かってるけどな」

「半二郎さん、なんて言ってるの？」

「さあ、別になんも言わへんわ」

三友の梅木社長から、喜久雄を養子にしてはどうか？　ついては半二郎が丹波屋の大名跡《みょうせき》である「花井白虎《びゃっこ》」を襲名し、半二郎の名を喜久雄に譲ってはどうか？　という話があったのは、もう半年ほどもまえのこと。

花井白虎といえば、明治の初期に活躍した三代目白虎のあと途絶えている丹波屋の大名跡、この家に生まれた半二郎に思い入れがないはずもないのですが、この同時襲名を

受けるということは、出奔して三年になる俊介の役者人生を完全に見限るということにもなるのでございます。

「喜久ちゃんからも頼んでみたら？」

ベッドに上がってきた猫のチョコを、洋子がほいと喜久雄の腹にのせます。

「なんて？」

「だから、養子にしてくれって」

「言えるかいな。旦那自身、今、あんな状態やのに」

「半二郎さんの気持ちじゃなくて、喜久ちゃんはどうなのよ？　養子になって、もっといい役欲しいんでしょ？」

「そら、俺かて……。でもな、俺かて、まだ、俊ぼんの帰り待ってんねんで」

「まぁた、そういう嘘《うそ》つく」

呆れたようにベッドを出た洋子が、台所で冷蔵庫を開け、冷やした麦茶を飲んでおります。その尻を眺めながら、

「嘘やろか？　嘘ちゃうよな？」

腹の上の猫に語りかける喜久雄であります。

もちろん姿を消して三年にもなるのですから、自殺という最悪の結末も浮かばないことはないのですが、一緒に逃げたのが旧知の春江でございます。なぜか喜久雄はそこに

だけは妙な自信がありまして、

「気休めで言うんやないんです。あの春江が一緒やったら、絶対に俊ぼんを死なせるようなことはしませんから」

と、泣き伏す幸子をこれまでずっと慰めてきたのであります。

「来月の名古屋場所、俺も荒風関の応援行こかな」

台所の洋子に声をかけますと、

「どうしたの急に？」

「別にどうもせえへんけど。なんや急に、大声出して誰かのこと応援しとうなったわ」

再び腹の上のチョコに、

「……これに嘘はないな？」

と尋ねる喜久雄でございます。


「ほんのちょい、前やわ」

新橋演舞場の楽屋で床山に鬘《かつら》をつけてもらっておりますのは『菅原伝授手習鑑《すがわらでんじゅてならいかがみ》』の松王丸《まつおうまる》に扮した花井半二郎でございまして、鏡台に顔を近づけ、一度だけ大きく眉を吊《つ》り上げますと、

「ほな、行こか」

雄々しく立ち上がりました松王丸が羽織っておりますのは、黒綸子《くろりんず》雪持松《ゆきもちまつ》に鷹繍着付《たかぬいきつけ》、すなわち雪を積もらせた松の木をあしらった着物で、この「雪持」の衣裳《いしょう》、本心を隠し、じっと耐え抜く決意を表現するものとなっております。

半二郎が座布団の上に立ちますと、すかさずそのまえに来た喜久雄が、半二郎の両手を取りまして、

「ほなら、進みまっせ」

と、自らは後ずさりでの手引きでございます。

「一段降りて、草履《ぞうり》です」

まったく見えないわけではないのですが、半二郎もすっかり喜久雄の声を信じ切っておりまして、足元も見ずに楽屋からの段を降り、草履を探すその足先に、横から源吉が鼻緒を突っ込んでやっております。

廊下に出た途端、半二郎がひどく咳き込みますが、これはこのあと演じる松王丸の演技の確認でありまして、その乾いた咳を聞きながら、さらに喜久雄は舞台袖まで半二郎を手引きしてまいります。

もともと糖尿の気がありました半二郎が軽度の緑内障と診断されましたのは、ちょうど交通事故の骨折で入院した折の検査でございました。軽度ということもありましたし、そんなことより俊介出奔の方が心配で、そのまま放っておいたのが祟《たた》りましたのか、気

がつけば、復帰しました舞台上で、昨日まで見えていた襖《ふすま》の柄が見えない、昨日まで見えていた足元の段差が見えないという風になっておりました。

それでもしばらくはまだ、視界がぼやける程度、このとき舞台を降板してでも治療に専念すべきだったのですが、もちろん半二郎の頭に降板などという言葉があろうはずもございません。

交通事故での骨折で何カ月も舞台を休んだあとでもありましたので、復帰後は大阪の中座、京都南座、東京は歌舞伎座での客演と、三カ月連続で大役を勤めまして、次第に目の調子が悪くなっているのは気づいていながら、舞台に立てば、そこにいるのは半二郎ではなく、それぞれのお役。半二郎の目では見えなくとも、不思議とそれぞれのお役の目で見れば、いろんなものが見えておりましてのさらなる不養生。結果、年が明けましたときには、手元のおせち料理を箸でつまめず、そこで初めて、

「なあ、幸子。最近な、どうも目の調子が悪いねん」

慌てて病院に連れて行かれたときには、すでにどうにもならない状態になっていたのでございます。

「旦那はん、最後、小さく一段上がって鏡前です。よろしか?」

浴衣姿で半二郎の手を引く喜久雄の姿は、すでに舞台裏の日常風景になっておりまして、二人が袖《そで》へやってまいりますと誰もが道をあけてくれます。

書き割りの向こうの舞台からは、庄屋の家へ呼び出された武部源蔵《たけべげんぞう》が、自らが寺子屋で匿《かくま》っている菅丞相《かんしょうじょう》の若君、菅秀才《かんしゅうさい》の首を討って差し出すよう命じられ、なす術《すべ》もなく帰宅したところ、

「氏より育ちというに、繁華な地と違い、いずれを見ても山家《やまが》育ち、世話甲斐《がい》もなき役に立たず」

半二郎演じる松王丸の登場はこれより十五分ほどもあとですが、不自由な目のこともありまして、いつも早めに舞台裏へ着くようにしております。

「旦那はん、水です」

喜久雄がグラスにストローをさして差し出しますと、口元の化粧が落ちないように咥えました半二郎が勢いよく啜《すす》りますので、最後にズルズルと大きな音が立たないよう、残り少しとなったところでさっと喜久雄がグラスを引きまして、その場を離れようとしたところ、

「なあ、喜久雄」

半二郎がその手を強く握ります。

「もう少し飲みはりますか？」

尋ねた喜久雄の手を半二郎がさらに引き、顔を寄せ合ったところで、

「なあ、喜久雄。いろいろ考えたんやけどな。まだこうやってぼんやりとでも目が見え

とるうちに、わしもな、もう一花咲かせたい思うとるんや」

一瞬、なんの話やら分からず、喜久雄が尋ね返そうといたしますと、

「……襲名のことやけどな。わしは『花井白虎』になる。そやから、お前も『花井半二郎』継いだらええ」

あまりにもとつぜんで、喜久雄はあたふたするばかり、どう応えてよいのかも分からぬまま、つい口から出てきましたのが、

「そやかて、俊ぼんが……」

そこへ「そろそろ舞台袖に」と声をかけられ、立ち上がりました半二郎、ただ喜久雄の手をぎゅっと握ります。

実の息子のことを思わぬ親などおりません。その上での決断なのでございましょう。

「旦那はん……」

思わず、その手を強く握り返す喜久雄でございます。

さて、この辺りで半二郎が松王丸を勤めております今回の舞台『菅原伝授手習鑑《すがわらでんじゅてならいかがみ》』の「寺子屋」のあらすじを少しご紹介させていただきとうございます。

ころは延喜《えんぎ》帝の治世。寺子屋を営む武部源蔵と戸浪《となみ》の夫婦は、かつては仕え、今は太宰府に流された菅原道真（菅丞相）の若君、菅秀才を、我が子と偽って匿っております。

しかしそのことが訴人《そにん》され、庄屋の家に呼び出されたのでございます。そんな折、千代《ちよ》

という女が現れ、小太郎《こたろう》という息子を寺入りさせて姿を消します。そこへ庄屋の家から戻ってきたのが源蔵で、菅秀才の首を討って差し出せとの命令に、なす術もなく悲痛な面持ち。しかしその腹のうちでは、忠義のため、寺子の誰かを身代わりにと考えていたのでありますが、改めて見ればどの子も山家育ちで若君の身代わりになりそうな子はおりません。そんなとき、戸浪が先ほど寺入りしたばかりの小太郎を連れてくるのであります。

小太郎を見た源蔵は、高位の子息として遜色のないその容貌《ようぼう》に、この子を身代わりにするしかないと、戸浪に告げるのでありますが、いくら忠義のためとはいえ、寺子といえば我が子も同然、その一人に手をかけなければならぬ宮仕えの厳しさを互いに嘆き悲しむのであります。

そこへ菅秀才を探し、駕籠《かご》に乗って登場いたしますのが、半二郎演じる松王丸でございます。この松王丸、今でこそ藤原時平《ふじわらのしへい》に仕えておりますが、元はといえば太宰府に流された菅丞相の家来の息子。そのため、菅秀才の顔を知っていることから、今回の首実《くびじつ》検役《けんやく》を命じられてやってきたのであります。

松王丸は寺子屋の門口に立ちますと、寺子たちの顔を一人ひとり検分するのですが、そのなかに菅秀才はおりません。そこで家内へ入り、源蔵に首を差し出すように命じます。覚悟を極《き》めた源蔵は、奥の一間へ入りますと、やがて首桶《くびおけ》を携えて出てまいります。

もちろん、なかに入っておりますのは身代わりに打ち落とされた小太郎の首。捕手らが源蔵夫婦を取り囲むなか、首実検を始めた松王丸、いかにもこれは菅秀才の首であると確認して引き揚げていくのでございます。

源蔵夫婦がほっと一息つきましたころ、小太郎の母、千代が我が子を迎えにまいります。源蔵は千代の隙を窺《うかが》って斬りかかりますが、千代は手文庫のふたでその刀を受けとめまして、

「我が子は役に立ちましたでしょうか？」

これを源蔵が不審に思うところに、再び現れるのが松王丸でございます。聞けば、二人は夫婦、そして彼らの愛息が小太郎だったというのであります。

松王丸は今は時平に仕える身でありながら、恩ある菅丞相に報いるため、源蔵の気性を見極めた上で、我が子小太郎を身代わりに差し出したというのでございます。

お互いに忠義のためとはいえ、あまりにむごい運命。大人たちの事情の全てを理解し、潔く我が身を差し出した小太郎の最期の様子を、源蔵が語って聞かせますと、一同は咽《むせ》び泣いたのでございます。

初夏の日差しに青々と映える松の枝を刈っております植木屋に、

「おっ、喜久ぼん、珍しな」

と声をかけられながら半二郎宅の玄関に喜久雄が入りますと、

「あら、珍し。喜久ぼん、どないしたん」

続けて女中頭のお勢にも珍しがられ、

「そう珍し珍し言わんといてえな。上野に来たパンダやあるまいし」

靴を脱ぎ捨て上がり込み、

「女将さんは？　二時に来るように言われてるんやけど」

幸子の居場所を尋ねますと、

「稽古場にいはるわ」

と、お勢がしんと静まり返った廊下の奥へ目を向けます。

「水羊羹《みずようかん》あるで、持っていったろか？」

お勢の気遣いに、いつもならすぐに首肯《しゅこう》するのですが、今日ばかりは幸子の様子を確かめてからにしようと、

「ええわ、帰りに台所寄るし」

廊下を進んでいきますと、もとからこうだったのか、久しぶりに帰宅したからか、錆《さ》びついた窓枠の溝や廊下の軋《きし》みがやけに気になってまいります。

稽古場の襖を開ければ、縁側に出した座椅子に幸子の背中でございます。

「喜久雄です」

声をかけますと、この数年でめっきり白髪の増えた幸子が振り返りまして、

「暑かったやろ。水羊羹あるで」

「僕はええけど、もろうてきましょか？」

「アンタがいらんのやったら、うちもいらんわ」

なんとなく声に苛立《いらだ》ちがあり、喜久雄が近寄れずにおりますと、

「何をそこでジロジロ見てんの？　上野のパンダやあるまいし」

もちろん母でも子でもありませんが、長年、同じ釜の飯を食うとはこのことなのでございましょう。

「……なんや、いろいろ考えてたら腹立ってきてな。もうヒステリー起こしたいくらいの腹立ちや」

喜久雄がまえに座ったとたん、幸子が声を荒らげます。

「……もう我慢してたら、うちのほうが潰れそうやから、なんでもかんでも正直に言わせてもらうけどな。この腹立ちの原因をな、突き詰めてみれば、ぜーんぶアンタや。アンタがうちに来ぃさえせなんだら、何もかもまっすぐに進んどったに違いないねん」

俊介の出奔以来、機嫌の悪い幸子を見たことがないと申せば嘘になりますが、それでもまだ、その苛立ちは、本心を隠してのことと はいえ、喜久雄にではなく、逃げ出した我が子俊介へ、我が子を見限った夫の半二郎へと向けられておりました。それがここに

来て、わざわざ電話で呼び出された上に、無沙汰の挨拶をするヒマも与えてもらえずの非難でございます。

「……うち、ほんまにほんまに腹立ってんねん。この白髪頭掻き毟《むし》って、猫みたいに柱に爪たてて、犬みたいに吠《ほ》えたいくらい腸《はらわた》煮えくり返ってんねん。分かるやろ？　『半二郎』いう名前は、俊介にとっての最後の砦《とりで》や。たしかに今は行方知れずやけども、この名前があるかないかで、何もかもが全部違ってくんねん。その最後の砦まで、あの人はアンタにくれてやる言うてる。三友の梅木さんらは大喜びや」

よほど気持ちが昂《たか》ぶっておりますのか、その発声と呼吸のタイミングが合っておらず、ほとんど喘《あえ》ぐようでございます。

「……アンタ、辞退してえな」

そんな幸子にとつぜん見据えられ、思わず俯《うつむ》いた喜久雄に、

「……なあ、辞退してえな。それくらいの恩を返してもらうくらいのことはしたで。なあ、俊ぼんのためや。アンタも俊ぼんが憎いわけやないんやろ？　アンタにはまだいろんなものが待ってるかもしれんやないの。でも、俊ぼんには……」

思わず漏れそうになった嗚咽《おえつ》を幸子が奥歯を噛《か》んで堪《こら》えます。

「女将さん……。よう分かりました。もう、そんなに苦しまんでええですわ。……辞退します。旦那はんにも、ちゃんとそう言いますわ」

幸子に電話で話があると呼び出されたときから、なんとなく分かってはいたのでございます。そして、それが分かっていたということは「花井半二郎」という名跡を継ぐ者が自分ではないとも分かっていた証拠でもあるのでしょう。

ただ、辞退すると口にした瞬間、何に対する悔しさなのか、とても苦い気持ちが喉《のど》もとを這い上がってくるのであります。

植木屋が松の枝を切る鋏《はさみ》の音が、梅雨の晴れ間に高く響いております。

「ほんまに意地汚いわ……」

顔を上げますと、晴れ空にその鋏の音を探すような幸子の横顔でございます。

「……役者なんて、ほんま、意地汚い生物《いきもん》やわ。うちの旦那はん、もうあんな体やで。アンタに手ぇ引いてもらわんと、舞台にも出られへんねんで。それやのに、それでも『白虎』になりたいんやと。我が子の人生を踏み潰しても『花井白虎』になって舞台に立ちたいんやと。ほんま呆れるわ。アンタもアンタや。俊ぼんのもん、平気で奪うて。汚いわ。……それに俊ぼんも俊ぼんや。ずっと自分が中心やったのが、そこに立てんようになったからて逃げんのかいな。負けも認めんで逃げるいうところが意地汚いわ」

最後のほうはほとんど吐き捨てるようでありまして、そのまま睨《にら》むように庭の笹《ささ》の葉を見つめる幸子でございます。

「ほんなら……」

一向に幸子が動きませんので、喜久雄が出て行こうといたしますと、

「ちょっと待ちーな」

幸子が呼び止めます。

「……アンタ、こっちに戻ってきたらええわ。部屋もそのままにしてあるし。別々に暮らしとったら、なんやかんや面倒やし」

「面倒て？」

「アンタな、襲名て、大仕事なんやで。それもいっぺんに二人もや。別々に暮らしとったら連絡一つするのも面倒や。二階ならトントンて階段上がれば済むんやから」

「でも、女将さん……」

「もう腹くくるわ。うちは意地汚い役者の女房で、母親で、お師匠《つしょ》はんや。こうなったら、もうどんな泥水でも飲んだるわ」

晴れ空に、また鋏の音が響きます。

「ほなら、東洋ホテルに向かってな」

襲名の挨拶回りで訪れた日本画家の邸宅をあとにしまして、ハイヤーの助手席に乗り込みました着物姿の幸子は、すでに後部座席に紋付袴《もんつきはかま》で座っております喜久雄と半二郎に目を向けますと、

「二人とも、そこでぐったりしてるヒマないで。これからテレビカメラの入る激励会やで。シャンとしといてーな」

言いながら、自分は手鏡を出しての化粧直しでございます。

この日は朝から贔屓筋への襲名の挨拶回りを分刻みでこなしておりまして、三人が乗るハイヤーの後ろからは源吉が運転する軽トラックが追走。荷台に積んである配り物の紋入り半纏《はんてん》や手ぬぐいなども徐々に減ってきております。

「お父さん、激励会の段取り大丈夫なんやろね？」

口紅を塗り直した幸子からの確認に、

「あ、そや。今から伝えますわ」

と、慌てて式次第を取り出した喜久雄が、

「ええと……、ん？　女将さん、この開宴宣言の津田《つだ》一郎《いちろう》先生て、誰ですのん？」

「国会議員の先生やて。九州が地元で、辻村はんのご紹介やわ」

喜久雄が広げた式次第には「開宴宣言」の次に「発起人挨拶　辻村興産代表取締役社長　辻村将生」とあります。

「……運転手さん、そこ左に入った方が近道やわ。今、梅田駅のとこ工事中で遠回りさせられんねん」

道案内する幸子の背後では、喜久雄が激励会会場への出と入りを半二郎に説明しておりますが、ちゃんと見えているのかいないのか、その目は窓外を流れる御堂筋の景色に注がれております。

目を悪くしてからというもの、半二郎の聴覚がやけに敏感になったことに幸子は気づいておりまして、今朝も朝食のあと、じっと庭を見つめていますので、何が見えるのかと尋ねてみれば、

「笹の葉の音、聞いとんねん」

言われて耳を澄ませば、たしかに涼しげな音なのでございます。

さて、東洋ホテルといえば、万博開催期間は各国の関係者が宿泊しました大阪のホテル御三家の一つ。その一番大きな宴会場を借りての「花井半二郎丈と花井東一郎丈を励ます会」は、それは盛大なものでありまして、列席者だけを見ましても、津田一郎を筆頭に国会議員、府議会議員、宝塚歌劇団を始めとする関西芸能界の重鎮たちはもとより、菓子メーカーや化粧品会社などの経営者たちも顔を揃《そろ》えましての、さながら関西社交界でございます。

「喜久雄！　ちょっとこっち来い！」

そんななか、誰よりも大声を上げて場を取り仕切っておりますのが辻村で、誰かを見つけるとすぐに喜久雄を呼びつけますので、その度に喜久雄は引いている半二郎の手を離して辻村のもとへ駆けつけます。

「……喜久雄、この方が津田一郎先生。俺《おい》が世話になっとる人やけん、ほら、ちゃんと挨拶」

乱暴に頭を摑《つか》まれた喜久雄も深々とお辞儀しまして、

「お忙しいなか、ありがとうございます」

「ほう、やっぱり若か女形ってのは、ちょっと色っぽかなぁ」

この津田一郎、ヤクザの辻村と変わらぬ風体の悪さなのですが、それもそのはず、元は筑豊地方の炭鉱現場の労務者たちを取り仕切っていた手配師の息子で無学無識ながらも如才なく、若くして名家の代議士の秘書になりますと、その裏仕事を一手に引き受け、気がつけば、飼い主に嚙みついて、地盤、看板、鞄《かばん》のいわゆる三バンを奪い取った男でございます。

「さっき聞いたら、今度の歌舞伎座の襲名興行で『連獅子《れんじし》』やるっちゃろ?」

「はい。旦那の足を引っ張らないよう一生懸命勤めます」

「あれ見とると、気分が清々するっちゃもんな」

「じゃあ、チケットはこっちで用意しますけん。なぁ、喜久雄、津田先生には特等席で見てもらおうで」

まるで息子のように喜久雄の頭をガシガシと撫《な》でる辻村でございます。

ちなみにこの『連獅子』、言わずと知れた歌舞伎舞踊で、後半では白頭赤頭《しろがしらあかがしら》と呼ばれる長い鬘を振り回し、父獅子に谷底へ何度も蹴り落とされる子獅子が力を振り絞って這い上がってくるという健気《けなげ》さが、見ている者の涙を誘う演目であります。

「しっかし、あの悪たれの喜久雄が『三代目花井半二郎』ですばい。父親代わりとはいえ、さすがに気分がよか」

実際、このように津田に自慢する辻村が誰よりも喜久雄の襲名を喜んでいるようでございます。

「辻村の小父《おじ》さん、そういえば、二日間も大阪中座を貸切にしてくれたんやろ？　旦那はんも感謝してはったわ」

そんな喜久雄の言葉に、たまたますぐ後ろを挨拶回りしていた幸子が聞きつけまして、

「ほんまや、辻村はん、ほんまにおおきに。もうあれだけで、三友さんらお仕《し》打《う》ちさんにも顔立ちますわ」

「いやいや、女将さんこそ、ヤクザの息子をここまでよう育ててくれた。死んだ喜久雄の親父《おやじ》に代わって感謝しとるよ」

「生きてはったら、どないな顔しはるやろ？」

「権五郎の兄貴が生きとったら、今ごろこの悪たれは役者どころか鉄砲玉で、どっかで野たれ死にしとるか、臭かメシでも食うとるさ」

その瞬間、二人の近くをテレビカメラが通りまして、慌てて話を変える幸子でござい

ますが、考えてみれば、この当時、喜久雄が長崎の立花組の跡取り息子だったことは、ほとんどの芸能記者が知っておりまして、もちろん背中の彫り物も公然のことでありました。このころすでに役者と裏社会との関係が取り沙汰されてはおりましたが、どちらかといえば、そこを暴いてやろうという正義よりも、そこから役者たちを守ってやろうという正義の方が強く、喜久雄の彫り物に関しましても、取材では触れないように、写真には写らないように、記者やカメラマンが気遣ってくれていたような時代で、そこには彫り物のある若者ではなく、芸道に励む若者がいたのでございます。

さて、その激励会からあっという間に月日は経ちまして、いよいよ本日は、二人の本拠地であります大阪中座での襲名披露興行初日でございます。二人の楽屋には、花、花、花。「おめでとうございます!」と、次々に楽屋を訪れる関係者に、半二郎、東一郎とともに、

「ありがとうございます!」

と挨拶を交わしておりますのは幸子でありまして、つい今しがたまでロビーでの贔屓筋への挨拶を済ませ、『連獅子』のまえにまずは襲名の口上へ向かう二人が丹波屋の紋付に着替える様子を、浴衣をたたんであげたり、楽屋履きの草履を並べたりしながら、誰よりもそわそわと見守っております。

ございます。


「喜久雄、袴のすそが裏返ってるで」

言うが早いか、喜久雄が足を上げて確かめるヒマも与えず、自ら直しにいく幸子でございます。

横の鏡台では半二郎が何度も唇を舐《な》めながら、口上の台詞をブツブツと繰り返しておりまして、役者に年齢はないとは分かっていながらも、決して若くない夫のその湿った赤い唇がまだ色っぽく見えるのですから、自分の連れ合いはやはりいい役者なのだと改めて思う幸子であります。

こういうとき、つくづく歌舞伎役者というのはその家族も含めてのことだと幸子は感じます。舞台に立つのは役者一人ですが、たとえばジャングルを生き抜く獣の一家のようなものでして、総元締めである三友のような興行会社や劇場、贔屓筋に観客やマスコミなど、外敵にも味方にもなる相手から家族全員で身を守り合い、戦い、生き抜いていかなければならないのでございます。

いわゆる梨園《りえん》とは唐の時代にあった宮廷音楽家の養成所の名ではありますが、実はそのように優雅なものではなく、傍目《はため》には歌舞伎役者の家族というのはどこも仲良さそうに見えるようでございますが、それはまさにジャングルの獣の一家と同じで、仲が良いのではなく、この生き死にがかかった世界を、一丸となって生き抜いていかなければならないからでございましょう。

その後、楽屋から客席に向かいました幸子は、一階の入り口扉を開けますと、客の邪魔にならないように壁際に立ちまして、高鳴る柝《き》の音《ね》とともに勢いよく開く定式幕《じょうしきまく》を祈るように見つめます。

幕の開いた舞台に居並ぶのは、花井半二郎改め花井白虎を中央に、東一郎改め三代目半二郎、そして生田庄左衛門を筆頭に関西歌舞伎の大幹部役者たちでございます。

満員の客席からは中座を揺らすような万雷の拍手。

「丹波屋！」

「白虎！」

「半二郎！」

「三代目！」

飛び交う大向こうのなか、庄左衛門を始めとする挨拶が始まりますと、幸子の視線が動いた客席に、涙を拭う喜久雄の母マツの姿でございます。思わず、我が子俊介をその客席に探す自分に気づき、込み上げてくるものを無理に呑《の》み込む幸子、正直、嬉しさよりも口惜しさが多うございますが、それでも今は何よりも役者の女房なのでございます。

重厚なものから軽妙洒脱《しゃだつ》なものまで大幹部俳優たちの挨拶が順に終わりますと、いよいよ白虎と三代目半二郎の挨拶でございます。

漲《みなぎ》る緊張感のなか、まず面《おもて》を上げました三代目半二郎、徐ろに客席を見渡しまして、

「いずれも様のご尊顔《そんがん》を拝しまして、恐悦至極《きようえつしごく》に存じまする。只今《ただいま》は、ご列席の皆様からお言葉を賜《たまわ》りまして……」

緊張気味な喜久雄の口上に客席は固唾《かたず》を呑んでおりますが、音はなくとも劇場破れんばかりの拍手が鳴り響いております。喜久雄の凜《りん》とした清潔さをまえに、この場に立ち会っている誰もが新しい時代の幕開けを自分たちが目の当たりにしているという興奮なのでございます。

大喝采のなか、喜久雄の挨拶が終わったそのときでございました。本来なら白虎が面を上げる場面なのでありますが、俯いたまま、なぜか動きがありません。舞台に居並ぶ俳優たちに、そして満員の客席のあいだに不穏な空気が流れたまさにそのとき、なぜか無念の形相でやっと面を上げた花井白虎が、その口から大量の鮮血を吐いたのでございます。

第八章　風狂無頼《ふうきようぶらい》

たった今、幕となりました『信州川中島合戦《しんしゆうかわなかじまかつせん》』「輝虎配膳《てるとらはいぜん》」へ送られる万雷の拍手が、舞台袖《そで》におります喜久雄の耳にも痛いほど届いてまいります。

この拍手は、長尾《ながお》輝虎に斬り殺されそうになった義理の母を救おうと、見事な琴を披露して、その怒りを鎮めるお勝《かつ》を演じた姉川鶴若《あねかわつるわか》に向けられたものでございます。

この姉川鶴若、その外連《けれん》味たっぷりな演技が持ち味で、正統派の小野川万菊と人気を二分する立女形《たておんながた》でございます。

「坊ちゃん、行くで」

その鶴若の演技を舞台袖で見ておりました喜久雄の肩を黒衣《くろご》の徳次が摑《つか》みます。喜久雄自身も直江山城守《なおえやましろのかみ》の嫁、唐衣《からぎぬ》としてこの舞台に出ているのですが、毎日、出番終わりに袖に残り、鶴若の演技を勉強しているのでございます。

徳次に押され、すぐに舞台裏のエレベーターへ向かおうとしたところ、三友の社員に声をかけられまして短く挨拶《あいさつ》を交わしたのが時間のロスとなり、楽屋へ上がるエレベーターが見えたときには、すでに花道戻りの鶴若たちが乗っておりまして、本来なら先に喜久雄たちが乗って鶴若たちを待ち、そのまま楽屋階へ上がり、そこで今度は次幕の口上のために他の俳優たちが下りてくるという段取りなのであります。

エレベーターに乗る順番くらいどうでも、と思われるかもしれませんが、一分一秒を争う舞台裏の動線はこの段取りが少しでもズレますと、大勢の俳優たちが上に下に溜《た》まってしまいます。

鶴若を待たせておりますので、喜久雄も着物の裾をからげて走ります。

「すんまへん！」

エレベーターまえに駆け込んで、間に合ったとばかりに声をかけましたとたん、

「上が、つっかえちゃいやしませんか？」

この鶴若の一言に慌てた弟子が、なかで閉ボタンを押しまして、

「すんまへ……」

なんとか滑り込めそうだった喜久雄の鼻の先で、無情に閉まるエレベーターの扉でございます。

すでに閉まった扉の向こうに、まだ鶴若の冷たい目があるようで、なかなか動き出せ

ずにいる喜久雄の肩を、

「坊ちゃん、階段や、階段！　早《はよ》う戻らんと、次の支度に間に合わんで！」

と、徳次が押しまして、息せき切って楽屋へ戻れば、待ち構えていた床山から鬘《かつら》を取られ、衣裳《いしよう》から着物を毟《むし》り取られながらも、化粧落としのクリームを顔に塗りたくります。

「花ちゃん、オレンジジュースちょうだい！　喉《のど》、からからや」

付き人の花代《はなよ》は、そう言われるまえからジュースを持って立っており、背後から差し出されたストローに喜久雄は赤子さながら吸いつきます。

このあと二十五分の休憩を挟んで始まりますのは、鶴若の血筋であります駿河屋《するがや》の姉川鶴之助《つるのすけ》襲名披露口上、この口上に並びますのは鶴若をはじめ、江戸歌舞伎の重鎮、吾妻千五郎《あづませんごろう》や伊藤京四郎《いとうきようしろう》などのお歴々で、昨年三代目花井半二郎の名跡《みようせき》を継いだとはいえ、本来なら喜久雄などが列席できるような場ではないのですが、現在病気療養中である花井白虎の代理として、また何よりもその白虎重病のため、予定されていた全国での襲名公演のすべてが中止となったことへの謝罪行脚《あんぎや》の代わりとして、このような場に列座という分不相応な役目を仰せつかっているのでございます。

「あのお、三代目さん、旦那がちょっと来てくれませんかって」

声に振り返りますと、楽屋口に鶴若の弟子が立っております。

コールドクリームを塗りたくりながらもすぐに立ち上がり、慌てて洗面所へ向かう喜久雄でございます。

とりあえず浴衣だけ羽織りまして、鶴若の楽屋へ向かい、「失礼します」と暖簾《のれん》をくぐろうといたしますと、

「すいません。今、化粧《かお》を落としてるんでちょっと」

呼びにきたくせに、弟子が待たせます。ただでさえ時間がないのに、結局五分ほど戸口で待たされまして、やっと御目通《おめどお》り叶《かな》いました鶴若のまえに喜久雄が膝《ひざ》をつきますと、

「三代目さん、今夜、ちょっと時間作ってもらえないかい？」

「……あ、はい」

「いやね、今夜、アタシたち、梅木社長にお呼ばれでね。鶴之助も一緒だから、三代目さんもどうかと思いましてね」

「あ、はい……。よろしいんですか？」

「誘ってんだから、いいに決まってるじゃありませんか」

「……あ、はい。すんません」

「お店はね、あとで誰かに伝えに行かせますよ」

「すんません、ありがとうございます」


「今ですか？」

お辞儀してしばらく待ってみますが、鏡台で次の化粧を始めた鶴若から、行けとも残れとも指示がありませんので、じっと待っておりますと、

「おまえさん、口上の支度いいのかい？」

やっとお許しが出まして、急いで楽屋へ駆け戻る喜久雄でございます。

楽屋では徳次が待ち構えておりまして、

「早《は》よ早よ。幕開くで」

鏡台まえに座るが早いか、早速、羽二重《はぶたえ》を載せられて、グッと頭を締めつけられ、

「……鶴若の旦那はん、なんやて？」

「今夜な、梅木社長とメシ食うから一緒に来いやて」

「へえ、珍しな。やっと坊ちゃんの姿が鶴若はんにも見えるようになったんやろか」

「見えんまま無視されとるほうが、気ぃ楽やわ」

「梅木社長と旦那と三人かいな？」

「鶴之助も呼ばれてるて」

「うわー、俺やったら金もろても行きとうない食事会やわ」

そのあたりで、開幕十五分まえを知らせる二丁のベルでございます。

「喜久雄たちは百グラムなんて食ったって、腹の足しにもなんねーだろ？」

梅木社長のダミ声が響いておりますのは帝国ホテルの鉄板焼き店の個室でありまして、目のまえの鉄板では最高級のサーロインが香ばしい匂いを立てております。

「それじゃ、僕、三百もらいます。社長がいるときじゃないと、こんな贅沢《ぜいたく》できないっすからね。喜久雄くんも、もらえば？」

終始、陽気な鶴之助に問われ、

「ほな、僕も」

と応えはしますが、そう食欲もない喜久雄でございます。と言いますのも、先ほどから鶴若と社長のあいだで交わされているのが、いわゆる「女形、いかにあるべきか」という芸談で、大らかな梅木はまったく気づかぬようですが、鶴若の口から出てくる「あいう女形はだめ、こういう女形は見てられない」というものすべてが、喜久雄への当てこすりなのでございます。

「しっかし喜久雄はますます綺麗《きれい》になるな。この目ん玉なんかじっと見てると、俺までヘンな気分になりそうだもんな。……ねえ、鶴若さん、そう思いませんか？」

二本目のカベルネにご満悦の梅木がグラスのワインを空けますと、

「アタシだって、丹波屋の三代目さんの目見てると、吸い込まれちまいそうですもん」

「やっぱり鶴若さんでもそうですか。……でも、にしてはいまいち人気が続かねえんだよなあ。ほら、部屋子《へやご》のこいつは、俺が独断で引っ張り上げたようなもんでしょ。ヘンまずこう思うんですよ。いい女と綺麗ってのは、きっぱり別物《べつもん》ですよ。いい女と綺麗ってのは、決してそうじゃありませんでしょ。そこですよ、女形に大事なのはね」

そこにちらりとでも鶴若が自分を見てくれれば、そこに多少の愛情を感じられるのですが、その冷たい目は一切喜久雄へは向きません。

「そんなもんですかねー。いい女と綺麗な女は違う。鶴若さんが言うと、やっぱり説得力あるなあ」

「それでもね、三代目さんは頑張ってますよ。何やっても、体が踊ってますでしょ」

「ほお。喜久雄の体、踊ってますか？　そんなもんですかねー」

鶴若の嫌味を素直に喜んでいる梅木のまえで、喜久雄は一人、まるで鉄板のサーロインと一緒に脂汗《あぶらあせ》でございます。そんな喜久雄を横目で見てほくそ笑み、何事もないように伊勢海老《いせえび》の身をほぐしております鶴之助がまた、なんともいけ好かない。と言いますのも、この「体が踊っている」発言、まさに昨日、芝居の途中に舞台裏で、鶴若から喜久雄自身がこっぴどく注意されたことなのでございます。

「ほんとに、何度言ったら分かるんですよ！　さっきみたいにやると、踊りになっちまうでしょ。あそこは踊らないできちんと芝居してもらわなきゃ、アタシの芝居まで滑稽な責任みたいなもんを感じてましてね」

「梅木さん、やっぱりアタシはね、

に見えるじゃありませんか！　おまえさんね、力が入ると普通の芝居が全部踊っちゃうんですよ」

　イライラした鶴若の口調に、喜久雄はもとよりそばにいたスタッフたちにも動揺が走りまして、その日の公演は小道具の置き忘れ、書き割りのズレと、その後グタグタになってしまったのでございます。

「鶴若さん、今日お誘いしたのはね、ちょっと話があってね」

　給仕にワインを注《つ》がせた梅木が、少し居住まいを正しまして、

「……実はね、もうお耳に入ってるかもしれませんけど、今度、うちが大阪のテレビ局に経営参加することになってね、最後の奉公だと思ってそこで社長をやってこいと、このまえの取締役会で決まったんですよ。まあ、常務に降格しての異動だから、態《てい》のいい左遷ですわ」

　この梅木の言葉に誰よりも動揺しているのは喜久雄で、背筋を冷たい汗がたらりと流れ落ちます。

　もちろんその話は喜久雄の耳にも入っておりまして、端的に言ってしまえば、梅木が組織内の権力闘争に負けたということ、この敗因の一つに昨年の白虎の襲名興行の大損失があると囁《ささや》かれているのでございます。

　考えてみれば、昨年のちょうど今ごろ、四代目花井白虎と三代目花井半二郎の同時襲

名興行が晴れ晴れしく幕を開けようとしておりました。しかしご存知《ぞんじ》の通り、まさにその初日公演の口上の席で白虎が吐血、血に染まった舞台はすぐに幕が引かれ、駆け寄る俳優やスタッフたちに囲まれながらも血まみれの口を手で押さえた白虎が、

「開けてえな！　幕、開けてえな！」

と叫ぶその声が、凍りついたような客席にまで響いたのでございます。

もちろん幕が開くことはなく、白虎は丹波屋の紋の入った裃《かみしも》のまま、救急車で緊急入院、その検査の末に下されたのが、糖尿病と膵臓癌《すいぞうがん》の併発による余命半年という無慈悲な診断。当然、本人には伏せられたのですが、勘の良い白虎が悟らぬはずもなく、当初はどうしても襲名興行だけはこのまま続けると、点滴に繋《つな》がれたまま、這《は》うように病室を抜け出そうとしていたのですが、少しでも無理をすれば吐血、五分も立っていればめまいと、昼の部、夜の部と出ずっぱりの自身の襲名披露公演など勤められるはずもなく、かといって、襲名披露公演に代役を立てられるわけもなく、三友本社はその月の公演を打ち切るという前代未聞の決定をしたのでございました。

当然、翌月から予定されていた全国を回る公演も急遽《きゆうきよ》中止。白虎抜きで三代目半二郎だけでも続けてはどうかという話も出ないことはなかったのですが、誰が考えても荷が重すぎる。結局、社長の梅木が全責任を負う格好で、関係各位に平謝りの謝罪行脚をし、その一方で来年の予定だった姉川鶴之助の襲名を前倒しして、歌舞伎界を覆った暗い雲

の払拭《ふっしょく》に努めたのでございます。

焼き上がった最高級のサーロインに箸も伸びず、喜久雄はぼんやりと梅木と鶴若の会話を聞いておりまして、親がないのは首がないのも同じと言われるこの歌舞伎界で、白虎と梅木という後ろ盾を失う今後の自分がどのような立場に立たされ得るか、いくら楽天的な喜久雄でも目のまえの灯《あか》りがすっと消えるような心持ちであります。

「そこでね、今夜は鶴若さんに折り入って頼みがあってのお呼び立てなんですよ。そしたら、やっぱり鶴若さんは勘がいい。その席にこの喜久雄を誘って下さる」

梅木の口から急に自分の名前が出まして、喜久雄は思わず唾《つば》を飲み込みます。

「……白虎はあの状態。その上、私は子会社に異動。喜久雄は孤児みたいになる。そこで頼みというのは他でもない。この喜久雄を鶴若さんに預かってもらいたい。道半ばで倒れた白虎や私に代わって、どうかこの三代目花井半二郎を引き立ててやって頂きたい」

カウンターに両手をついた梅木が下げた頭がフォークにぶつかり、床に落ちて派手な音を響かせます。それでも梅木は頭を下げたまま、喜久雄はもちろん、駆け寄った給仕さえ落ちたフォークを拾えぬほどの緊迫感であります。

「どうぞ、そのお顔、上げて下さいな。三友の社長ともあろうお方が、私なんかにもったいない」

「それじゃ、この頼み、聞いてもらえますか？」

「聞くも聞かないも、梅木さんの頼みでございましょ。アタシが断るわけないじゃありませんか」

そこでやっと顔を上げました梅木が、肉汁で汚れた額をおしぼりで拭いますと、

「……でも、一つだけ聞かせて下さいな」

ナプキンでその皺《しわ》の寄った口元を拭った鶴若が、

「……梅木さんほどのお方がそこまで入れ込む、この三代目さんの魅力ってのはなんなんでございましょうね？」

「この三代目の魅力……。正直ね、私にもよく分からんのですよ。ただ、私はね、この喜久雄が不平不満を漏らすところをまだ一度も見たことがない。こいつは滅多に自分の気持ちなんか口にしませんがね、その目がね、いつも真っ直《す》ぐなんですよ。そういう目を見てますとね、こっちも全力で何かを信じたくなるんでしょうな」

身に余る梅木からの賞賛に、居心地悪く、喜久雄はしきりに尻を椅子に擦りつけております。

「ようござんす。梅木さんのその思い、アタシがお引き受けいたしましょ」

その薄い胸をトンと叩《たた》きました鶴若が、ここへきて初めて喜久雄に目を向けますと、

「三代目さん、よござんすね？」

直感というものは、時に残酷なものでございます。逸《そ》らさずに覗《のぞ》き込んだ鶴若の目の奥でほくそ笑んでいるのが、その鶴若自身なのでございます。

「よろしくお願いいたします」

喜久雄が力なく頭を下げますと、

「よし、じゃあ、改めて乾杯だ！」

このとき呵々《か》大笑《かたいしよう》しました梅木、実際に翌月には正式な辞令がおりまして、三友の常務の肩書ながら、開局したばかりの「大国テレビ」代表取締役として、大阪の地に赴いたのでございます。

一方、この夜を境に、喜久雄と鶴若の関係が師弟のように様変わりしたかといえば、まったくそのようなことはなく、逆にこの夜のことなど鶴若のなかから抜け落ちているのではないかと思われるほど、舞台裏でも普段通り、

「ああ、やりにくい。大阪じゃ、丹波屋のボンボンみたいな顔して、それが通用してたのかもしれませんよ。ただね、こっちじゃ、そうはいきませんよ」

と、誰彼となく喜久雄への愚痴をこぼし続けているのでございます。

喜久雄の直感通り、雲行きが目に見えて怪しくなってきたのが、その月の公演を終えた直後のことでありました。

鶴若付きの三友の社員に呼び出されて喜久雄が会社へ参りますと、

「三代目さんにはしばらく巡業に回ってもらいますよ」

と一方的な物言いで、一年にも及ぶ地方巡業を言い渡され、その上、すでに決まっていた翌月と翌々月の役まで呆気《あっけ》なく鶴若一門の若手女形に替えられてしまったのでございます。

「梅木社長も承知のことですやろか？」

無駄な抵抗で尋ねてみますが、

「梅木常務？　さあ、耳には入ってないと思いますよ。今の常務にお伺いを立てる案件でもありませんし」

鼻であしらわれる始末でございました。

喜久雄が新大阪駅で新幹線を降りますと、ホームにたいそうな人だかり、何事かと爪《つま》先《さき》立ってみれば、取り囲まれ、囃《はや》されておりますのは、最近テレビで見ない日はない人気漫才コンビ、沢田西洋・花菱ご両人であります。

思い起こせば、現在の雲行きの怪しさの元凶でもある二代目半二郎が交通事故に遭ったあの日、喜久雄がこの西洋・花菱たちの初めてのテレビ収録に、徳次や弁天とともに付き添っていたのでございます。

あの日、「芸が長すぎる」と無慈悲にカットを命じた若いディレクターに、一旦《いったん》は、

「テレビに出たいからここに来たんとちゃうで！　芸を見てもらいたいから来てるんや！」と啖呵《たんか》を切りながらも、廊下で思い直して引き返し、「もいっぺんだけ、やらせてもらえまへんやろか」と頭を下げました西洋師匠、その甲斐《かい》あってと言いましょうか、その後も寄席番組に呼ばれるようになりまして、いわゆるコテコテの大阪臭が若い視聴者に珍しがられ始めましたところ、人気ドッキリ番組で、酔ったヤクザに西洋たちが酒場で絡まれるという企画があり、その際、慌てた二人が、

「お母ちゃんお母ちゃんお母ちゃん！」

「お父ちゃんお父ちゃんお父ちゃん！」

と叫び合った姿が視聴者に大受けしまして、この「お母ちゃんお母ちゃんお母ちゃん！」「お父ちゃんお父ちゃんお父ちゃん！」という絶叫がまず小学生たちのあいだで流行《はや》り、そのまま大人たちまで忘年会などの余興でやるような流行語となったのでございます。

あれからすでに数年、未《いま》だに二人はテレビに出ますと、クイズ番組であれ、トーク番組であれ、ディレクターにキューを振られるたびに、

「お母ちゃんお母ちゃんお母ちゃん！」

「お父ちゃんお父ちゃんお父ちゃん！」

と、絶叫し続けております。

ホームの少し離れた場所でサングラスをかけ直し、ファンに取り囲まれた二人の様子を眺めておりました喜久雄の肩を、誰かがポンと叩きます。

振り返れば、立っていたのは弁天で、

「喜久ちゃん、久しぶりやな？　元気してんの？」

「弁ちゃんかいな？　懐かしな」

「どこのスターが立ってんのか思うたわ。まあ、今じゃ、三代目半二郎はんやもんな。後ろから見てもキラッキラしてるわ」

「煽《おだ》てんといてーな。それより、弁ちゃん、徳次とは会《お》うてんのやろ？」

「東京行ったときは、いつも泊めてもろうてるわ」

そのとき背後で声が上がりまして、見れば、揉《も》みくちゃにされた西洋たちを無理に警備員が連れ出そうとしております。

「行かんでええの？　師匠ら、揉みくちゃやで」

「ええねん、ええねん。あれで師匠、喜んでんねん。下手に助けたりすると、『せっかく自分の人気に酔うてたのに』て文句言われんねんで」

そう言って、弁天は呑気《のんき》に背伸びでございます。

「久しぶりに師匠らに会いに行こかな」

ふと喜久雄がこぼしますと、

「遠慮せんといつでも来たらええわ。しばらく大阪におるの？」

「ちょっと急に予定空いてな」

「あらら、芸人が急に予定空くんは喜ばれへんな」

西洋たちが階段を降りて行きますと、やっと弁天もあとを追いながら、

「来るとき電話してえな。昔みたいにまたホルモン行こうや。ほんまに待ってるで！」

弁天の大声にホームにいた何人かが喜久雄に気づき、「あれ、歌舞伎役者ちゃう？」

とヒソヒソ声でございます。

西洋師匠とは逆で、とにかく舞台以外でファンや野次馬《やじうま》から見られるのが苦手な喜久雄、さらに帽子を深く被《かぶ》り直しますと、

「三代目さんですよね？」

近寄ってきた若い女性に小さく会釈だけ返し、逃げるように立ち去ります。

この喜久雄のファンや贔屓《ひいき》に対する照れからの無愛想、いくら白虎や幸子から咎《とが》められても、生来のものでどうにもならないのでございます。

それでもまだ京都南座での『二人道成寺《ににんどうじょうじ》』が人気を博し、俊介とともに時代の寵児《ちょうじ》として取り上げられていたころは、そういった好奇の目が珍しくもあり、また子供のころからカメラ慣れした御曹司の俊介にすべてを任せていれば、面白おかしく時間が過ぎていたのでありますが、そのスポットライトが自分だけに当たるようになりますと、とた

んに内蛤《うちはまぐり》の外蜆《そとしじみ》、雑誌のインタビューで何を聞かれても、

「へえ。まあ」

「ありがとうございます」

ぐらいしか応えず、写真撮影で笑ってくれと言われれば、その作り笑いには、「なんもおもろいことないわ」という本心がありありで、せっかくお声のかかったテレビのトーク番組には誰が説得しても出ようとせず、唯一白虎に引き摺《ず》られるようにして出演した「スター千一夜」では、終始、白虎の隣で仏頂面、司会者に真顔で体調が悪いのではないかと心配されるほどでございました。

それでも役として人前に出るのは好きですので、逆に、地方のどんな小さな踊りの発表会であろうとも、ゲスト出演の招待があれば受け、時間を作って喜んで出かけております。

そのお陰もありまして、俊介が抜けたあともかろうじて存続しております後援会「東半会」も、そういう小さな発表会で知り合ったり、見に来てくれたりした方々でなんとかもっている次第でございます。

弁天と別れて駅を出ました喜久雄はタクシーに乗り込みますと、「天馬総合病院まで」と告げまして、なんとなくバッグから取り出しましたのは、先日、三友の社員から渡された地方巡業の予定表で、どんな舞台であろうと全力で勤めると肚《はら》では分かっているの

ですが、地方の発表会で全力を出せるのも、普段は東京や大阪の大劇場でやっているからこそのこと、昔白虎や俊介たちと旅から旅へトラックの荷台で回ったような巡業が、また始まるのかと思えば、この身を預けられた鶴若の方針とはいえ、もどかしい思いに苛《さいな》まれるのでございます。

あとになって分かるのですが、このとき実は、まず梅木が喜久雄を預けようとしたのは鶴若ではなく、六代目小野川万菊だったそうであります。

ただ、万菊は当時からこの世界にあっては異端も異端、いわゆる芸弟子を持たぬポリシーの孤高の立女形、さすがの梅木の頼みにも、

「見込んでもらったのは光栄ですけどね、丹波屋の三代目さんなら、私なんかの後ろ盾がなくたって、きっと花咲かせますよ」

と、体よく断られたそうで、そのあと、鶴若に相談してしまうのが、なんとも梅木という男の人の良さといいますか大らかさで、この喜久雄に良かれの判断が、逆にそれまでの悪い流れをさらに濁らせてしまったのですから無残なことでございます。

天馬総合病院でタクシーを降りまして、重い気持ちで白虎の病室へ向かいますと、廊下の奥、病棟で一番広い個室のドアが少しだけ開いておりまして、なかから何やらブツブツと呟《つぶや》く白虎の声が聞こえます。

喜久雄がノックしようと顔を近づければ、ベッドに横たわり、見えぬ目を天井に向け

た白虎が、

「是《これ》は是は御《ご》上使《じようし》とあって　石堂《いしどう》殿、薬師寺《やくしじ》殿　御苦労に存ずる　上使の趣《おもむ》き承《うけたまわ》り
いずれもと一献《いっこん》くみ　積鬱《せきうつ》を晴らし申さん」

ブツブツと呟いておりますのは、『仮名手本忠臣蔵《かなでほんちゆうしんぐら》』の四段目、自分に切腹を言い渡しにきた上使たちを迎える塩冶判官《えんやはんがん》の台詞《せりふ》でございます。

喜久雄がしばらく聞き耳を立てておりますと、

「誰や？」

と、その気配に気づいた白虎、

「喜久雄です。戻りました」

今さらノックして部屋へ入れば、

「来てくれたんか？」

と、まるで、また舞台へ連れて行ってくれろとばかりに、その両手を差し出しますので、喜久雄もこみ上げてくるものをグッと堪《こら》えて握り返し、

「今の、判官様ですやろ？」

気持ちを誤魔化《ごまか》すように尋ねるのでございます。

「そや。四段目の初っ端《しよばな》や。なんや、ここに一日寝てるやろ。そうすると、これまでにもろうたお役のことが順番に頭に浮かんでくんねん。この四段目の判官はな、二回しか

やったことないねん。喜久雄、今、幾つやった？」

「二十五です」

「そやろ。初役《はつやく》でやったんは、わてがちょうどそのころやわ。道頓堀にあった小さな小屋やったけどな、満州に行きはる開拓団の人らで連日満員や。みんな、切腹の場面では声上げて泣きはってな」

そう話す白虎の見えぬ目からも、感情とは関係のない涙が一筋流れ落ち、それを指で拭ってやる喜久雄でございます。

「それより、東京はどうや？　あんじょうやってるか？」

と問われ、思わず鶴若と鶴之助の顔が浮かびますが、病身の白虎に心配をかけても仕方なく、

「へえ。みなさん、ようしてくれますわ。せっかくやから、修行も兼ねて、地方巡業もやらせてもらおう思うてますねん」

「そうか、ほな、安心やわ」

テーブルに飲みかけのオレンジジュースがありますので、

「源吉さんは？」

と尋ねますと、

「さっきうちに電話するいうて出て行きよったけど」

「旦那はん、このジュース飲みはりますか？」

尋ねますと、すぐに体を起こそうといたしますので、喜久雄はその背中を支え、グラスに差したストローを口元に運びます。

このとき白虎の背中を支えた手のひらに、なんとも言えぬ懐かしさがありまして、さて何かと思いを馳《は》せた喜久雄の胸に去来したのは実の父、子供のころ、よく背負ってもらった権五郎の背中の感触でございました。

「なんや、実の親父《おやじ》といるみたいですわ」

ふとこぼした喜久雄の言葉に、白虎が顔を歪《ゆが》めます。

喉でも詰まらせたかと喜久雄が背中を叩こうといたしますと、その手をぎゅっと握った白虎が、見えぬ目でまっすぐに喜久雄を見つめ、

「わても、そう長《なご》うない。そやから喜久雄に伝えておかんならんことがあんねん。でもな、それがどうしてもうまいこと伝えられへん」

喜久雄を見ているつもりの白虎の目が、背後の壁に逸れているのが、喜久雄には悲しくてなりません。

「旦那はん、なんでんねん、急に」

喜久雄はまた舞台に連れて行こうとでもするように、その両手を握ります。

「おまえに一つだけ言うときたいのはな、どんなことがあっても、おまえは芸で勝負す

るんや。ええか？　どんなに悔しい思いしても芸で勝負や。ほんまもんの芸は刀や鉄砲より強いねん。おまえはおまえの芸で、いつか仇《かたき》とったるんや、ええか？　約束できるか？」

このとき喜久雄の頭に浮かんでいたのは、したり顔で役を奪った鶴若たちの姿でございました。

「旦那はん、分かってますて」

その後、源吉が病室に戻るまでの一時間ほど、喜久雄は白虎が諳《そら》んじる『仮名手本忠臣蔵《かなでほんちゅうしんぐら》』四段目の語りや台詞を、その枕元でじっと聞いておりました。

喜久雄は一度もこの芝居に出ている白虎を見たことはありませんでしたが、切腹を言い渡しにきた上使のまえで、白装束となり、切腹しようとする白虎の姿が、ここ天馬総合病院の病室にありありと浮かぶのでございます。

「喜久雄、ちょっとこのベッドの上に座らせてえな」

咳《せ》き込みながらも喜久雄の手助けでベッドに正座しました白虎が、

〽　力弥《りきや》、御意《ぎょい》を承《うけたまわ》り　兼《かね》て用意の腹切刀　御前に直し置く

と語ります。その力弥になった喜久雄が、刀に見立てた孫の手を恭《うやうや》しく盆に載せ、白虎のまえに置くのでございます。

窓を開けても風は入らず、強ボタンにした扇風機が暑い部屋の空気をかき回すだけ、自分の体温から逃れるように冷えた場所を探して布団で寝返りを打ち続けている喜久雄も、いよいよ寝るのを諦めてあぐらをかきまして、水に浸した手ぬぐいで汗ばんだ体を拭いております。

眠れぬ理由は暑いからばかりではございませんで、すでに十二時を回るというのに階下からは相変わらず幸子が唱える奇妙なお題目が聞こえてまいります。

この日、白虎を見舞った喜久雄が、大阪の家へ戻ったのは、強い西日が差すころで、渋滞にはまったタクシーから汗だくになって帰宅しますと、応接間からは幸子の笑い声。白虎の入院以来、ずっと落ち込んでおりましたので、その久々の笑い声が嬉《うれ》しく、

「誰か来てはんの?」

出迎えてくれたお勢に喜久雄が尋ねますと、鼻でもむず痒《がゆ》いような顔をしまして、

「西方の幸田《こうだ》さんやわ」

「せいほう、て?」

「西方信教いう新宗教でな、なんやしらん、人は土に還《かえ》ってどうたらこうたら、先祖の罪や汚れを土で洗《あろ》うてうんたらかんたら、そんなお題目を唱えてたら、自分や家族が浄化されるらしいねんけど、私にはさっぱりわからへん」

お勢の話のわりには幸子の笑い声が楽しげですので、

「女将《おかみ》さん、喜久雄です、戻りました」

と、襖《ふすま》を開ければ、

「喜久雄かいな。ええとこ帰ってきた。紹介するわ、こちら幸田さん、今、ちょうどこのまえの浄土会の写真見せてもろうてたんや」

見れば、テーブルにずらりと写真が並んでおりまして、

「これ、うちや。あははははは」

手にした一枚に写っているのは、どこかの田んぼで顔も髪も泥だらけになっている白装束の幸子でございます。

「なんですの、これ？」

驚く喜久雄をよそに、幸子が楽しげにまた別の一枚を差し出しながら、

「なんですの、って、せやから浄土会やって。みんなでマイクロ借りて、亀岡の方まで行ってきてん。帰りは嵐山まで保津《ほづ》川下りしてな。幸田さん、気持ちよかったなあ」

幸子に微笑《ほほえ》みかけられたこの幸田、太り肉《じし》の愛らしい中年女性で、終始ニコニコと幸子の話を聞いております。

「これが、いつも話してる喜久雄ですわ」

幸子に紹介され、とりあえずお辞儀しますと、

「もちろん知ってるわ。いやー、ほんまもんはそれこそ匂い立つような男前やねえ」

幸田の太い手首に、まるで食い込むようにはめられておりますのは、車でも買えそうな高級時計でございます。

「こっちが幸田さんやろ、そんでうちが幸子。二人並んだら幸田幸子やで。どんだけ縁起ええねんて話や」

繰り返されているらしい幸子の笑い話に、幸田も慣れた様子で相槌《あいづち》でございます。なんとも居心地が悪く、喜久雄はすぐに退室しますと、その足で台所へ向かい、

「なんなん、あれ？」

応えたお勢の話によれば、俊介の出奔から始まり白虎の大病にいたる悪流に、自身の体調不良まで重なった幸子のもとへ、幼馴染《なじ》みに連れられてふと現れたのがこの幸田、見るからに福々しい女性で、ミナミのデパート、京都の川床と、気分転換にと連れ出されているうちに、幸子もころっと気を許し、お勢が気づいたときには、朝晩のお題目を欠かさぬようになっていたそうであります。

「旦那はん、知ってんのかいな？」

「そら、知ってはるわ。女将さん、幸田さんのこと病院にも連れていかはるし。源さんの話やと、病室で病気が治るように、その土に還ってなんたらのお題目、三人で唱えてるらしいで」

そんな夕方のことを思い出しておりますと、階下から聞こえていた幸子のお題目が終

わりまして、急に屋敷内が静まります。喜久雄は枕元の洗面器にまた手ぬぐいを浸し、今度は浴衣をはだけ、冷たい手ぬぐいで胸や背中を拭います。

少しさっぱりして、ごろりと布団に横たわりますと、眠れぬところに次に浮かんでまいりましたのは、今日病室で白虎と共に演じた『仮名手本忠臣蔵《かなでほんちゅうしんぐら》』四段目のことでございます。

この四段目「塩冶判官《えんやはんがん》切腹の場」、たいへんゆったりとした流れの出し物なのですが、そこに流れているものはたいそう荒々しゅうございます。

お上からの処分を待つ塩冶判官（史実では浅野内匠頭《あさのたくみのかみ》）に上使から届けられたのは切腹という厳しいもの。しかし、すでに覚悟を決めておりました判官は黒綸子《くろりんず》の着付《きつけ》の下に死装束を整えておりました。切腹の支度が粛々と進み、その座に着いた判官は、家臣の大星由良之助《おおぼしゆらのすけ》（史実では大石内蔵助《おおいしくらのすけ》）に会いたいと到着を待ちわびます。

「……由良之助は、まだか？」

哀切極まりない判官の台詞。

が、もはやその猶予はなく、ついにその刀を腹に突き立てるのでございます。

そこへやっと駆けつけました由良之助、判官は苦しい息の下、「無念」と伝え、こと切れます。

病室で白虎とともに演じたせいか、なぜか喜久雄が思い浮かべているのは、舞台ではなく病室のベッドにおりますす判官（白虎）でありまして、そこへ本来なら花道から駆けつける大星由良之助（自分）が、病院の長い廊下を走ってくるのでございます。

「由良之助はまだか？　喜久雄はまだか？」

眠れぬ耳に、いつまでも聞こえてくるのは悲痛な白虎の声。

まるで、町内中を叩き起こすような電話のベルが鳴ったのは、まさにそのときでございました。

飛び起きた喜久雄、とたんに嫌な予感に背筋が震え、部屋を飛び出し階下へ降りますと、すでに廊下の先にはお勢の姿。受話器を握ったまま、ふり返り、

「病院からや。みんな、来てくれて」

言うなり、その場にしゃがみ込むお勢。喜久雄は、よし、と頷《うなず》きますと、

「女将さん！　旦那はんが、旦那はんがわてらを待ってはるで！」

すぐに部屋を飛び出してきた幸子も、お勢にタクシーを呼ぶように頼みますと、肚を決めたように支度へ戻ります。喜久雄は階段を駆け上がり、寝汗で濡《ぬ》れた浴衣を脱ごうとしますが、こんなときに限って袖がからみ、帯がからまり、

「くそッ！」

思わず拳で壁を殴るのでございます。

病院へ向かうタクシーのなか、幸子は口を開かず、喜久雄は喜久雄で独り言、

「待っとくなはれ、旦那はん、一人では逝かせまへんで。旦那はん、すぐに行きまっせ」

そんな喜久雄の耳に響いておりますのは、「由良之助はまだか？　喜久雄はまだか？」という白虎の声なのでございます。

そこだけぽつんと明るい深夜外来の扉から階段を駆け上がり、まっすぐに病室へ延びる長く暗い廊下で、喜久雄がまた、

「旦那はん、待っとくなはれ！」

と心で叫び、駆け出そうとしたそのときでございます。

「俊ぼーん！　俊ぼーーーん！」

聞こえてきたのは、そう叫ぶ白虎の声。

「俊ぼーん、俊ぼーん……」

と我が子を呼ぶ父の声なのでございます。

思わず足を止めた喜久雄を、口を真一文字に結んだ幸子が追い抜きます。そのまま病室に駆け込んだ幸子の、

「あんた！　あんたぁーーーー！」

これまでに聞いたこともないような、夫に縋《すが》りつくような声であります。

なぜかその場にしゃがみ込んでしまいそうな体を、喜久雄は無理に立て直し、ゆっく

りと病室へ向かいますが、暗い廊下の先、そこだけ明るい病室がやけに眩《まぶ》しく、とても遠いのでございます。

ドアの隙間から覗き込んだ病室では、うわ言のように俊介の名を呼ぶ白虎に、幸子が覆いかぶさって泣いております。

「すんまへん……」

わけもなく、そんな言葉が喜久雄の口からこぼれるのでございます。

七月十八日、大阪、四天王寺阿弥陀堂で、花井白虎さん（本名：大垣豊史《とよふみ》　享年七〇）の葬儀告別式が行われた。

本葬では歌舞伎界、日本舞踊界はもとより故人を偲《しの》ぶ約千人の参列者が最後の別れの時を過ごした。

弔辞として三友株式会社の梅木常務は、白虎襲名の舞台で万雷の拍手を浴びながら倒れたことに触れ、「実にあなたらしい見事な役者人生の幕でした」と声を震わせた。

日本俳優協会理事長として弔辞に立った吾妻千五郎さんは、生前の思い出話のあと、「さぞかしお心残りでしょう。しかし、あなたが蒔《ま》き、厳しく育てた若い芽は、いつの日か必ず見事な花を咲かせるでしょう。三代目半二郎を継いだ喜久雄くん、そして、今どこかで、必死に戦っているだろうあなたの息子、俊介くんのことは、私たちが先輩としてきっと助けます。二歳の初舞台から、あなたが舞台の上でどれほどの汗を流してきたか、どれほどの涙を流されてきたか、私たちは分かっておりますよ。だからこそ、豊ちゃん、ゆっくりと休んでください。もうなんの心配もいりませんからね」と呼びかけ、列席者の涙を誘った。

最後に喪主として挨拶に立った三代目花井半二郎（本名：立花喜久雄）さんは、「私は父と慕う花井白虎を、心から尊敬しております。ただただ、心から……尊敬しておりました……」と言葉を詰まらせ、あとは人目も憚《はばか》らず咽《むせ》び泣いた。

花井白虎こと大垣豊史さん、戦前戦後を駆け抜けた浪花《なにわ》の人気役者に最後のお別れをと、炎天下に足を運んだ多くのファンの列は、途切れることなく、焼香が済んでもその場を離れることもなく、出棺の際に、そのあちこちからかかった、

「丹波屋！」

「白虎！」

「二代目！」

「半二郎！」

とのかけ声は、車が葬儀場をあとにしてからも、いつまでも続いていた。

昭和50年7月19日付朝日新聞朝刊より

〽恋の手習い　つい見習いて
　誰に見しょとて　紅鉄漿《かね》つきょぞ
　みんな　主《ぬし》への　心中《しんじゅ》立て
　おお嬉し　おお嬉し

藤色綸子の着物に黒帯をしめ、赤い唇に手ぬぐいを咥《くわ》えて、舞台で恥じらい踊る喜久雄の姿に、空席ばかりではありますが、ここ宇都宮市民ホールの客たちが一心に見とれているのは間違いございません。

楽屋での支度を手伝ったあと、客席から声をかけようと、急いで二階席へ駆け上がってまいりました徳次の目にも、この巡業が始まって以来、日に日に色香を増す喜久雄の舞は唸《うな》るほどでございます。

だからこそ、がらんとした客席を見渡しますと、腹も立ちます。二階席など、ほとんど人はおらず、一階席にしたところで、一列全部空席という場所もある有様《ありさま》、その上、歌舞伎用ではない劇場には、白拍子花子《しらびょうしはなこ》が現れる花道もなく、それでも健気《けなげ》に踊る喜久雄が不憫《ふびん》で、

「三代目！」
「半二郎！」
「丹波屋！」

かける声にも、自《おの》ずと力がこもるのでございます。

昔、立花組の新年会で、年に一度は歌舞伎の真似事《まねごと》をしていたとはいえ、専門的な知識があったわけでもございませんが、それでも喜久雄のそばで十年もの時を過ごしました徳次でありますから、無粋なりにも舞の良し悪しというものが分かるようになっております。

自らの坊ちゃん贔屓に隠し立てはいたしませんが、それでも『娘道成寺《むすめどうじょうじ》』でみせる喜久雄の舞は、本来目に見えないものが見えるようで、それは焦《じ》れたり喜んだりするような気持ちでもありますし、口に咥えた手ぬぐいが作る白い軌跡でもあり、舞台にはおらぬはずの恋の相手の姿までそこに立ち現れるのでございます。

特に、今回のように喜久雄がひとり舞台で舞っているときなど、徳次にはまるで人形浄瑠璃《じょうるり》の如《ごと》く、喜久雄がその糸に操られているように見えるのであります。

その後も、上半身を卵色の衣裳に替えて羯鼓《かっこ》を打ち踊り、また鈴太鼓での田植え歌、夢中になって太鼓を床に打ちつけているうちに、いつしか白拍子花子が顔色を変えまして、あとは大団円の鐘入《かねいり》。大鐘をきっと見上げた喜久雄は、制する所化《しょけ》（坊主）たちを振り払い、凄《すさ》まじい蛇体の本性を現して、鐘によじ登ります。

妖艶《ようえん》な喜久雄の見得《みえ》に圧倒されながらも客席からはパラパラとしか拍手が起こらず、

「三代目！　半二郎！」

それに苛立《いらだ》つような徳次のかけ声でございます。

幕になりますと、徳次は楽屋へと引き返しまして、付き人の花代たちから鬘や衣裳を取ってもらっております喜久雄に、

「坊ちゃん、惚《ほ》れ惚《ぼ》れするわ」

いつものように声をかけたとたん、楽屋の隅に見慣れぬ背広の男の姿がありまして、

「あ、すんまへん」

と入り口に退《の》きますと、

「三友の、木下《きのした》さんや」

喜久雄が紹介しますので、

「そら、失礼しました」

上がり框《がまち》に正座の徳次でございます。

もちろんこれまでに何人もの三友の社員たちと会っておりますが、この木下という男、どことなく他の社員たちと雰囲気が違います。どこがどう違うかと言えば、大きな株式会社の社員とはいえ、そこはやはり興行師たち、所帯臭さがないと申しましょうか、どこか洒落《しゃれ》っ気があるのですが、すでに五十がらみのこの男には、その色気がないのでございます。

「木下さんな、三友の経理の方やて」

喜久雄本人も面識はないようで、受けた徳次も、

「へえ、経理の」

しか応えようがありません。

とりあえず鬘と衣裳を取りますと、汗だくのまま、喜久雄が木下のまえに落ち着きます。よほど珍しいのか、舐《な》めるように着替えを見つめておりました木下がふと我に返り、

「まだ白虎さんの四十九日も済んでないのに、あれなんですがね」

木下という男がチラチラと徳次に目を向けますので、出ていこうかとも思ったのですが、どうも喜久雄の様子がそばにいて欲しそうで、徳次は鈍感を決め込みまして、さらに膝をつめます。

「……話と言いますのはね、白虎さんの大阪のご自宅のことなんですよ」

その自宅にはもちろん現在でも、幸子や源吉、また女中頭のお勢らが暮らしておりまして、白虎亡きあと、一門の弟子たちをどうするかなど、問題は山ほどあるにはあるのでございますが、幸子は憔悴《しょうすい》しきり、喜久雄はすぐに地方巡業と、相談する時間もなく、とりあえず四十九日の納骨を済ませてからにしようと、何もかも手付かずのままでございます。

「家のことと言いますと？」

木下という男がなかなか話を進めませんので、喜久雄が促せば、

「あのお屋敷ね、実は借金のかたに三友が譲り受けることになってましてね」

という木下の話に、

「ああ、そういえば、旦那に聞いたことありますわ。『わしが死んだら、この家なくなるで』って」

とは、呑気な喜久雄でございまして、関西歌舞伎の灯を消すまいと、自宅を抵当に入れて巡業に回ったことはもとより、大阪の人気歌舞伎役者として世間をがっかりさせないための生活ぶりに切った札束に不足はなく、だからこその花井白虎なのだと、徳次も喜久雄から聞かされております。

「それでですね、まだ四十九日も済んでないのに、あれなんですがね」

ここで話が初っ端に戻りまして、もちろんすぐにとは言わないが、せめて今年中には大阪の自宅を明け渡してもらいたい。ついてはその話を三代目から憔悴の幸子に伝えてほしいというのでございます。

「……もちろん、これは私なんかの一存ではありませんよ。上の決定事項でして」

「ちょう、待ってえな！」

カッとなった喜久雄を、すぐに抑えられるように徳次が片膝立て、

「坊ちゃん」

戒めますと、とりあえず喜久雄も気を鎮め、

「ほんで、なんぼありますの？　旦那の借金」

「ざっとですが、一億二千万円ほど」

億という額を口にしただけで、大げさに息をつく木下とは対照的に、

「え？　そんなもんでっか。うちの旦那のことやから国の予算くらいあんのか思うてましたわ」

と笑う喜久雄が、頼もしくも、また、あまりに世間知らずで情けなくもなる徳次であります。

「どないかなりませんの？」

まるで千円まけろとでも頼むような喜久雄の物言いに、慌てたのは木下で、

「そりゃ無理ですよ。額が額ですから」

しかし喜久雄はもう話は済んだとばかりに、顔にコールドクリームを塗り始めておりまして、

「今の女将さんに、あそこを出てくれて誰が言えますの？　そんなん、鬼かて遠慮するわ」

クリームを塗りたくった喜久雄、ふと何か思いついたように振り返りますと、

「なあ、木下さん、その借金、この三代目半二郎が、そのまま相続することできまへんやろか？」

「へ？」

木下でなくとも、「へ？」でございます。徳次もさすがに慌てまして、

「坊ちゃん！　そんなん、顔にクリーム塗りながらする話やないで」

しかし、こうと決めた喜久雄が心変わりするはずもなく、

「なあ、木下はん、どうやろ？　一度、三友の上の人と相談してもらえませんやろか？　その代わり、俺も男や、そうなったら、なんでもやりますわ。どんな仕事でもやれ言われたらやりますさかい」

「ちょ、ちょう！」

思わず二人のあいだに這い出た徳次、まず木下を止めるように両手を差し出し、そのまま向きを変えまして、

「坊ちゃん、無茶やで」

しかし徳次が必死に止めに入ったこの話、結局、木下が会社に持ち帰ることになりまして、その数日後、巡業先の仙台の旅館にかかってきた電話によれば、なんと三友が喜久雄の提案を呑《の》み、ついては形だけでも契約書を交わしたいので、巡業の途中で、一度東京の本社に顔を出してくれということになってしまったのでございます。

この話、あとになって分かることなのですが、今日の価値で二億を超える額を、多少顔と名前が知られているとはいえ、襲名披露でも花火を打ち損ねた若い喜久雄に肩代わ

りさせた三友本社にはもちろん裏勘定がございました。と言いますのも、実際に大阪の古びた屋敷を売りに出しても、一億など回収できる見込みもなかったらしく、その上、会社としてもどうしてもすぐに必要な金でもなし、ならば逆に、この先、化ける可能性もある若い役者に、しばらく預けておいてもいいのではないか、ということになったらしいのでございます。

承諾の電話を受け、ホッとしている喜久雄を、その夜、仙台の国分町《こくぶんちょう》に連れ出しました徳次、女の子のいる店へ行くまえに赤ちょうちんに誘いますと、

「坊ちゃん、ほんまに大丈夫かいな？」

と改めての忠告であります。

しかし、冷えたビールを一息に飲み干した喜久雄は、

「俺ら、どんだけ旦那に世話になった思うてんねん。世話になった人に借金があるんやったら、それは俺らの借金やで」

と、しみじみと呟くのでございます。

「そうか。坊ちゃんも、ちゃんと考えてんねんな」

「当たり前や。……それにな、誰かの世話になるっちゅうのは、そういうことや。同じ極道の出やないか。徳ちゃんにかて分かるやろ？」

出自をこのように肯定している喜久雄が、なぜか徳次には誇らしく、

「よっしゃ。ほんなら、坊ちゃんの借金はこの徳次の借金や。何があっても、助けたるわ」

烟《けむ》った赤ちょうちんのカウンターで、その胸を叩いたのであります。

さて、東北巡業に一区切りつきますと、借金引き受けの契約のため、東京の三友本社に寄るという喜久雄と別れ、一足先に関西へ戻りました徳次が、まっすぐに向かったのは京都岡崎の市駒の家でございました。

この日、綾乃が通う幼稚園のお遊戯会でございまして、徳次は前々から楽しみにしておりました。

夜行で京都に到着し、その足で市駒の家へ行きますと、相変わらずやんちゃな綾乃が、朝っぱらから玄関先で近所の男の子たち相手に忍者ごっこでございます。どうやら綾乃はその総大将らしく、以前、徳次がチラシで作ってやった手裏剣を手に、バッタバッタと敵がたを倒しております。

「お嬢！」

徳次が声をかけますと、

「あ、天狗《てんぐ》や、天狗！」

早速、徳次にも役を振りますので、その場で得意のとんぼ返りを披露しまして、子供たちからの喝采でございます。

「徳ちゃん、ほんまに来てくれはったん？」

そんな徳次の声を聞きつけました市駒が家から顔を出しまして、

「……なんも食べたらへんのやろ。朝ごはん、すぐ用意するわ」

「こんな格好で、ええんやろか？」

徳次、一応一張羅の背広姿でございます。

「そんなん、気張りすぎやし。ネクタイなんていらへんわ」

市駒の言葉に、ネクタイを引き抜く徳次でありますが、横では天狗の復活を綾乃が今か今かと待っております。

「お嬢、今日のお遊戯会、何やんの？」

「『狼《おおかみ》と七匹の子ヤギ』や。うち、主役の狼やで」

綾乃の言葉に、周りの男の子たちから、

「主役は子ヤギたちやろ」

との笑い声。

「狼て、普通、男の子がやんのとちゃうの？」

さすがに徳次が尋ねれば、

「桃組で一番強い子がやんねん。そしたら、うちやろ？」

とは、なんとも頼もしい限りでございます。

第九章　伽羅枕《きやらまくら》

窓の向こうには夏日を浴びた隅田川が広がっておりますが、風はなく、伝わってくるのは真下を走る首都高向島《むこうじま》線の騒音だけでございます。

髪のあいだからひっきりなしに垂れる汗を手ぬぐいで拭いながら、

「あっこに見える橋渡ったところが蔵前《くらまえ》国技館ですわ」

と指差しておりますのは喜久雄で、横では荒風関の年老いた両親が、

「本当だごど。わんつか屋根見えるなあ」

と爪先《つまさき》立っております。

背後では重そうな革のソファをひょいと持ち上げた荒風がそのまま外へ運び出そうとしますので、

「荒ちゃん、手伝うで」

喜久雄が片方を持とうとするのですが、かえって邪魔になりそうで、

「先に出て、ドア押さえるわ」

とすぐに役割変更でございます。

マンションの廊下では、引っ越し作業員たちが段ボールを次々と階下のトラックへ運んでおりまして、その一つを持った喜久雄が、荒風と一緒に階段を降りようといたしますと、

「喜久ちゃん、いろいろ、ありがと」

いつもながらのぶっきらぼうな物言いですが、それでも芯は伝わってまいります。

「今日千穐楽《せんしゅうらく》で、明日やったら最後まで手伝えたんやけど。あ、せや。銀座の『政鮨《まさずし》』で、ちらし三人分、準備してもろうてるから、途中寄って汽車ん中で食べてえな」

「うん」

普通ならここで、「いや、いいよ、そんな」となるのでしょうが、ではなく、ただ「うん」というのが荒風らしく、喜久雄はますます好ましく思うのであります。

この荒風、喜久雄の麻雀《マージャン》仲間の一人で、数年まえには大関昇進が期待されたこともあったのですが、あいにくその後に膝《ひざ》を悪くしまして、関脇から小結へ、そのうち幕下までズルズルと落ち、この一年は休場続き、いよいよ引退の憂き目と相成って、本日、迎えにきた両親と故郷秋田へ戻ることになっております。

喜久雄がこの荒風と初めて会いましたのは、俊介出奔後、東京へ出てあまり気乗りのしない映画に何本か出演していたころで、あるタニマチの誕生日パーティーに断り切れず出席した折、ホテルの広い宴会場の壁際で同じようにぽつんと突っ立っていたのが荒風でありました。

ビールを持って近寄ったのは相撲好きな喜久雄のほうで、

「あんたの相撲、潔うて好きやねん」

当時まだ幕下だった荒風をなぜ喜久雄が知っていたかと申しますと、やはり相撲好きな市駒が、荒風と同じ雪深い秋田の金足追分《かなあしおいわけ》の出身だったからでありました。

この荒風、自分からは一言も申しませんが、中学を卒業して上京した十五のときから、苛《いじ》め抜かれてきた男でございます。

元来、寡黙な雪国の少年、弟子入りした相撲部屋でも兄弟子に愛想一つ言えるわけでもなし、かといって女将《おかみ》さんに可愛がられる世知もなし、兄弟子たちからの日々の苛めは陰湿で、あるときなど布団にくるめられて窒息寸前となり救急車を呼ばれたこともあるそうでございます。

それでも逃げ出さなかったのは、自分を信じて送り出してくれた父母のため、いつか晴れ姿を見せるのだと、一心に稽古に励んだ甲斐《かい》ありまして、寝ている荒風の顔に小便をかけるような兄弟子たちを追い越しての幕内力士。ただ、やっと関脇まで上り詰めたところで膝の故障。時代はまさに「憎らしいほど強い」と言われる「三保の湖《みほのうみ》」の一強時代、何度当たりましても、面白いように三保の湖から投げ倒される荒風の姿に、冷たい世間では弱いものを表す際、「荒風より弱い」などという言い方が流行《はや》ったほどでございました。

段ボールをトラックに積んだ喜久雄が部屋へ戻りますと、荒風の母がまるでこれから我が子が入居するように念入りに床を雑巾がけしております。

「半二郎さん、昨日は本当にありがどね。あんた良い席で見せでもらって」

「なんもなんも。今度はもっとええ役のどぎに見に来てけらっしゃい」

喜久雄の下手な東北弁に笑った母親が、そこでふいに居ずまいを正しまして、

「半二郎さん、拓雄《たくお》が色々お世話になったんだべな、本当にありがど」

改めて畳に手をつきますので、喜久雄も慌てて膝をつき、

「こちらこそ、荒風関のおかげでほんまに東京での生活が楽しかったんです」

「母親の私が言うのもあれだばって、あの子は目立だねけど、そばさいるだけで気持ちが穏やかになるんです」

「それ、僕にも、よう分かります」

「んだが？　半二郎さんも分がるが？」

嬉《うれ》しそうな母親に、「んだ」と頷《うなず》く喜久雄であります。

時計を見ますと、そろそろ昼どき。ここから歩いて二十分の明治座とはいえ、あまりぐずぐずしていると楽屋入りが遅れてしまいます。今月、明治座でかかっておりますのは小野川万菊が政岡《まさおか》を、姉川鶴若が八汐《やしお》を演じる『伽羅先代萩《めいぼくせんだいはぎ》』でして、当代切っての立女形《たておんながた》の共演で、とうぜん喜久雄や、鶴若の血筋である鶴之助のような若輩が、良い役を与えられるはずもないのですが、裏でどんな取引があったのか、ふたを開けてみれば、鶴之助は脇のなかでも台詞《せりふ》がある侍女澄《すみ》の江《え》で、逆に喜久雄に与えられたのは、本来なら大部屋の役者がやる腰元の一人でございました。

この喜久雄に対するあからさまに不当な扱いは、誰の目にも確かなのでございますが、ではどこをどう直せば元に戻るというものでもなく、たとえ正義感のある誰かが鶴若のもとへ抗議に行ったところで、

「ほんとにあたしも力及ばずで、申し訳なく思ってんですよ。こんなときに丹波屋のお兄さんがいたら、きっと黙っちゃいないんだろうけどねえ」

と、シラを切られるに決まっております。

ただ、喜久雄としましても、悔しい思いはありながらも、今では気持ちを入れ替えまして、久しぶりの東京の大劇場の雰囲気を味わい、また間近で見られる万菊の演技から何か盗もうと、日々劇場に通ったひと月でございました。

ここ金沢の観光ホテルの宴会場に響いておりますのは、カセットテープに吹き込まれた『藤娘《ふじむすめ》』の長唄でして、決して音源が悪いわけではないのですが、スピーカーからはがなり立てるような音でございます。

その上、舞台に当てられたギラギラの照明は、場末のキャバレーでも遠慮するようなセロファンで、地方の観光ホテルでの営業とはいえ、こんなところでもきっちりと踊っている喜久雄の姿が、舞台袖《そで》から見ておりますす徳次には不憫《ふびん》でなりません。

〽花ある松の声々も
　深き縁《えに》しの春のささやき

それでも、藤の枝を持ちました喜久雄が可憐《かれん》に踊り終えますすと、会場からは盛大な拍手。

徳次は、舞台袖で焚《た》いていた伽羅《きやら》の香炉にふたをしますすと、舞台から降りた喜久雄の手を引き、楽屋となっている控室へ急ぐのでございます。

「徳ちゃん、香の匂いきつすぎやわ」

ほかの宴会会場の客たちが煙草《たばこ》をふかしている廊下を、うつむいて控室に下がりながらの喜久雄を、

「せやかて、こんな狭い会場、ちょっと火つけたら、すぐに煙とうなるわ」

と人払いして徳次が連れて行きます。

「それより坊ちゃん、ごめんな、照明。キャバレーみたいで情けないわ。もうちょっと早《はよ》うこっちに着けるスケジュールやったら確認できたんやけど。三友本社も、ほんま、融通きかんわ」

実際、今回の金沢営業の件が三友から伝えられたのが三日前なら、いくら舞台に上がるのが夕方とはいえ、支度があるのだから前乗りしたいという希望まで、ホテル代節約で聞き入れてもらえずじまいだったのでございます。

白虎の借金を背負う際、当の喜久雄が「なんでもしますから」と言ったのは間違いありませんが、それにしてもスケジュールに空きさえあれば、地方営業に向かわせる三友に、喜久雄より徳次がはらわたを煮えくり返しております。

薄いパーテーションで仕切られただけの控室で、徳次が喜久雄の着替えを手伝っておりますと、無遠慮にパーテーションを押し開けた今回の主催者である有限会社サンライフの社長が顔を出し、

「三代目、そろそろ、ええか？」

「すんまへん。あと五分で出ますさかい」

社長を追いかえすように応えたのは徳次でしたが、

「ええわ、もう行けるで」

黒紋付《もんつき》に着替えた喜久雄は扇子を差しまして、舐《な》めていた飴玉《あめだま》をアルミのゴミ箱にガ

ランゴロンと盛大に吐き捨てます。

「あ、せや、三代目、今日は、このまえみたいな無愛想はナシやで。誰も、客に宝石を売れとまでは言うてない。ただ、ちょっとお客さんらを喜ばせてくれたらええねん。それこそ、鏡のまえに奥さんら立たせて、三代目が後ろに回ってネックレスでもつけてやるやろ、そこで一言……」

「『よう似おうてますなー』でっしゃろ。分かってますて」

喜久雄の言葉に満足しましたサンライフの社長が、

「今日はな、三代目のおかげで金沢のマダムたちがわんさか来てくれてんねん。その三代目に勧められたもんを断ったりしたら、それこそ女がすたる言うて、さっきもみんなで笑《わろ》うてたから頼むで」

その特設の宝石即売会場へ入る直前、喜久雄がふと足を止めまして、

「徳ちゃん、ここは一人で大丈夫やで」

と徳次を帰そうといたします。

顔は平気の平左なくせに、金持ちのマダム相手にべんちゃらを言う自分の姿を、この徳次にさえ見せたくないのかと思えば、

「ほんなら、終わるまで、その辺でパチンコでもしてるわ」

と涙を呑《の》んでの生き別れ。

ただ、もちろんパチンコ屋になど行くはずもなく、喜久雄にこれ以上の恥はかかせられぬと、それこそ会場のパーテーションの裏からいつものように見張る徳次でございます。

便所の小窓から見えるドブ川の川面で、スナックやバーのネオンが揺れております。濃いウィスキーの水割りに酔った喜久雄が立っておりますのは、金沢の繁華街にある高級クラブの便所でありまして、狭い洗面台で顔を洗いますと、開けた小窓からどこか懐かしいドブ川の風景が見えたのでございます。

喜久雄はもう一度、乱暴に水で顔を洗いますと、

「長崎の春江の家から見えた景色によう似とる」

妙に感傷的な気持ちになりまして、鏡に映る酔った自分の顔をうんざりしたように眺めます。

ドアの向こうからは、太鼓持ちのようなサンライフの社長の声と、代々この辺りで不動産業を営んでいるという夫婦の下品な笑い声が聞こえてまいります。

この蜂谷《はちや》という夫妻、地元の名士らしく、ホテルでの宝石即売会場でもとにかく大きな顔をしておりまして、実際、面白いように高額なアクセサリーを購入しますので、サンライフの社長などは、この夫妻の足元にひれ伏していたと言ってても過言ではございま

せん。即売会が終わりますと、せっかく三代目が来てくれたのだからと、夫妻が夕食に招待してくれ、その流れでこのクラブに来たのでございますが、この夫婦、とにかく喜久雄が嫌いなタイプの下品さがありまして、たとえば料亭へ参りますと、

「今日は色男おるよ」

と料亭中に触れ回り、見にきた仲居たちに、まるで即売会の品物の如《ごと》く喜久雄を見物させるのでございます。

それでも、この手の営業を受けるようになって久しい喜久雄としましても、いちいち下品な金持ちたちに腹を立てることもなくなっているのですが、さすがに今夜は気持ちが重く、まるで鉛でも引きずっているように思われます。と言いますのも、今日の夕方、三友からの知らせが入りまして、結局、今年は年末まで歌舞伎座などの大舞台への出演が一切ないと告げられたのでございます。

気がつけば、三代目花井半二郎の名が泣くような端役ばかりをやらされるようになっております。それでも、万菊や吾妻千五郎など、江戸歌舞伎の名優たちと同じ舞台に立てると思えば、どんな端役でも誰よりもその役を研究し、稽古に励んできたのでございますが、そんな月日が一年、二年、と続いているうちに、後見人の鶴若からはますます邪険にされ、今では三代目花井半二郎が腰元のような端役をやることが、まるで当たり前のようになっております。それでも、まだ関西歌舞伎が元気であれば、腐っても三代

目花井半二郎である喜久雄にも大役が回ってくるのでしょうが、白虎亡きあと、タイミング悪く道頓堀界隈《かいわい》の劇場が続けて閉場。残った劇場では笑って泣かせる三友新喜劇一色となり、いよいよ生田庄左衛門一門も拠点を東京へ移したのでございます。

喜久雄はもう一度だけ、便所の窓からドブ川の景色を眺めますと、

「今ごろどこで何してんのやろか」

一つため息をつきまして、騒がしいボックス席へ戻ります。

「あー、来た来た。ほら、三代目はんが便所からお帰りや」

サンライフの社長に手を引かれ、強引に蜂谷夫妻の横に座らされますと、酔いですっかり目が据わっております蜂谷が、

「さ、この辺で三代目に踊ってもらわんけ」

と、ホステスたちを煽《あお》ります。

喜久雄はもちろん、その場の誰もが蜂谷の冗談として笑い飛ばそうとしたのですが、酔っているくせにその手の雰囲気には敏感らしく、

「はよやらんかいね！　このまえの弁天は、ここで漫談やったがやよ」

しつこく喜久雄を立たせようといたします。

さすがにサンライフの社長が割って入り、

「社長、そらなんぼ何でも無理ですわ。弁天の漫談ならマイク一本あればできますけど

な、三代目が踊るとなったら三味線から何から……」

　しかし、蜂谷のほうでも今さら引っ込みがつかないようで、

「さわりだけやがいね。な？　三代目、いいがいね？」

　無理やり立たせようと、喜久雄の羽織を執拗に摑《つか》みます。その蜂谷の毛深い手が握りつぶしておりますのが、胸元にある丹波屋の家紋「丸に光琳根上《こうりんねあ》がりの松」。歪《ゆが》んだ丹波屋の家紋が、なぜか白虎の顔に重なり、なぜか俊介の顔に重なり、思わず立ち上がった喜久雄、

「なにさらすんじゃ、このボケ！」

　ポマードでベトベトした蜂谷の髪をひっ摑み、その顔面に拳をのめり込ませようとした寸前、

「坊ちゃん！」

　入り口に近いテーブルで、蜂谷の部下や他の取り巻きたちと一緒に飲んでいた徳次が、それこそ飛んでまいりまして、振り上げられた喜久雄の腕に縋《すが》りつきますと、

「こんなとこで、天下の半二郎がみっともないで。我慢できんのやったら、俺が代わりにこのおっちゃん殺したる」

　と、耳元で囁《ささや》いたのでございます。

　ふと我に返った喜久雄も振り上げた腕から力を抜きますと、

「すんまへん」

と、誰にともなく呟《つぶや》いて、その場をあとにします。

店を出ますと、すぐに徳次が追いかけてきて、

「坊ちゃん、よう我慢しはった。立派や」

と肩を叩《たた》きますが、

「立派が聞いて呆《あき》れるわ」

その手を払った喜久雄、思わず深いため息でございます。

「坊ちゃん、いつも俺が言うてるやろ。鶴若にしろ、さっきの社長にしろ、我慢できんのやったら、俺がいつでもどついたるし、殺したるわ。坊ちゃんはそんな汚れ仕事せんでええ」

どこまで本気なのか、真顔の徳次になぜか笑いがこみ上げました喜久雄、

「ほんまやな、あんな男、殴ったところでなんの気も晴れんわ。ただ、この仕事紹介してくれた弁天の顔つぶすだけやもんな」

さきほど蜂谷に握りつぶされた羽織の家紋を手で払いますと、ガードレールに腰かけまして、袂《たもと》から煙草を取り出します。

「なあ、徳ちゃん、さっきふと思うたんやけどな……」

隣に腰かけました徳次も一服つければ、横に立つ柳に夏の夜風でございます。

「……俊ぼんやったら、さっき踊ったんやないやろか？」

「俊ぼんが、あの場で？」

驚く徳次をよそに、喜久雄には確信があるようで、

「なんや、そう思うねん」

「俊ぼんは、そんなに気ぃ弱ないで」

「そんなん知ってるわ。そういう意味やなくて、自信て言うんやろか」

「自信？」

「俺なんか、一本の木やねん」

「一本の木？」

「せや。ただの一本の木やから、木を馬鹿にされたら悔しゅうなんねん。でも、自分が山やったら、木ぃ一本、馬鹿にされたところで気にもせんやろ。俺なんか、こうやって三代目継いだところで、まだまだ一本の木やねん。でも、俊ぼんみたいに生まれたときから丹波屋背負うてるんは、やっぱり山やねん。て、思たらな、あんな下品な田舎者《いなかもん》の酔狂なんて、俊ぼんやったら気にもせんで、ちょろちょろて踊るふりでもしたんやないやろか思てな」

この譬《たと》え話がどこまで伝わったのか、

「そのお山さんは、この丹波屋の一大事にどこで何してんのやろな」

と、珍しく感傷的な徳次でございます。

さて、先ほど少し名前が出ました弁天のことでございますが、元はといえば、このサンライフの営業、舞台で役もつかなくなった喜久雄が借金返済どころか、大阪の幸子への月々の仕送りにも困っているという話を徳次から聞きつけた弁天が紹介してくれた仕事でありました。

このころの弁天と申しますと、「お父ちゃんお父ちゃんお父ちゃん」「お母ちゃんお母ちゃんお母ちゃん」の流行語で一世を風靡《ふうび》した西洋花菱師匠と入れ替わるように、徐々にお茶の間の人気者になろうとしていた時期でございます。

そのきっかけになったのが、元は天王寺の芸人横丁で育った弁天、子供のころから世知と毒は持ち合わせておりましたようで、とある寄席番組の生放送中、とつぜん漫談ネタを中断しまして、

「あーもう、あほくさ。どうせ、みんな鼻でもほじりながらテレビ見てるんやろ」

と舞台に座り込み、ディレクターと打ち合わせていた持ち芸をやめて、実は自分が天王寺の芸人横丁に捨てられた子で、子供のころ、腹が減って手品師の鳩《はと》を焼き鳥にした話や、ヒロポン中毒だった漫才師が起こした小火《ぼや》騒ぎのことなどを面白おかしく喋《しゃべ》り始めてしまったのでございます。

あまりにも突然のことでディレクターは止めるに止められず、その模様はそのまま全

国放送されまして、とうぜん放送後にはプロデューサーの首が飛ぶほどの苦情電話の数だったのですが、この弁天の生っぽい姿がいわゆるテレビ世代の若者たちから絶大なる支持を受けまして、さらに時代が味方についたと申しますか、明治大学の著名な教授が『素人の時代』というテレビ論を出版したのがちょうどこのころ、ベストセラーとなったこの本の表紙に、なんと弁天の写真が使われると、その後はいわゆる毒舌キャラの芸人としてテレビ界の寵児《ちょうじ》に祭り上げられていくのでございます。

この弁天から、自身が出演することになった映画に、喜久雄も出してもらえるように監督に頼んだという連絡が入ったのは、ちょうどこの夜、喜久雄と徳次が金沢の町で飲み直し、ホテルに戻ったときでございました。

電話を受けた徳次が詳しく話を聞いてみますと、なんでも監督はあの清田誠。そう、一攫千金《いっかくせんきん》を狙った徳次と弁天が北海道から逃げ帰ってきたときに知り合ったあのヌーベルバーグの旗手でございます。

その清田誠監督、決して本数は多くありませんが、その後も着実に良作を撮り続けておりまして、このころにはカンヌやヴェネチア映画祭の常連と言っても過言ではない世界的な巨匠となっておりました。

今回撮影されるのはその集大成になるだろうと言われる作品で、その名も『太陽のカラヴァッジョ』。太平洋戦争末期の沖縄戦を描いたものとして、すでに固まっておりますキャストがさすが世界の巨匠と申しましょうか、さすがヌーベルバーグの旗手と申しましょうか、主演の米軍大尉役には、ビートルズと人気を張り合ったアメリカのロックバンドのボーカル、チャーリー・ハドソンを迎え、日本軍大尉役には、なんと読売ジャイアンツを引退後、タレントとして活躍していた元野球選手の重田《しげた》敦士《あつし》が決まっているらしいのでございます。

なんでも弁天の話によれば、この作品に登場する日本兵のなかに歌舞伎の女形がいるそうで、清田誠監督といえば、弁天はもとより、徳次主演で映画を撮ったこともある監督、これは何か運命の巡り合わせであることは間違いなく、ここ一番、勝負と思って出演を頼み込んでみてはどうかということなのでございます。

弁天からの電話を切りますと、すぐにでも喜久雄に知らせたい思いを抑え、徳次はしばし自分なりに考えます。本当にこれが坊ちゃんにとって良い道だろうかと。

鶴若の嫌がらせで、喜久雄に良い役がつかないこともつらい事実ではありますが、関西はもとより、東京歌舞伎座でさえ演目によっては、目を覆いたくなるほどの閑古鳥という昨今の歌舞伎人気の凋落《ちょうらく》は、いち名題下《なだいした》役者でしかない徳次の目にも明らかでございまして、そこへきて、重鎮となった吾妻千五郎や姉川鶴若などの幹部役者たちが得意な演目を繰り返したがり、この声を撥《は》ねつけられる三友の社員がいないのが現状でございます。

その上、喜久雄の場合、以前に映画界には進出しましたが、やはりそのやる気のなさは見透かされ、今では声もかからぬようになっております。

もちろん喜久雄がそれでも歌舞伎の舞台に立ちたいのは、徳次とて重々分かっておりますが、この泥舟に乗ったまま嘆いていても仕方ないのでございます。

そこまで考えますと、徳次は喜久雄の部屋へ向かいました。

「映画かあ……」と、喜久雄がため息をつくのは目に見えておりますが、それでも地方の宝石即売会を回っているよりはまし。その上、今では時代も移り、向こうから是非出てくれではなく、こちらから是非出させてくれ、なのでありますから、そこは坊ちゃん、腹くくりなはれ、でございます。

自分を鼓舞しながら、いざ喜久雄の部屋のドアをノックしようといたしますと、

「え？　なんやて！」

なかから喜久雄の大声であります。

慌ててノックすれば、顔色を変えた喜久雄がドアを開け、

「徳ちゃん、大変や。洋子が……、洋子が首吊《つ》りよった……」

「え？　洋子ちゃん、どこにおったん？」

「知らん……。相手の男と、ホテルで首吊ったて……」

膝を折った喜久雄の手から、徳次が受話器を奪い取りまして、

「もしもし。半二郎んとこの者《もん》だす」

「ああ、徳ちゃん！」

聞こえてきたのは赤城洋子のヘアメイクだった女性の声で、よほど慌てているのか、洋子が運び込まれた病院名をただ繰り返します。徳次は相手を落ち着かせますと、

「洋子ちゃん、どこにおったん？」

「それがハワイなの。ハワイのホテル」

「一緒に逃げたバンドマンも一緒かいな」

「そう。伊藤さんも……一緒に」

「一緒て？　一緒に首吊ったんかいな？」

相手からの返事はなく、代わりに背後から、「何やっててんねん……」とは、喜久雄の無念の声であります。

映画共演をきっかけに赤坂にあった洋子のマンションに喜久雄が入り浸っていたのが四、五年まえのこと、すでに二人の関係は自然消滅しているとはいえ、さすがにショックは隠せません。

実は、この赤城洋子、二年前に主演した映画の主題歌「ムーンライト」を歌って、それが大ヒットしておりました。

時はキャンディーズやピンク・レディー旋風のなか、深いスリットの入ったチャイナ

ドレスをまとい、生バンドを従えて、そのハスキーな声でジャジーな曲を囁くように歌う洋子の姿が大人たちに受けに受け、なんとその年の紅白歌合戦にも出たのですが、その直後、大麻吸引疑惑のあった専属バンドのベースと、とつぜんの失踪事件を起こし、世間を騒がしていたのでございます。

当然、昔の男である喜久雄のもとへ連絡があるわけもなく、芸能ニュースや人づてに聞くところによれば、どうやら事務所移籍を希望した洋子を、所属事務所の社長が監禁したことが発端で、たちが悪かったのがこの社長が元暴力団員だったことでありまして、七十万枚の大ヒットを飛ばした洋子の利権を奪い合う争いに巻き込まれ、その際、交際していたバンドマンと取るものも取りあえず逃亡、以来、行方が分からなくなっていたのでございます。

実は失踪後に一度だけ、大阪の幸子のもとへ、洋子の本名を名乗る女性から電話があったらしいのですが、あいにく喜久雄は地方に出ておりました。

その後、失踪事件の報道が賑《にぎ》やかになってまいりますと、九州の辻村から、

「あの赤城洋子っちゅうのは、たしか喜久雄の女やったな。もし困っとるなら、俺《おい》が話つけられんでもないぞ」

と連絡があり、実際、関西の巨大暴力団との関係も良く、今では九州で一番大きな組織を率いている辻村に相談すれば、穏便にかたがついたかもしれず、もしかすると洋子

もその辺のところを喜久雄に頼ろうとの電話だったかもしれないのでございます。

赤城洋子とバンドマンの男が一命をとりとめたという知らせが、喜久雄の元へ入りましたのは、翌朝のことでありました。

眠れずにおりました喜久雄はホテルの窓を開けますと、すでに強い朝日に向かい、気がつけば、洋子のヒット曲「ムーンライト」を口ずさんでおりました。

考えてみますと、当時、この二つの出来事がなければ、喜久雄は『太陽のカラヴァッジョ』への出演を決めていなかったのではないかと思われます。

二つの出来事と申しますのは、東京へ出てきたばかりのころを共に楽しく過ごした荒風の引退と、そして赤城洋子の自殺未遂でございます。

実際、徳次から映画への出演を打診されたとき、喜久雄は一旦《いったん》は断りました。

「映画はもうええわ。向いてへんし。それにそんなことしたら、鶴若の思う壺《つぼ》やで。それこそ、『丹波屋の三代目さんは、人気の陰った歌舞伎に愛想尽かしですよ』なんて言いふらかされるに決まってる」

「でもな、坊ちゃん、このままやったら、もっと状況悪うなるで。この辺で勝負せな。それこそ映画が当たって、坊ちゃんが注目されたら、さすがに三友かて放っとかへんやろ。なんぼ鶴若が陰で動いたところで、人気のある役者使わん興行主なんかおるわけない」

「せやけど……」

「坊ちゃんが現代劇に自信がないのは分かってるて。でもな、今回は言うてみれば、出んのはみんな素人やん。アメリカのロック歌手に、あの巨人の重田やで。そんなところで坊ちゃんの芸が光らんはずないやろ。それにな、これは役者にはあんま言いたないけど、坊ちゃんも、もう二十八や。あっちゅー間に三十やで」

とはいえ、ご存知《ぞんじ》の通り、清田誠監督から直々に乞われているわけではございません。直々に乞われている弁天からの口利きで、出してくれとお願いする立場なのでございます。

結局、喜久雄も肚《はら》を決めまして、弁天の推薦、および昔馴染《なじ》みの徳次からの紹介ということで、後日、清田誠監督に会ったのでございますが、開口一番、監督が口にしましたのは、

「歌舞伎役者って、何やらせても演技が臭いんだよね」

という身もふたもない一言でございました。

「ほんでも、歌舞伎の女形やった兵隊の役なんですやろ」

さすがに徳次が取り繕いますと、

「そりゃ、そうだけど。戦地で『道成寺《どうじようじ》』踊るわけじゃなし、普段の、男としての女形を演じるわけだから、それが臭くならないかどうか」

たぶん駄目なのだろうと諦めております喜久雄は、もう口も挟みません。監督の言葉ではありませんが、実際その普段の姿を人前で見せろと言われるのが、喜久雄にはとにかく苦手なのであります。

ただ、しばらく話をしているうちに、監督のなかでどのような心変わりがあったのか、ふと奸策《かんさく》をめぐらすように眉を動かした監督が最終的にはこの役を喜久雄で行くと言い出したのでございます。

決まりますと、あとの動きはとにかく早《はよ》うございました。

翌月には世界ツアーを終えたチャーリー・ハドソンが来日し、帝国ホテルでの大々的な製作発表。日本はもとより世界各国から集まった報道陣のカメラのフラッシュに輝く金屏風《びようぶ》のまえに居並びますのは、清田誠監督を中心に、葉巻を咥《くわ》えたチャーリー・ハドソン、緊張気味な元巨人軍の重田に、おどけて重田の選手時代のユニフォームを着た弁天、そこに名だたるベテラン俳優陣、そして末席ではありますが、喜久雄もまた紋付袴《はかま》での参列と相成ったのでございます。

この一種異様な製作発表の模様は、とうぜん三友本社でも話題となったようでして、もちろん鶴若は、「丹波屋の三代目はすっかり歌舞伎をお見限りですよ」と予想通りの陰口を叩いていたそうですが、その声をはね返すように、どうしてここ数年、三代目の出演が少なかったんだという、今更ながらではありますが、そんな疑問の声も上がったそうでございます。

　さて、その後、クランクインしましたのは、焼けつくような真夏の沖縄の小島。もちろん住人はおりますが、ホテルと呼べるようなものはなく、ほとんどのスタッフキャストが民宿で雑魚寝《ざこね》という過酷な撮影が始まったのでございます。

「おいおいおい、おい！　何度言ったら分かるんだよ！　この女形《おやま》！　おまえがそこで臭《くせ》ぇ芝居するから、ミスター・ハドソンや重田さんの演技が台無しになるんだろうがよ！」

　まったくひどいものでございます。うだるような炎天下、土埃《つちぼこり》の立つ広場には体中の汗が蒸発してしまったような兵士姿の男たち。何がひどいと言って、この灼熱《しゃくねつ》のなか、もう何度となく「カット」をかける清田誠監督の、まさに猫を踏みつぶしたような甲高い罵詈雑言《ばりぞうごん》もおぞましいのですが、それよりも悲惨なのは、喜久雄に対するそんな監督の折檻《せっかん》に、その場にいる大勢のスタッフやキャストがすっかり慣れっこになっていることであります。

　この「カット」にしましても、誰が見ても台詞のかけ合いがうまくいかなかったのはミスター・ハドソンと重田の二人なのですが、なぜかその失敗が喜久雄になすりつけられているのでございます。

癇癪《かんしゃく》を起こした監督が、

「あーもう、やめだやめだ！　こんなんで映画が撮れるか！」

と、いつものように現場放棄しようといたしますと、プロデューサーが飛んでまいります。キャストやスタッフは、そんな状況にうんざり。もちろん最初のころは、徹底的に監督の集中攻撃を受ける喜久雄に誰もが同情していたのでありますが、慣れと申しますか、刷り込みと申しましょうか、いつまでも撮影が終わらずに炎天下で待たされるのが監督の癇癪のせいではなく、ありもしない喜久雄の失敗のせいのように思えてくるらしく、このころになりますと、あからさまに喜久雄を厄介者扱いする者も出てきており、心ないエキストラたちなどは、

「できねえんだったら、さっさと帰れよ」

などと平気で口にするのでございます。

さらに状況が悪いのは、喜久雄の役所《やくどころ》が兵隊なのに女っぽさが抜けない女形の歌舞伎役者ということでありまして、男だらけの大所帯、日が経つにつれ殺気立ってくる雰囲気のなか、演技とはいえ、なよなよした姿を見せる喜久雄が、さらに男たちを苛立《いらだ》たせたのも間違いありません。

炎天下の撮影現場のなか、唯一あるテント下の日陰で、いつまでも監督がプロデューサー相手にごねておりますと、どこからともなく、

「早くいけよ」

と、喜久雄の耳に届くような声が上がります。

さすがにそばにいるミスター・ハドソンと重田は、喜久雄に気を遣って気づかぬふりですが、こうなるともう、あとは喜久雄が監督のもとへ、なんの落ち度もないのですが、謝罪に行かねば撮影が再開しないことを誰もが分かっているのでございます。

ある意味のスケープゴート、これだけの男所帯を統率するための生贄《いけにえ》が、なよなよした男を演じる喜久雄なのでございましょう。

足元にできた自分の濃い影を見つめておりました喜久雄の耳に、

「早くいけよ」

とまた誰かの声であります。

これまでのように監督のもとへ謝りに行けばいいのだと、喜久雄も分かってはいるのでありますが、なぜか今日に限ってゲートルを巻いた足が動きません。

というのも、これまでは自分は悪くないと分かっていながらも撮影再開のためだと思えば足も出ていたのでございます。しかし、なぜか今日に限って、本当に自分の演技がどうしようもないのかもしれないと思ってしまっているのでございます。

「喜久ちゃん、俺も一緒に行ったるから、ちょろっと謝りに行っとこうや」

兵士役の一人である弁天の声にやっと顔を上げますと、周囲からはまさに矢で射るような視線。

「……喜久ちゃん、ここが堪《こら》えどころや。監督もええ映画にしようと必死のパッチなんちゃうかな」

「監督に言われたとおりにやってるつもりなんやけどな」

「分かってるて。でもほら、俺らと違《ちご》うて喜久ちゃんはプロの役者やろ。せやから監督の要求も高《たこ》うなるんとちゃうやろか」

弁天からの遠回しな慰めも、めまいがしそうな暑さのなか、喜久雄の耳にはまったく入ってきません。

それでも力を振り絞りまして、喜久雄が監督のもとへ向かったのは、とりあえずここまで必死に頑張ってきた映画を少しでも良いものにしたいという素直な気持ちからでございました。

顔を赤らめ、まだキャンキャン吠《ほ》えている監督のまえに立ちますと、

「監督、すいませんでした。少し気が緩んでおりました」

深々と頭を下げた喜久雄の顎《あご》から、熱い地面にぽたりぽたりと汗の玉でございます。

「じゃあ、俺にじゃなくて、みなさんに謝れよ！　いつもいつも臭い芝居して、撮影を遅らせて、みなさんの睡眠時間を削って、本当に申し訳ございませんでしたって！　忙しいスケジュールのなか、参加してくれてるミスター・ハドソンや重田さんに土下座し

て謝れよ！」

また、ぽたりぽたりと顎の先から汗の玉。

監督の理不尽に対する悔しさではございません。受けると決めた仕事に、ちゃんと応えられない自分への悔しさでございます。

いつまでも動かぬ喜久雄に業を煮やした監督が、その頭を押さえつけ、無理やり土下座させようといたします。

喜久雄もさすがにこの理不尽には体は抵抗するのですが、心のほうでは、やはり悪いのは自分なのではないかと弱気にもなり、もうここで土下座さえしてしまえば、これまでの悔しさや、かろうじて保っているプライドや、そんな何もかもが吹っ飛んで楽になりそうな気までするのでございます。

「ＮＯ……」

そのとき、ほとほとうんざりしたらしいハドソンが声を漏らして、どこかへ行ってしまいます。その場に残りましたのは、なんとも理不尽で、中途半端で、苛立ち、落胆し、疲れ果て、もやもやした男たちの気持ちだけでございます。

結局、この日は撮影中止となりまして、代わりに撮休予定だった翌日の午前中に、今日の分が回されることが告げられますと、あちこちからあからさまな不満のため息であります。

島の夜というのはとかく静かなものでして、逆に乱れる心の騒ぎに耳を塞《ふさ》ぎたくなるほどでございます。

撮影中、喜久雄が宿泊しておりますのは、島にある唯一の民宿で、ここの十一部屋を清田監督や主要キャストが使っているのでありますが、ミスター・ハドソンだけは特別待遇で、わざわざフェリーで運んできたキャンピングカーに寝泊まりしております。

喜久雄にあてがわれましたのは、一階の六畳一間、三人浸《つ》かれば身動きとれなくなるような「大浴場」の隣で、夜中まで止《や》まぬ水音に悩まされる部屋でございます。

当初、島には、徳次ともう一人の弟子、それに付き人の花代も連れてきておりまして、歌舞伎界ではなんの不思議もないことなのでありますが、この大所帯がやはり映画の世界、それも大手スタジオではなく、清田監督のような独立系の映画の世界では、とにかく奇異に見えたようで、まだ余裕のあった現場では「三代目ごっこ」なるものが流行り、誰かが喜久雄に扮しますと、また別の誰かが服を着せたり脱がせたり、またうちわで扇《あお》いでやったり、ジュースを飲ませてやったりと、その様子を真似《まね》て、笑い合っていたのでございます。

ただ、余裕があるころは良かったのですが、スタッフが日射病で倒れ、衣裳《いしょう》からは生乾きの鼻を潰すような臭いが立ち、寝苦しい夜が続き、発散できる娯楽もなく、と次第に現場が殺伐としてまいりますと、この「三代目ごっこ」が苛立ちをもって演じられるようになり、不穏な空気を察したプロデューサーの勧めで徳次たちには島を離れてもらうことになったのでありますが、清田監督の喜久雄苛めが激しくなったのはちょうどそのころからでございました。

そしてまた今夜もいつまでも鳴り止まない大浴場の水音を壁越しに聞きながら、風の入らぬ六畳間の布団で、むなしく寝返りを繰り返しております喜久雄の耳に、どこからともなく誰かの囁き声でございます。

「おい、大根。おまえが役を降りれば、ぜんぶうまく行くんだよ」

思わず身を起こす喜久雄であります。

しかし今度はいくら耳を澄ましても浴場からの水音しか聞こえてまいりません。

それが空耳だと分かった瞬間、火照った体に今度は冷や汗でございます。

耳を塞ぐようにして、ふたたび寝ようといたしますが、次に大阪の幸子の姿が浮かんでまいりまして、また飛び起き、つくづく洗脳というのは恐ろしいものだと、渇く喉《のど》を唾《つば》で湿らします。

このころの幸子は身も心もすっかり西方信教の幸田女史に心酔しておりまして、言われるがままに、自宅の稽古場を祈念場として貸し出すことはもとより、お勢の話によれば、自宅を地方からの信者の宿泊所にすることもあり、「人が仰山《ぎょうさん》のときなんて、自分の寝室を幸田さんたち幹部に貸しはって、自分は俊ぼんのベッドで寝てはりまんねんで」。それでも災厄が続くのはあなたの祈念が足りないからだという幸田の言葉を、決して疑わないらしいのでございます。

「女将さんが悪いわけないやんか。なんでそれが分からんのやろ」

気がつけば、いつの間にか浴場の水音が止んでおります。窓から顔を出せば、ガジュマルの木の向こうには満天の星。ついこの間までは、撮影現場で何があろうと、この星空に慰められていたのでありますが、その窓から顔を出すことさえ、今では物憂いのでございます。

重い気持ちのまま寝返りを打ちますと、次に浮かんでくるのは明日撮影予定のシーン。喜久雄演じる中野《なかの》上等兵の見せ場でもあり、また試練の場でもあります。いよいよ米軍が上陸するという噂《うわさ》が流れるなか、殺伐とした兵舎のなかで、行き場を失った兵士たちの苛立ちと不安が、喜久雄演じる女の仕草《しぐさ》の抜けない兵士に向かいます。そして、「踊れ踊れ」と皆に囲まれ、褌《ふんどし》一つにされた自分が、その後、凄惨《せいさん》を極める暴行を受けるのでございます。

「俺なんかにできるわけない」

やれるという自信も、やってやるという度胸も消え、思わずそう呟いたときであります。外で砂利を踏む誰かの足音。

「誰や？」

思わず声をかけ、徐《おもむ》ろに体を起こした途端、背後の襖《ふすま》がすっと開き、振り返ろうとしたときには濡《ぬ》れ手ぬぐいで口を押さえられておりました。反射的に逃れようとするのですが、体を押さえる腕は一本や二本ではなく、そのうち外から窓枠を乗り越えて入ってくる人影が一つ、二つ、そして三つ。何が何やら分からぬうちに、気がつけば押さえつけられた顔のまえに、タオルで口元を隠した男たちの顔。

「おまえのせいで撮影が進まねえんだよ。いつまでも帰れねえんだよ」

酒臭い息とともに聞こえてきたのは、男たちのせせら笑いでございます。次の瞬間、思い切り腹を殴りつけられ、思わず漏らした呻《うめ》きとともに喉を這《は》い上がった胃液の臭いが鼻を抜け、奥歯を嚙《か》みしめるような痛み。

本気で叫べば声は出たのかもしれません。本気で抵抗すれば、逃げ出せたのかもしれません。ただ、大阪の幸子とて同じなのでございましょう。自分はこうなっても仕方がない。その気持ちが先に立つのでございます。

もう何も考えまい。

ここにいるのは自分じゃない。

気がつけば、なすがままに暴行を受ける自分を、その自分自身が部屋の隅で膝を立て眺めているのでございます。

「その、女みてぇな顔でもっと喜んでみせろよ」

聞こえてくる声に耳を塞ぎ、自分が大した役者じゃないから、こんな目に遭《あ》うのだと、役作りのために伽羅を仕込んだ枕を踏む男たちの汚い足や、ぶつかり合う男たちの腕や肩や、窓から差し込む星明かりの、その一部始終をじっと見つめているのでございます。

急に白けたように男たちが部屋を出ていってからも、喜久雄はただじっと横たわる自分を見ておりました。

「ごめん、俺のせいで……。ほんまに……」

天井を見つめて横たわっている自分に、そう声をかけながら、

「もう無理やわ……もう無理やわ……」

膝を抱えた自分が呟くのでございます。

地下鉄からの階段を駆け上がった徳次の目に飛び込んでまいりますのは、賑やかな夜の銀座でございまして、舞い落ちてくるようなバーやスナックの看板の下をくぐって向かうのは、ここ最近、喜久雄が入り浸っている「クラブ萩」であります。

並木通りを右に曲がりますと、「クラブ萩」のボーイが道へ出てハイヤーを誘導しておりますので、

「しげちゃん、坊ちゃん、まだおる?」

と尋ねれば、

「今日、周年パーティーで、生バンド入ってるから大盛り上がりですよ」

呑気《のんき》に親指を突き立ててみせるボーイに力のない笑みを残し、香水ムンムンのエレベーターで店へ上がれば、ドアの向こうから聞こえてくるのはロカビリーの激しい音楽。そっとドアを開けますと、綺麗《きれい》どころを侍《はべ》らせました喜久雄がソファに立って、誰よりも盛り上がっております。

「坊ちゃん……」

ここ最近、毎晩のこととはいえ、さすがに呆れ果てる徳次であります。

喜久雄が、まるで人が変わったように夜の町へ繰り出すようになったのは、『太陽のカラヴァッジョ』の撮影が終わり、東京へ戻ってきてからのことでございました。

現場が過酷を極めたことは徳次の耳にも入っておりましたので、げっそりして帰京した喜久雄が当初ひどく塞ぎこんでおりましたときには、気分転換にと徳次のほうから夜の町に誘い出しても、一向に腰を上げなかったのですが、ある日とつぜん何かを吹っ切ったように飲みに出かけたあとは、もう連日連夜の朝帰り、飲み屋や道端で酔い潰れるのはいつものことで、財布は盗まれるわ、悪い輩《やから》に絡まれて顔は殴られるわ、あるときなどどういう経緯だったのか、夜の日比谷公園の心字池で溺れかけているところをアベックに助けてもらったことさえあったのでございます。

となると、徳次もさすがに釘を刺すのですが、映画撮影後も歌舞伎で大きな役が回ってくるでもない喜久雄の憂さ晴らしに刺す釘も、つい柔らかいものになってしまいます。それでも苦労して出演した『太陽のカラヴァッジョ』が公開されて世間で評判にでもなれば何もかも好転するかもしれぬと、毎朝、家の神棚に願掛けするような毎日、そこへきて今夜の知らせなのでございます。

徳次が、浮足立つ気持ちをぐっと抑え、ソファの上でホステスたちとやけになったように踊っている喜久雄を見つめておりますと、激しい曲が終わり、それぞれが自分の席へ戻ります。ホステスたちに支えられた千鳥足の喜久雄も、元の席へ戻ろうとしますので、徳次はそこへ分け入りまして、

「坊ちゃん、ええ知らせや」

しかし、顔を上げました喜久雄は連れ帰られると思ったのか、

「なんや、まだ帰らへんで!」

「迎えとちゃうがな。ええ知らせやて。今な、映画会社から連絡入ったんや。『太陽のカラヴァッジョ』がな、カンヌ映画祭で賞もろたらしいで!」

思わず響いた徳次の声が、店のあちこちにも伝わります。この大作映画がカンヌ映画祭に出品されていることは、テレビなどでも大々的に紹介されておりまして、あれがこれ、そしてここにその出演俳優がいることがつながりますと、一斉に、「おめでと―!」

の大合唱であります。

「それもな、授賞の理由は坊ちゃんの演技が評価されたからやて。ほら、このファックスに書いてあるやろ。『トラディショナルであり、また貴種としての歌舞伎の女形役者が、戦争という極限状態においては一兵卒にすぎず、一人の人間として丸裸にされる姿を、Ｍｒ．Ｈａｎｊｉｒｏ　Ｈａｎａｉは見事に演じ切っている』。な？　な？　これ、坊ちゃんのことやで！　坊ちゃんの演技が世界に認められたんや！」

　徳次の声に、また店のあちこちから「おめでとう」の拍手喝采。

「坊ちゃん。よう辛抱しはった」

　受賞を知らせるファックスをじっと見つめております喜久雄の横顔に、徳次が思わず涙ぐみそうになった次の瞬間、なぜか喜久雄がぐしゃりとその紙を握りつぶします。

「アホくさ」

　しぼり出すような喜久雄の声、その手のなかではファックス用紙が身悶《みもだ》えるようでございます。

「……アホくさ。何がミスター・ハンジローや。何が見事に演じ切ってるや。みんな、どこに目ぇついとんねん」

「坊ちゃん、なんや？　どないした？　酔うてんのか？　ほら、ちゃんと見てみいな。ここに……」

喜久雄の手のなかから、無理やり用紙を引っ張り出そうとした徳次の胸元を、

「もうええて！」

喜久雄がひどく震えたその手で摑み上げます。

「坊ちゃん……」

二人の長いつきあいでも、見たことのない喜久雄の表情でありました。まるで自分の知っている喜久雄が、目のまえの喜久雄のなかから、するすると抜け落ちていくようで、思わずその肩を徳次は強く摑んだのでございます。


翌日になりますと、世間はカンヌの最高賞受賞の話題で持ちきりとなりました。映画祭に参加していた清田監督が壇上でトロフィーを受け取る様子や、ロサンゼルスの豪邸で撮影されたチャーリー・ハドソンからのお祝いメッセージがテレビで繰り返し流れ、主要キャストである元巨人軍の重田や弁天などは祝福ムードのなか、連日テレビやラジオに出演して、撮影現場での苦労話や喜びを飽きることなく語ったのでありますが、唯一、喜久雄の姿だけがそこにはなかったのでございます。

配給会社からは当然、また三友からも名前を売る絶好の機会なのだからと、各種媒体への出演を打診されたのでありますが、当の喜久雄に気力がなく、このようなお祭り騒ぎのなかで一人だけ、常と変わらず、与えられた端役を演じる劇場と自宅の往復を繰り

返しておりました。

　このあいだ、もちろん徳次はそばについておりましたが、無粋な徳次でさえ、日に日に喜久雄のなかで何かが壊れていくような、そんな不気味な音を聞いていたのでございます。

　そしていよいよお粥《かゆ》も喉を通らなくなり、体調を崩した喜久雄が都内の病院に入院しましたのは、それでもその月の舞台をどうにか勤め上げた翌日のことでありました。

「坊ちゃん、どこがどう具合悪いんか、どこがどう痛いんか、ちゃんと口で言わな誰も分からへんわ」

　元々、自分の気持ちをうまく表現するのが苦手な喜久雄ではありますが、さすがの徳次も匙《さじ》を投げる始末でございます。

　入院しましても、急に体調が良くなるわけでもなく、逆に舞台がない分、体調の悪さと付き合う時間が伸びるだけで、見ている徳次のほうが辛《つら》くなり、そんな徳次に気を遣うのか、元気なふりをして喜久雄が口にするのは、二人で大阪へ出てきた遠い昔のことばかり、

「着いた日に源さんが食べさせてくれた心斎橋のラーメン旨《うま》かったなあ。お勢さんのミンチボール覚えてるか？　俊ぼん、大食いやったもんなぁ」

　まるで余命幾ばくもない病人を相手にしているようでございます。

見舞いに来た三友の社員も『太陽のカラヴァッジョ』効果を狙って喜久雄に大きな役を、と言ってはくれているのですが、病床の喜久雄を目の当たりにしますと、さすがに二の足を踏むようで、誰もが暗い表情で帰ります。

「なあ、徳ちゃん」

そんなある日、食べ残された昼食のトレーを徳次が配膳室に返してきますと、ため息混じりに喜久雄が声をかけてまいります。

「……しばらく市駒んとこで暮らしたい言うたら、市駒、なんて言うやろか?」

「そやなー。……ここ最近放ったらかしやったもんな……」

「虫が良すぎるわな」

「そやなー。でも、まあ聞いとくわ」

徳次の気が重いのは、なにも最近ではすっかり自分に懐いている綾乃を実の父に取られてしまうというようなケチな気持ちからではなく、なんとなくここで喜久雄が関西へ戻ってしまうと、二度とそこから出てこられなくなってしまうような嫌な予感がしたからなのでございます。

第十章　怪猫《かいびょう》

雑然とした店内に並んでおりますのは、酔客たちの顔、顔、顔。そして、水なす、たこやき、するめの天ぷらと、壁にずらりと貼られたメニューでございます。

狭い店内に酔客たちの笑い声やら注文やら怒鳴り声がわんわんと響くなか、その誰よりも大きな声で、

「おじさん！　このオンボロ扇風機、なんとかしなよ！　真下にいたって風なんかきやしないよ」

と毒づいておりますのは、三友の梅木常務に引っ張られまして、現在、大阪の大国テレビに出向中の竹野でございます。

さて覚えておいででしょうか、この竹野、まだ喜久雄が二十《はたち》のころ、四国は琴平での巡業中に、当時の梅木社長が楽屋へ連れてきました三友の新入社員で、

「歌舞伎なんて、ただの世襲だろ？　今は一緒に並べてもらってても、最後に悔しい思いして人生終わるのアンタだぞ」

　と毒づき、喜久雄と楽屋で取っ組み合いの喧嘩《けんか》となった男でございます。

　竹野の口の悪さは大阪のテレビマンとなった今もまったく変わっておりませんで、実際ここでも標準語で、「暑い、暑い」と文句を言いますので、

「兄さんの冷やっこい東京弁のせいで、こっちは逆に涼しいわ」

　などと店中の反感を買っております。

「おい！　今、言った奴《やつ》、どいつだよ！」

　立ち上がろうとする竹野を、

「まあまあまあ」

　と押さえるのは同僚の松浪《まつなみ》で、いつものことながら、竹野に誘われてつい付いてくる自分を今さら後悔しております。

「竹野、おまえ、喧嘩してる場合かよ。どうすんだよ今度の企画。もう時間ねえぞ」

　ネクタイを引っ張って無理に竹野を座らせますと、松浪はするめの天ぷらにかじりつきます。

　企画と申しますのは、現在二人が担当している素人参加番組のことでして、素人が特技を披露するのですが、どちらかというとげっぷとオナラを同時に出せるとか、包丁の

上に立てるとか、ゲテモノ趣味の番組であります。

当初、制作側の竹野たちも、例えば素人の浪曲師であるとか、絶対音感の持ち主だとか、真面目な参加者を全国に求めていたのですが、ふたを開けてみれば、視聴者が喜ぶのはげっぷやオナラ。玄人筋が唸《うな》るような三味線を聞かせる公務員など、誰も見向きもいたしません。

「ほとほと嫌んなるよ。先週出た、牛乳の早飲みなんて、見てて吐き気したよ」

ため息をつき、食べようとした明石焼きを器に戻す竹野に、

「仕方ねえだろうが、ああいうのが視聴率取れるんだからよ」

「今にあれだな、うちの飼い猫が芸をします、みたいなもんを、テレビで延々と流すようになるな」

「まさか」

「それかあれだよ、げんなりするような夫婦喧嘩の実況中継とかさ」

「まさか」

「いや、可能性あるよ。そういうの見たいやつ、いるもん。そういう奴らで成り立ってんだよ、この世の中」

「じゃ、猫も一緒だな。猫が芸をやりたいわけじゃなし、見たい飼い主がおればこそ」

力なく笑う二人のテーブルに、注文したことも忘れていた空豆でございます。

「……あ、猫で思い出したけどよ」

熱々の空豆を一つ口に放り込んだ松浪が、ふと話を変えまして、

「……なんか気色の悪い劇団があって、それが最近、人気なんだと。まあ、見世物小屋なんだろうけど、化け猫なんかを演じるみたいで」

竹野も空豆を一つ口に放り込み、

「いよいよ、化け猫かよ……」

「今、三朝《みささ》温泉で公演中らしいよ。おまえ、今度の連休でちょっと見てこいよ。俺は東京に戻って女房の機嫌取りだからさ」

「三朝って鳥取だろ？　遠いよ」

「行けよ。大阪にいたって、朝から新世界辺りで飲んでるだけだろ」

竹野がむいた空豆がつるんと指先から落ちまして、たまたま歩いてきた店員の足でぐしゃりでございます。

ラドン泉が気化した濃い湯気のなか、竹野は素っ裸で簀《す》の子にごろりと横になりますと、長旅の疲れを癒《いや》すように大きく背伸びをしております。ここは地下の穴ぐらのような浴場で、天井から熱い水滴がぽたりぽたりと腹に落ちてまいります。

旅館の主人に教えられた通り、ここで肌をこすりますと、面白いようにぼろぼろと垢《あか》

が出まして、徹夜続きで碌《ろく》に風呂にも入っておりませんが、ここまで自分が汚れていたのかと呆《あき》れるばかりでございます。

このラドン温泉を出ますと、地酒とともに簡単な夕食を出してもらい、早速竹野が向かいましたのは、ここ三朝のこぢんまりした温泉町にある劇場で、もちろん劇場と言いましても、客が五十人も入れば立ち見という芝居小屋、最近では年増のストリップも飽きられて、ポルノ上映館となる日のほうが多いとのことであります。

それでも週末の温泉街、ほろ酔いの竹野が浴衣で石畳の通りに出れば、あちこちの旅館やホテルから夜風に当たろうとそこそこの人出。みやげ物屋や射的場を横目に、細い路地を入って行けば、一目でいかがわしさの漂ってくる小屋のまえには、ピンク色の裸電球がずらりとぶら下がっております。

通りでは地元の悪ガキたちがまだ遊んでおりまして、道ゆく大人たちに、

「アッハン、ウッフン」

と、ストリップ嬢の真似《まね》をしておりますので、竹野がそんな子供たちの頭をグリグリと撫《な》で、受付で安い切符を買って、ガリ版刷りのチラシを受け取りますと、

「本日の出し物」

第一部　有馬《ありま》の猫騒動　本格芝居で魅せる化け猫伝説
第二部　生演奏で魅せる唄と踊り　年ごろの女たちによるお色気マジック＆ストリッ

プ

と書かれております。

ベッチンの重い幕をくぐってなかへ入れば、すでにそこそこの賑《にぎ》わいで、前列では酔った男たちがカップ酒を傾け、他の席でも慰安旅行らしいグループ客がうちわ片手に開演を心待ちにしております。

最後列に腰を下ろした竹野が缶ビールをあけた瞬間、重いブザーが鳴りまして客席が暗くなり、そのままざわめきが波のように引きますと、とつぜん強い照明がカッと照らした小さな舞台に立っているのは、老女岩波《いわなみ》と奥女中たちに取り囲まれたお藤《ふじ》の方で、化粧《かお》の白塗りも紅も、着物も、鬘《かつら》も、何もかも、その安っぽさが強い照明にあぶり出されます。

チラシには「本格芝居」と打ちながら、始まったのは目も当てられぬ田舎《いなか》芝居。飼い猫を使い、奥方様を噛《か》み殺させようとしたという濡《ぬ》れ衣《ぎぬ》で、老女岩波たちがお藤の方をいたぶる場面なのですが、奥女中たちなど、まさに女形まがいの女装もので、さすがの竹野も一気に興ざめでございます。

それでも舞台では演技が続き、派手な効果音のなか、短刀を抜いた老女岩波たちとお藤の方の立ち回り、「ハッ」「いやぁ」「それッ」のかけ声も空々しく、それでも逃げ回るお藤の方をいよいよなぶり殺しにいたしまして、岩波たちが、高笑いとともに舞台をあとにします。

スルメを手にした竹野が思わず、

「こりゃ、ここまでの旅費、損したな」

と呟《つぶや》いた次の瞬間でございます。

舞台に横たわるお藤の方のもとへ、上手から召使お仲《なか》が駆けよってくるのでありますが、その姿になぜか竹野のスルメを齧《かじ》ろうとした手がふと止まります。

なにもこの召使お仲だけが化粧がうまいわけでもなく、まして一人だけ高価な衣裳《いしょう》や鬘をつけているわけでもないのですが、なぜか出てきた瞬間に舞台の空気がピンと張りつめたのであります。それは竹野だけの印象ではなく他の客も同じらしく、なかには無意識に身を乗り出す者もおります。

主人の無念の死を恨み、ここでお藤の方の飼い猫が、この召使お仲にとり憑《つ》く場面なのでありますが、テケテン、テケテン、テケテンと独特の調子を奏でる三味線とドロドロと鳴り響く大太鼓のなか、客席をギロリと睨《にら》み回した召使お仲役の役者が、見事に化け猫への早替わりを見せるのでございます。

この早替わりの瞬間、客席から音が消え、次に起こりましたのは、まさに沸き上がるような拍手で、それも大劇場で響くような、あのお約束の拍手ではなく、まさに忘我の喝采であります。

それほど見事な早替わりでありまして、おそらく、一瞬、役者が泣き伏した際に、両手の指先につけていた数色のドーランで化け猫の化粧《かお》となり、恨めしそうに立ち上がると同時に女中の着物がするりと抜けて、見るからにおどろおどろしい化け猫へと変身したのでございます。

テケテン、テケテン、テケテン。

独特な調子の三味線に乗って、舞台の上を転げ回る化け猫。ただ、猫の真似をするだけではなく、その合間合間に見せる所作は美しい女の姿でございます。三友に入社以来、退屈だ退屈だと愚痴をこぼしながらも、梅木の元で歌舞伎を見続けてきた竹野でございますから、そこは一般の客より目が肥えております。その竹野が見ましても、まるで化け猫と女が二人同時にそこで踊っているように見え、まるで糸で操るように化け猫が手招きしますと、先ほど逃げ去った老女岩波がその糸に絡めとられて舞台へ引き摺《ず》り戻されてまいります。

この辺りからは舞台の空気もさらに濃くなり、まさか空調を使っているわけでもないのでしょうが、身震いするようにひんやりとした冷気が、舞台から客席へと吹いてくるのでございます。

テケテン、テケテン、テケテン、テケテン、テケテン。

主人をなぶり殺した老女岩波の体を自由自在に操り、化け猫の復讐《ふくしゅう》が始まりますと、岩波の体は床をのたうち、髪を振り乱し、転がされ、立たされ、果ては逆さ吊《づ》りになるのでありますが、そこには自然界の常識はなく、信じる信じないとは別次元の、まさに化け猫の妖術だけがありまして、少しでも気を抜けば、まるで見ている自分までその臭ってくるような恨みに呑《の》み込まれそうでございます。

ほとんど息を詰め、舞台に釘付けになっておりました竹野が身震いとともに我に返りますと、今、自分が目にしたものがなんだったのか、改めて頭が混乱してまいります。本当にストリップ小屋での田舎芝居だったのか、それとも山陰の温泉街に現れた幻影だったか。とりあえず気持ちを落ち着かせようと缶ビールを口に寄せますが、自分でもおかしくなるほど、その手が震えております。

一方、舞台では趣向を変えて色とりどりの風船が転がるなか、赤いレオタード姿の女たちがにこやかに奇術を披露しておりますが、客のほとんどはまださっきの化け猫に魂を抜かれたままでございます。

竹野の体にブルブルッと武者震いが起こったのはそのときで、たった今、自分がここで見つけたものが、とてつもないものであることを肌で感じます。

これはテレビの素人番組に出すような下等なもんじゃない。

気がつきますと、竹野は外へ出ておりまして、すでにカーテンのしまった受付の小窓に顔を突っ込み声をかければ、すぐに明かりがつき、見るからにやりて婆《ばば》のなれの果て

のような女が現れますので、

「楽屋に挨拶《あいさつ》に行きたいんだが、どこから入ればいいのかな？」

「楽屋って、あんた……」

と半笑いの女、

「……こっからお入りよ」

横の扉を開け、そこの暖簾《のれん》の先だと教えてくれます。

礼を言って暖簾をくぐれば、たしかに楽屋とは言い難い土間があり、そこに敷かれた茣蓙《ござ》の上で、役者たちが化粧《かお》を落としております。

一番手前の鏡台で化粧を落としております男と、鏡のなかで目が合ったのはそのときで、間違いなく先ほどの化け猫役者でございますが、次の瞬間、竹野は息を呑んだのでございます。

「俊ちゃん」

奥の間から女の声がかかったのは、まさにそのときでございました。

海岸沿いの松林の向こうに、強い夏日を浴びた若狭《わかさ》の海水浴場が輝いております。

潮風を浴びて疾走するジャガーのオープンカーでハンドルを握っておりますのは喜久雄で、その助手席からは綾乃が待ちきれずに海のほうへ身を乗り出しております。

「お母ちゃんも来たらええのになぁ！」

綾乃の声が風に千切れ、

「芸妓が日に灼《や》けたらあかんやろ！」

と喜久雄も叫び返しますと、

「それやったら、お父ちゃんもあかんやろ」

「なんで？」

「なんでて、日に灼けた歌舞伎役者なんか色気ないわ」

東京で身も心も疲れ果てた喜久雄がこうして京都へ戻りましたのが、俊介が三朝温泉で見つかる前の年の夏ということになるのですが、市駒は戻った喜久雄に何を尋ねるでもなく、新しい浴衣を作ってくれたのでございます。

いつもなら数日で姿を消す父親がやけに長逗留《ながとうりゅう》することに、綾乃が落ち着きをなくすこともあったのですが、慣れてしまえば、普段は離れていてもやはりそこは父と娘、

「お父ちゃん！　お父ちゃん！」

と用もないのに、それこそ近所中に響くような声で甘え、借家の隣にある神社の境内に喜久雄を連れ出すと、ドッジボールやらローラースケートやらと、日が暮れるまで相手をさせます。

当の喜久雄も、そうやって娘となんでもない日々を過ごしているうちに鬱々《うつうつ》としてい

た気持ちが晴れてくるのは間違いなく、こういうなんでもない一日を作ってくれる市駒に、出会ったころのような気持ちも蘇《よみがえ》ってまいります。

「お父ちゃん、弁当、砂浜で食べるんやろ？」

「お父さんが持つから、綾乃は先に水着に着替えたら？」

「あー、またや。お父ちゃん、東京の人みたいに喋《しゃべ》った」

「仕方ないだろ。東京で働いてんだから」

喜久雄の大げさな東京弁に、似合わないとばかりに綾乃が顔をしかめます。

海の家でデッキチェアーとパラソルを借り、平日でのんびりとした砂浜に繰り出しますと、準備をしてくれた海の家の少年たちが、車を見てもいいかと恐る恐る尋ねますので、洗車してくれるなら駐車場内で運転してもいいぞ、と気前よく鍵を渡し、喜んで飛び跳ねていく彼らを見送ります。

「ほな、綾乃、泳ごか」

綾乃を抱え上げた喜久雄が波に向かって走り出し、そのまま倒れこむように海に飛び込めば、

「つめたーい！」

声を上げる綾乃と二人で波に揉《も》まれ、プハーッと同時に顔を上げますと、空から照りつける太陽に、なぜか訳もなく笑い出す二人でございます。

「なぁ、お父ちゃん、今度はいつまでおるん？」

「なんで？」

「別に」

「ずーっとおろうかなー」

てっきり喜ぶと思ったのですが、見れば綾乃の顔が少し曇っておりまして、

「なんや？　おってほしゅうないの？」

「うーん」

「お父ちゃんはおってもええねん。ただな……」

「うーんて……、なんや？」

「ただ、何？」

「徳ちゃんがな……。お父ちゃんが家におると、来られへんやろ。徳ちゃん、うちに会いたがってると思うねん」

「お父さんおっても、徳ちゃん来てええんやで」

「いやいや、そこは徳ちゃんも遠慮するんちゃう？」

大人びた綾乃の口調に思わず笑い出す喜久雄であります。

その徳次がふらりと顔を見せにきたのがこの夜で、綾乃はてっきり喜久雄が自分のために呼んでくれたと思い込んだらしく、今夜は自分がみんなにご馳走《ちそう》するのだと張り切

りまして、近所の魚屋から借りてきた大桶《おおおけ》に色鮮やかなちらし寿司《ずし》を作ります。

よほどみんなが揃《そろ》ったのが嬉《うれ》しかったのか、遅くまではしゃいでいた綾乃が、昼間の海水浴の疲れも手伝って、それこそスイッチが切れたように居間の畳で寝てしまいますと、グラスの酒をブランデーに変えた徳次が、蚊取り線香を持って喜久雄を縁側に誘いますので、かち割りを二つ三つ、グラスに入れながら小さな庭へ降りました喜久雄も、ひんやりとした下駄《げた》の感触に、

「もう夏も終わりやなぁ」

と夜空を見上げます。

「坊ちゃん、顔色ええわ」

「そうか?」

徳次の声に、嬉しそうに振り返りました喜久雄が、

「……そういえば、綾乃が心配してたで。徳ちゃんには、いい人おらんのやろかて」

縁側に腰かけまして、徳次の手からうちわを奪えば、

「へえ、お嬢がそんなこと?」

しみじみとした表情で、徳次が寝ている綾乃を眺めます。

「せやから、代わりに言うてやったわ。あの徳ちゃんは、女なんていつも取っ替え引っ替えやて」

「坊ちゃんもいらんこと言わんでええわ」

「せやかて、ほんまでも、子供に言うことちゃうやろ？」

「ほんまはほんまのことやろ？」

ひどく慌てる徳次がおかしく、声を上げて笑う喜久雄の笑い声に誘われるように、今度は新しいかち割りを小桶に入れた市駒が台所から戻りまして、

「さあ、片付いた。今夜はうちもお仲間に入れてもらお」

自分のグラスを差し出しますので、喜久雄がブランデーを注いでやれば、

「で、なんの話？　楽しそうに」

「いやな、綾乃が、徳ちゃんの嫁さんのこと心配してんねん」

ふざけて喜久雄が言えば、

「綾乃やなくても心配やわ」

と市駒も参戦し、

「……せやし、徳ちゃんは優しいよって引く手あまたやろ。芸妓仲間にも徳ちゃんファン多いどすしね」

「へえ、徳ちゃん、そんなにモテんの？」

驚く喜久雄に納得いかぬとばかりに、

「舞台おりたら、俺と坊ちゃんなんて五分五分の勝負やで」

と、徳次も高笑いでございます。

つられて笑った喜久雄のグラスで氷がコロンと溶けまして、

「……ぼちぼち東京に戻るわ」

どちらにともなく呟く喜久雄でありますが、戻ったところで歌舞伎の舞台に出られるわけでもないことを知っております二人はなんとも応えようがございません。

「……なんや、ここでしばらく暮らしたら頭も体も若返ったみたいなんや。どう言うたらええのか、ちょうど大阪に来たばっかりのころ、俊ぼんと二人で旦那に稽古つけてもろうてたときみたいでな、なんや、見るもん、やるもん、何から何まで新鮮で、歌舞伎が好きで好きで、稽古がおもろうておもろうて、今、ちょうど、あんときみたいな気分やねん。……たぶん、綾乃たちのおかげやろけどな」

言いながら照れくさくなり、わざと市駒から視線を逸《そ》らす喜久雄ですが、

「せやし、そう急ぐことないどすわ」

との市駒の心配に、

「いや、もう大丈夫。考えてみいな、俊ぼんと一緒に必死に稽古してたころ、まさか自分が三代目半二郎を継ぐどころか、歌舞伎座の舞台に立てるなんて思うてもなかったやろ。でも、稽古すればするほど歌舞伎のことを好きになって。ほんま、今思うたら、呆れるくらい無欲やわ。でも今な、それとおんなじ気持ちやねん」

喜久雄の決心に揺るぎなしとみた徳次は、さっと三人のグラスに酒を足しますと、

「ほなら乾杯や。坊ちゃんの第二の役者人生に乾杯や。でもな、坊ちゃん、先に言うとくけど第一のスタートほど甘《あも》うないで。歌舞伎座の大舞台、あのころよりもっと遠いかもしれんで」

との真剣な徳次の眼差《まなざ》しに、

「覚悟してる。俺な、やっぱり歌舞伎が好きでたまらんねん」

応えた喜久雄のグラスに、市駒がチンとグラスをぶつけます。


福岡の小倉駅を出た特急列車は、たった今、大分の中津駅を過ぎ、一路、湯の里別府へ向かっております。

今しがたまで窓外には陽《ひ》を浴びた周防灘《すおうなだ》が広がっていたのですが、いつの間にか線路は海岸線から離れ、今ではまばゆいような青田を切り裂いて進みます。

ちょうど時間は昼どきでありまして、小倉駅で買い込んできたかしわ飯の駅弁をあけ、甲斐甲斐《かいがい》しく小野川万菊のまえに差し出しているのは三友の竹野でございます。

「ジュースかなにか買ってきましょうか？　しっかし、あのワゴンの姉ちゃんもさっきまでチョロチョロしてたのに、買いたいときには来ねえんだなー」

腰を上げ、きょろきょろする竹野に、

「まあ、ちょっと落ち着きなさいな」

たしなめた万菊が、小さな弁当箱を手に取ります。

とりあえず座席に腰を下ろした竹野も隣で弁当をあけようとして、ふとその自分の手を見つめます。

いくら竹野がこれまで歌舞伎に興味を持てなかったにしろ、横におりますのは稀代《きたい》の立女形《たておんながた》、本来なら緊張して然《しか》るべき万菊丈なのでありますが、とはいえ、化粧《かお》を落としてしまえば「ちんまりしたおっさんじゃねえか」くらいに竹野は思っておりまして、ただ、その万菊が弁当を持った手だけが、ちんまりしたおっさんには不似合いなやけに大きな手でありまして、まるでそこにだけ荒々しい男がいるようなのでございます。

未《いま》だに独身をつらぬく万菊につきましては、もちろんいろいろと噂《うわさ》もありますが、そういう女形を接待するとき、竹野はいつも自分に、「不細工な女だと思え」と言い聞かせておりまして、そうすれば一応相手を女として扱うので失礼もなく、かつ、生理的な嫌悪感も薄らぐのでございます。

当然、今回も慇懃《いんぎん》な態度をとっているのですが、これがどうも万菊には見透かされているようで、いつもの調子が出ず、ついバタバタとしてしまうのであります。

さて、この二人が別府行きの特急列車に乗っているのは、思いがけず山陰の温泉街で見た俊介の芸を、万菊にも見てもらおうという竹野の魂胆からであります。

もちろん三友の社員とはいえ、現在は大阪のテレビ局に出向中である竹野などが、気軽に誘えるような相手ではありませんので、まず相談したのが梅木で、失踪中の丹波屋の若旦那が見世物小屋におり、そこで見せた芸の凄《すご》みに自分がどれほど心を動かされたかを力説しますと、

「部屋子《へやご》の弟子に三代目半二郎の名跡《みょうせき》まで盗《と》られて、失意のまま見世物小屋の芸人にまで落ちた元丹波屋の若旦那がもし見事に舞台に復活したらセンセーショナルですし、その一部始終をうちのテレビで特集すれば、それこそ一大ブームになるかもしれませんよ」

と唾《つば》を飛ばす竹野の話をじっと聞いていた梅木でありますが、最終的には、

「そうか……、よかった。生きてたか」

と、まず漏らし、

「……分かった。だったら、おまえ、やってみろ。俺ができることはなんでも手助けしてやるから」

と、極秘企画としてのゴーサインが出たのでございます。

そこで、あるときはアパートの汗臭い布団のうえで、またあるときは道頓堀の騒がしい串カツ屋のカウンターで、竹野が考えに考え抜いた復活劇というのが、小野川万菊という大きな後ろ盾とともに、俊介自らが本流であることを世間に証明するような本格的

な舞台に立たせることでありました。

その際、竹野の頭にあったのは、三代目半二郎の名跡を奪った喜久雄を完全な悪役にして、分かりやすさを求める世間の関心を引こうというものでありました。

実際、梅木の口利きでまず万菊に挨拶に行きますと、

「そう……、丹波屋の半弥さん、やっぱり死ななかったのねぇ」

しみじみと呟いた万菊、

「ようござんす。あたしが会いに行きましょ」

と大役を受けてくれたのでございます。

別府で一番大きなホテルのロビーで竹野が待っておりますと、時間より少し早く万菊が部屋から降りてまいります。

「屋上の露天風呂、入られましたか？」

竹野は気安く声をかけますが、

「丹波屋の半弥さんは、今夜、あたしたちが来ること知らないんでしょ？」

と、本題以外には興味がないようで、

「ええ、伝えておりません。と言いますか、私の素性も知らないんですよ。丹波屋の若旦那には、昔、一度だけご挨拶したことがあるんですが、私のことを覚えていないよう

でしたんで、こちらも『フリーの記者です』とかなんとか嘘《うそ》ついて……」

実際、俊介は舞台に感激したと告げる竹野に、わざわざ浴衣の襟元を合わせ、深々と頭を下げたのでございます。

その瞬間、今回の復活劇のアイデアがふと浮かんだ竹野は、ここで下手に動かないほうがよいと判断し、挨拶だけして大阪へとんぼ返りしたのであります。

竹野と万菊を乗せたタクシーは別府の中心街から北上し、鉄輪《かんなわ》温泉郷の細い石畳の路地にある芝居小屋のまえで停《と》まります。車を降りた万菊は、あちこちに貼られたエログロの公演チラシから目を逸らし、硫黄の匂いのする夜風にはためく古びた幟《のぼり》を見上げます。

入り口には慰安旅行らしい団体が浴衣姿で並んでおりまして、

「まな板ショーあったら俺が出るからな」

などと若い男が同僚を笑わせております。

この団体のあとに続いて小屋に入れば、客席はあらかた埋まっておりまして、あいにく並んだ空席もなく、竹野はまず一つだけ空いている舞台正面の席に万菊を座らせ、その万菊の顔がよく見える壁際に自分が立ちますと、重いブザーとともに客席の照明が落ちます。

幕が開き、小さな舞台で早速始まったのは、先日竹野が三朝温泉の小屋で見た『有馬の猫騒動』で、猫の飼い主であるお藤の方をいじめる老女岩波たちの田舎芝居を見る万菊の顔が、みるみる苦痛に歪《ゆが》んでまいります。

しばしご辛抱を、と祈るような竹野の思いとは裏腹に、この田舎芝居に酔客たちからの「千両役者！　後家殺し！」のふざけたかけ声。思わず竹野、「うるさい」と怒鳴りそうな気持ちを必死に抑えます。

それでも稚拙な立ち回りが終わりますと、万菊も落ち着いてきまして、扇子で顔を扇《あお》ぎながら舞台を静かに見つめております。

そしていよいよ、のちに化け猫と化す召使お仲が舞台に現れたときでございます。緩みきっていた客席の空気が、前回と同じようにまたピンと張り、小屋のなかの時間だけが止まったのでございます。

テケテン、テケテン、テケテン。

独特な調子の三味線に、ドロドロドロと鳴り響く大太鼓。

静まり返った客席をギロリと睨み回した召使お仲が、そこで息を呑むような化け猫への早替わりを見せるのでございます。

竹野は、つい釘付けになっていた舞台から視線を万菊へと戻します。

扇いでいた扇子は止まり、カッと見開かれた万菊の目が、舞台の化け猫、いえ、俊介をじっと見つめております。

テケテン、テケテン、テケテン。

テケテン、テケテン、テケテン。

舞台では主人をなぶり殺しにした老女岩波への復讐が始まります。床をのたうち回る老女岩波を操る化け猫。しかしそこには踊りの基礎がなければできない、しっかりとした所作があるのでございます。

舞台を見つめる万菊の大きな手が、化け猫の舞をなぞるように動き出したのはそのときで、まるで万菊までが何かに憑かれたように、客席で手をふり、首を傾《かし》げ、ときに周囲を睨み、一心不乱に踊っているのでございます。

舞台の俊介、そして客席の万菊。この二人の共演に気づいているのは自分だけ、そう思った瞬間、竹野の体には寒気がするほどの鳥肌が立つのでございます。

客たちの意識を根こそぎさらっていくような迫力の芝居が終わり、幕がおりた直後でありました。静まり返っていた客席に、とつぜん火がついたような拍手。たった今、自分が目にしたものを理解できず、誰もがその場でさまよっているのでございます。

鳴り止《や》まぬ拍手のなか、竹野は万菊の元へ駆け寄りまして外へと連れ出しますと、どうでしたかと問うのも無粋極まりなく、黙ってその顔を見つめれば、万菊も黙って頷《うなず》きます。

「楽屋へまいりましょう」

まだ小屋のなかで鳴り響いている拍手が、古い温泉街の路地に漏れております。

裏口へ回って声をかけますと、楽屋なら奥です、と一座の若い衆が案内してくれます。廊下の壁にずらりと並んでおりますのは、この地を訪れた人気ストリッパーたちの写真でございます。

廊下の奥、土間の先に小上がりがありまして、数人の役者たちがこちらに背を向けて鏡台に向かっております。

その一人、汗だくの背中を裸電球に照らされているのが紛れもない俊介で、

「すいません」

声をかけた竹野に振り向いた途端、その目が万菊の姿を捉えたのでございます。

その俊介の目は、万菊ではなく、その先にいる誰かを見ているようでありました。そしてとても長い沈黙が延びたのでございます。

まず口を開いたのは万菊でした。

「このあたしが丹波屋のお兄さんに代わって、まずは礼を言わせてもらいますよ。ほんとにあなた、生きてくれてありがとう」

小上がりにそっと揃えられた万菊の指を、俊介はじっと見つめております。

「……今の舞台、しっかり見せてもらいましたよ。……あなた、歌舞伎が憎くて憎くて仕方ないんでしょ」

一瞬、俊介の視線が揺れます。

「……でも、それでいいの。それでもやるの。それでも毎日舞台に立つのがあたしたち役者なんでしょうよ」

これほど熱のこもった万菊の震えた声を、竹野は初めて聞いたのでございます。


「徳ちゃん、早《はよ》う！　何してんの」

自宅マンションの入り口に横付けした車を空ぶかしし、一人急《せ》いているのは喜久雄でありまして、先ほどいったん助手席に乗ったくせに、「あ、忘れ物や！」と部屋に駆け戻った徳次をイライラと待っております。

そこに転がり込むように助手席に戻った徳次、何を忘れたのかと思えば、手にした風呂敷包みから、

「旦那はんが一番会いたがってるやろ」

取り出したのは、喜久雄が位牌《いはい》分けしてもらった白虎の位牌でございます。

「せやな」

呟いて、喜久雄はアクセルを踏み込みます。

三友本社から「俊介が見つかった」という知らせがあったのはほんの一時間ほどまえ、なんでも偶然、竹野という三友の社員が見つけたらしく、一緒に暮らしていた春江も無

事、そして急な話だが今日の夕方、三友本社に俊介が来る予定なので、今後の相談もあり、大阪の幸子は無理でも、東京にいる喜久雄だけでも会いに来てくれないかという連絡だったのでございます。

「もう十年やで」

大通りの信号で停まりますと、助手席の徳次がポツリと呟きます。

「……『俊ぼん、おかえり！』なんて笑《わろ》うて迎えられる月日でもないな。それに、なんや考えたら、坊ちゃんがこんな端役ばっかりやらされてんのも、みんなあの俊ぼんが逃げ出したせいのような気もしてくるわ。もしあんとき、俊ぼんがグッと我慢して残ってくれたら、二人でいろんなこと乗り越えてこられたんやないかて」

徳次の視線は感じますが、喜久雄には返す言葉もなく、なかなか変わらぬ赤信号を見つめながら、

「見つけたの、竹野って奴らしいわ」

と話を変え、

「……昔、そいつと取っ組み合いの喧嘩したことあんねん。あれ、琴平やったかぁ。俊ぼんと『道成寺《どうじょうじ》』踊ってたころやわ。あのころはいけすかん奴やったけど、まあ、今回のことで帳消しやな」

渋滞を抜けた車が三友本社に到着したのは、約束の時間の少しまえであります。地下

駐車場からエレベーターで指定された応接室のある階へ向かいますと、廊下に竹野たちが数人出ており、喜久雄の到着に気づき近づいてきたその竹野に、

「俊ぼん……、いや、俊介は？」

「そこの部屋においでです」

竹野の言葉に、徳次と二人向かおうといたしますと、

「あの、まず三代目さんだけに会えないかと……」

ならばと徳次から位牌の入った風呂敷を受け取った喜久雄がドアのまえに立った途端、この十年のさまざまな思いがふつふつと湧き上がってくるのですが、そのどれ一つとして像を結びません。

「どうぞ」

竹野に声をかけられ、ゆっくりとドアを開ければ、大きな窓から銀座の街並みを見下ろしていた俊介がうつむいたまま振り返ります。

後ろでドアが閉まった瞬間、顔を上げた俊介に、思わず、

「俊ぼん……」

声を漏らした喜久雄、そのまま言葉を詰まらせておりますと、

「喜久ちゃん……、ほんまにいろいろおおきに。お父ちゃんのこと、お母ちゃんのこと、ほんまに世話になったんやろな。ほんまにいろいろおおきに」

俊介もまた言葉を詰まらせます。

またふつふつとこの十年のさまざまな思いが喜久雄の胸を熱くいたします。苦しい気持ちながらも、こうやって礼を言う俊介に、何か言葉をかけてあげなければとは思うのですが、浮かんでくるどんな言葉も今の気持ちには足りません。

次の瞬間、思わず俊介に歩み寄った喜久雄、目のまえに立ちますと、

「遅刻や。役者が舞台に穴あけてどうすんねん」

そう言うが早いか、俊介の顔を鷲摑《わしづか》み、その額に力の限りのデコピンをおみまいしたのでございます。

「なんや、俊ぼんの顔見たら、いろいろ安心したわ」

三友本社を出た車のなかで、しみじみとそう呟くのは徳次でありまして、

「……もっと人変わったみたいになってんのか思うてたし。なあ、坊ちゃん、俊ぼん昔といっこも変わってへんかったな」

言葉の勢いとは裏腹に、徳次が探るような目を向けますので、喜久雄もハンドルを切りながら、

「せやな、昔のまんまや」

と応えはするのですが、二十歳と三十歳の男が変わっておらぬはずもなく、それがた

だ年相応な外見の変化であればよいのですが、さっき再会した俊介にはそれ以外の変化、たとえば二十歳のころには笑っていたことに、もう笑えなくなっているような、未だに肩は叩《たた》き合えるのに、その力加減が違うような、そんなちょっとした冷たさがあったのでございます。

「あ、せや。俺、そこで降りるわ」

信号が赤になりますと、徳次がそう言うなり、まだ走っている車のドアを開けようとしますので、

「待ちぃな。危ない」

止める間もなく車を降りて、目の前の横断歩道を徳次が渡っていきます。

喜久雄たちとの十五分ほどの短い再会のときを過ごしたあと、俊介はすぐに竹野たちに連れ去られたのでありますが、その別れ際、三友が用意してくれた帝国ホテルの部屋に春江と泊まっているので、もしこのあと時間があるなら、ちょっと会ってもらえないだろうか、春江には伝えてあるから、と俊介に言われたのでございます。

それ以外、俊介は春江のことについて謝るわけでもなく、かといっておまえに甲斐性がなかったからだ、と喜久雄を責めるわけでもなく、ただ、

「ガキ、おんねん」

と目を伏せたのでございました。

徳次が気を利かせて降りたあと、車をホテルのドアボーイに預けてロビーへ入った喜久雄が、フロントへ足を向けたときでありました。二階へ続く赤絨毯《じゅうたん》の階段で、男の子を遊ばせている母親がじっとこちらを見つめております。

見つめ合う二人のあいだには、大きな花台がありまして、少し気の早い月見の演出らしく、まるで野のように多くのすすきが生けられております。

その向こうで、階段の手すりによじ登ろうとする男の子の手を握り、じっとこちらを見つめておりますのは紛れもなく春江なのでありますが、見た目は昔と変わらなかったさっきの俊介とは違い、こちらは明らかに別の女、自分の知らない匂い立つような色気の女が立っております。

「喜久ちゃん……」

先に声をかけた春江に、小さく頷くのがやっとの喜久雄、それでもすすき野を回り込んで近づきますと、男の子がきょとんとこちらを見上げます。

「ぼん、いくつや？」

尋ねた喜久雄に、

「もうすぐ三歳やね」

と男の子の頭を撫でたのは春江で、

「ほなら……、俺の子やないな」

小さく笑った喜久雄に、やはり春江も小さく頷き、胸に染み入るような懐かしい笑顔を浮かべます。

「……喜久ちゃんが頑張ってんの、遠くからちゃんと見てたわ」

「お粗末なもんや。そっちこそ俊ぼんと二人で頑張ってきたんやな」

男の子がまた階段の手すりによじ登ろうといたしますので、喜久雄はその小さな体を抱え上げ、

「ぼん、お名前は？」

「お、お、が、き、か、ず、と、よ！」

ロビー中に響くような声でありますす。

「かずとよ？　どう書くねん」

尋ねた喜久雄に、春江が指を宙に這《は》わし、

「数字の『一』に、お義父《とう》さんの名前からもろうた『豊』で『一豊』」

喜久雄は改めて抱いた男の子に顔を近づけますと、

「立派な名前や。……立派なお山さんの名前や」

嫌がる男の子をさらに強く抱きしめたのでございます。

さきほどから徳次が何度もストローでアイスクリームを刺すものですからグラスのな

かは見るからに甘ったるいメロンソーダになっております。

「徳ちゃん、飲まへんのやったら、他の頼んだらええのに」

うんざりしたような喜久雄の声が聞こえているのかいないのか、

「坊ちゃん、あれから俊ぼんと会《お》うたんか？」

「あれからて？」

「ほら、俺ら三人で銀座で飲んだやろ」

「いや、あれ以来、会うてない」

「なんで？」

「なんでて……。そう毎日毎日『俊ぼん、遊びましょー』て、昔みたいに誘うわけにもいかへんやろ」

「せやなー。なんや、俺も調子狂うわ。このまえかて、なんかこう盛り上がらんし」

俊介が戻って、まだ二週間と経っていないのですが、三友本社での再会を除けば、このあいだにまだたったの二度しか俊介に会っておらず、二週間で二度も会っているのですから少ないこともないのでしょうが、それこそ失踪まえが兄弟のように同じ家に暮らしていたものですから、このたった数日の空白が何やらとても他人行儀に感じられるのは喜久雄も同じでございます。

この二週間のあいだ、俊介は春江を連れて大阪の幸子の元へ戻ったらしく、そこでどのような会話が交わされたのかは知りませんが、春江と息子の一豊だけがそのまま大阪の家に残っているという話から、これまで苦労続きだった幸子の喜びようも伝わってまいります。

その際、喜久雄が肩代わりしている借金の話も出たらしく、先日徳次と三人で十年ぶりに飲んだ折、急に改まった俊介から、時機をみて必ず自分が引き受けるからもう少しだけ待ってくれと頭を下げられ、

「俺が好きでやったことやんか。最後まで格好つけさせてえな」

と喜久雄は笑い飛ばしたのですが、俊介はそれでも頭を上げず、見かねた徳次が、

「金の話はまた今度でええやろ」

その場を取り持ったのでございます。

金の話が出ましたところで、役者の懐具合のことなど無粋極まりないとは知りつつも、ここではこの当時の丹波屋の状況を少しお話ししたいと思います。まず喜久雄が肩代わりした一億二千万の借金は減るどころか毎月毎月増えている始末、と申しますのも、丹波屋には白虎時代からの兄弟子たちが三人おりまして、それぞれ花井半蔵《はんぞう》、友勘《ゆうかん》、崎之助《さきのすけ》の名で舞台にも立っておりますが、これら弟子たちへの給金を支払うのは三代目を継いだ喜久雄の役目、その上、大阪の家には幸子の他に、源吉とお勢もおりますし、これに加えて喜久雄の身近には徳次と付き人の花代を抱えております。

幸か不幸か『太陽のカラヴァッジョ』の評判以降、目に余る鶴若の喜久雄苛《いじ》めに、三友本社も少しは配慮を見せまして、ここ最近はそこそこのお役をもらっておりますが、端役には違いなく、その他にいくら喜久雄が地方営業に東奔西走したところで、まさに焼け石に水、大海の一滴、三友からの前借りのほうが嵩《かさ》みに嵩み、さすがに年度末や年の瀬となれば入り用も増えますので、いよいよとなれば、後援会の裏の会長でもある辻村を頼るしかなく、もちろん喜久雄からは金の話などしないのですが、九州への営業の行き帰りに辻村の事務所に顔を出せば、旨《うま》い酒と肴《さかな》をご馳走になったあと、

「ほら、持って帰れ」

と札束のつまった紙袋を、何も聞かずに渡してくれるのでございます。

白虎亡きあと、それでどうにか丹波屋の体面を保っているのが現状で、ヤクザの金に頼るくらいなら弟子や付き人を減らせばいいのに、という至極真っ当な意見には、

「アホか。何十年も歌舞伎一筋に生きてきた大部屋俳優たちやで。あの人たちの層が厚ければ厚いほど舞台に深みが出るんやて、昔からよう旦那も言うてたもんや」

と一切耳を貸さず、今日までどうにかこうにか綱渡りをしてきたのでございます。

アイスの溶けたメロンソーダを徳次がズルズルッと飲み干したときであります。喜久雄たちを探して、花代が店に入ってまいります。その花代がテーブルに広げましたのが三友からの定期ファックスでございまして、

「なんや、わざわざ」

「俊介さんが、次の明治座で復帰するって書いてあったもんだから、若旦那にも早く見せようと思って」

覗《のぞ》き込んでみますと、たしかに再来月の演目が変更されておりまして、昼の部に、『加賀見山《かがみやま》旧錦絵《こきようのにしきえ》』とあり、これは嫉妬と陰謀が渦巻く大奥ものの狂言で、いわゆる苛めを受ける奥御殿の中老尾上《おのえ》に俊介が大抜擢《ばってき》されており、さらにあの万菊が脇に回って権力者岩藤《いわふじ》を演じ、俊介を苛め抜く趣向らしいのでございます。

「え？　ええ？　あの万菊さんが岩藤かいな。尾上やなくて？」

思わず声を裏返した徳次が続けて、

「……せやけど、万菊さんの自主公演とはいえ大丈夫かいな？　俊ぼん、十年のブランクがあるんやで。そら、ドサ回りで鍛えてきたんかもしれんけど、ちょっと無茶やないか？」

「でもまあ、計画立てたんが万菊さんや。慎重なお人やから、今の俊ぼんがどれくらいやれるか、ちゃんと見定めてからの判断やと思うで」

冷静な喜久雄の分析に、どうも納得いかない様子の徳次、

「にしても、なんや腹立つな。……うん、なんや考えれば考えるほど腹立ってくるわ。だってそうやろ、ってことは、結局この世界、血ぃやんか。血筋だけのことになるやん

か。いや、もちろん俊ぼんを悪う言うんやないで。でも、こうやって十年必死にやってきた坊ちゃんと、気に入らんことがあってふいっと出ていって、またふいっと戻ってきた俊ぼんとの、この扱いの違い見たら誰でもそう思うわ」

吐き捨てるような徳次の言葉を、頭では否定しようとするのですが、なぜか喜久雄の胸のうちにも、それが染み込んでまいります。

今、口を開けば、さすがに恨み言を言いそうで、喜久雄は帰ろうとした花代に、

「モンブランでも食べていきぃな」

力なく声をかけたのでございます。


終演後、楽屋で化粧《かお》を落としておりました喜久雄のもとへ、ふらっと俊介が訪ねてきたのは、それからしばらく経ってのことでございます。

この月、喜久雄は、吾妻千五郎一座がかける『籠釣瓶《かごつるべ》花街酔醒《さとのえいざめ》』に呼ばれておりまして、もちろん主役級とはいきませんが、それでも万菊演じる遊女八ツ橋とともに舞台へ上がる遊女七越《ななこし》を勤めております。

一人、もしくは白虎と二人で広々と楽屋を使っていた大阪時代とは違い、東京ではたいがい三人部屋か四人部屋、演目や出演陣によっては、天下の三代目半二郎が七人またば八人部屋に押し込まれることも珍しくありませんので、

「喜久ちゃん、おる？」

鏡台に、暖簾をくぐった俊介の、その相部屋にちょっと驚いている顔が映りまして、なぜか喜久雄も申し訳ないやら、恥ずかしいやらで、

「入って入って、なんや急に」

と慌てる始末でございます。

「ごめんな、何度も電話もろうてんのに返事もせんと」

俊介が謝りますので、

「いろいろ忙しいんやろ。こっちはあれや、たまに酒でも飲もうやっていう呑気《のんき》な誘いやから」

「大阪に春江ら置いたままやろ。こっちで住むとこの準備したりいろいろな」

「結局どこにしたん？　引っ越し、手伝うで」

「三友の人に紹介してもろうて、代々木に小さい家、借りたわ」

「そうかぁ、もっとうちの近所にしたらよかったのに」

俊介が劇場を訪ねてきたのは、このあと、上の稽古場で万菊に直接稽古をつけてもらう約束があるとのことで、せっかく出した座布団にも座らず、早々に出ていきます。日が経てば消えると思っていた俊介のよそよそしさは、逆に日が経つごとに増しており、喜久雄はまた鏡に向かって化粧《かお》を落としながら、万菊に直接稽古をつけてもらえる俊介

を、自分がひどく羨《うらや》んでいることに気づくのでございます。

俊介が戻って以来、二人きりで会う機会ももちろんございました。ただ、いくら待っても俊介の口からこの十年、どこでどのような思いで暮らしていたのかという話が出てくることはなく、喜久雄のほうできっかけを作るように、白虎の死に際のことなどを話して聞かせましても、ただ、「すまんかったな。世話になったんやな」と謝るばかり、当然といえば当然なのでありますが、十代のころのような気安さは完全に無くなっているのでございます。

帰り支度をして楽屋を出ますと、喜久雄の足が向いたのは上階の稽古場でありました。役者の屋号や名前が書かれたボテが積まれた狭い階段を上がっていきますと、すぐに万菊の声が聞こえてまいります。

喜久雄が足音を忍ばせるように廊下を進めば、地方《じかた》の三味線が奏でているのは『娘道《むすめどう》成寺《じょうじ》』、遠い昔、この演目を俊介と演じ、喝采を浴びたころのことが鮮明に浮かんでまいります。

「ちょっとあなた、そう動かすから粗く見えるんですよ。いいかい、こうやってチョン、こう回ってチョン。ほら、見てごらんなさいな。踊ってるあいだ、あなたの袖口《そでぐち》は落ちて腕が丸見えだけど、あたしの袖口は手首に吸いついてるみたいだろ」

再び地方の三味線が鳴りまして、万菊の指導通りに踊る俊介の袖口が今度はしっかりと手首に吸いつきます。

「……いいかい、これだって技術じゃあないんですよ。若い娘になりきってれば、二の腕を晒《さら》すなんて恥ずかしくってできゃあしないんだからね。踊っててそうなるってことは、そりゃあなたが娘になってないってことですよ」

　木を見るようで森を見せる万菊の指導法に思わず唸る喜久雄でありますが、そのうちなにやら自分でも説明しようもない濁った気持ちが胸を締めつけてまいります。

　俊介もこの十年きっと苦労したのでしょう。しかし自分だって遊んでいたわけではないのです。それなのに遠い昔に二人で踊った『娘道成寺』を、片やあの小野川万菊と共演し、片やその稽古を廊下から盗み見るしかないのでございます。

　悔しさに拳を握りしめた喜久雄、気がつけば、痛みも忘れ、血が滲《にじ》むのも忘れ、その拳を壁に押しつけておりました。

「なに、やってんねん……」

　拳を押しつけたまま、そう呟きます。

「なに、やってんだよ……」

　やはり拳を突きつけたまま、今度はそう呟いてみます。すると不思議にも大阪弁のほうがやけに嘘くさく聞こえるのでございます。俊ぼんと仲の良かった、自分のことより丹波屋のことを考えていた、そんな大阪弁がひどく嘘くさく、逆にここ数年すっかり聞き慣れてきた東京弁のほうがしっくりと自分の耳に馴染《なじ》みます。

「……なにやってんだよ。こんなとこでこんなことしてたら、ずっとこのまんまだぞ。……ここから這い上がんだよ、ここから這い上がれよ」

壁に拳をこすりつけたまま階段を降りる喜久雄の胸に、そんな言葉が溢《あふ》れてまいります。それは自分でも聞いたことのない自分の声で、恐ろしいくらい響きます。

楽屋階におり、整理のつかぬ気持ちのまま、衣裳部屋、床山部屋と、まだ残っている職人たちを見るともなく眺めながら狭い廊下を歩きますと、自分が使っている相部屋があり、浴室があり、出前の皿が重なる給湯室があり、その先に幹部役者たちの個室が並び、風もないのにその暖簾が大きく揺れて……、その一つからふいに若い女が出てきたのはそのときで、視線の先に喜久雄を捉えますと、まさに咲くような笑顔を浮かべます。

「喜久雄お兄ちゃん！」

まさに抱きつかんばかりのこの女性、江戸歌舞伎の大看板、吾妻千五郎の次女で、名を彰子《あきこ》、現在は大学で社会学を学ぶ女子大生でございます。

「喜久雄お兄ちゃん、まだいたの？　さっき、楽屋、覗いたんだよ」

嬉しそうな彰子を見つめながら、なぜかまた、さっきの声が蘇ってまいります。

ここから這い上がんだよ。

ただ、今度聞こえてきた声は、紛れもなく自分のよく知っている自分の声でございました。

（下　花道篇につづく）

JASRAC 出 2105477-403

国宝《こくほう》 上《じょう》 青春篇《せいしゅんへん》 朝日文庫

2021年9月30日 第1刷発行
2024年10月10日 第3刷発行

著　者 吉《よし》田《だ》修《しゅう》一《いち》

発行者 宇都宮健太朗
発行所 朝日新聞出版
〒104-8011 東京都中央区築地5-3-2
電話 03-5541-8832(編集)
03-5540-7793(販売)

印刷製本 大日本印刷株式会社

ISBN978-4-02-265008-5